Christopher Stahl · Tödliche Veranlagung

Zum Buch:

Darius Schäfer, 54, ausgestattet mit einem mitunter etwas sarkastischen Naturell, ist Steuerberater im schönen Rheinhessen und immer für seine Mandanten da; selbst mitten in der Nacht, wenn sein Mandant und bester Freund Horst Scheurer anruft, weil er dringend Hilfe braucht. Als er seinen Freund später unter mysteriösen Umständen tot auffindet, begibt Schäfer sich auf eigene Faust auf die Suche nach dem Täter. Dabei gerät er in einen Strudel von verwirrenden Ereignissen, begegnet zwielichtigen Gestalten und gerät schließlich selbst in Lebensgefahr. Im Laufe seiner Ermittlungen muss der von seinem Beruf geknechtete Schäfer feststellen, dass auch für ihn, den zahlen- und steuerrechtsgläubigen Analysten, über diesen Kriminalfall hinaus Emotionen und Intuition überlebenswichtig sind. Er darf aber auch schließlich das Leben vor dem Tod für sich entdecken.

Zum Autor:

Christopher Stahl (Pseudonym) lebt mit seiner Familie in Rheinhessen. Er ist ein renommierter Autor von Praktiker-Literatur für Steuerberater. *Tödliche Veranlagung* ist sein erster Roman.

Christopher Stahl

TÖDLICHE VERANLAGUNG

nwb VERLAG NEUE WIRTSCHAFTS-BRIEFE · HERNE/BERLIN

ISBN 3-482-52161-1

http://www.nwb.de

Satz: B. Meier, Stockhausen

Druck: Druckerei Plump OHG, Rheinbreitbach.

Der Schauplatz: Die Rheinhessische Schweiz

Das Gebiet zwischen Bingen, Mainz, Worms und Alzey wurde 1816 der Provinz Hessen zugeschlagen, später gehörte es zum Großherzogtum Hessen-Darmstadt. Seinen heutigen Namen *Rheinhessen* erhielt es 1819. Im Rahmen der Länderneuregelung wurde es nach dem 2. Weltkrieg Rheinland-Pfalz angegliedert.

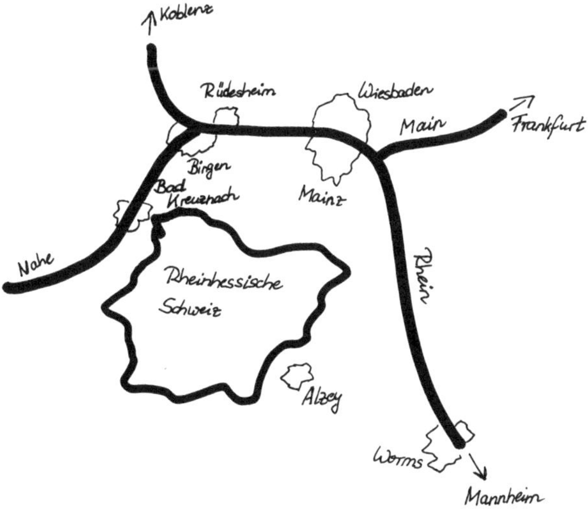

Es ist das größte zusammenhängende Weinanbaugebiet Deutschlands, dessen vielfältige Produkte (Müller-Thurgau, Kerner, Scheurebe, Bacchus, Huxelrebe, Silvaner, Riesling, Weißburgunder, Grauburgunder, Portugieser, Dornfelder, Blauer Spätburgunder) in der ganzen Welt getrunken und geschätzt werden.

Dem Teil Rheinhessens, der nördlich an das Pfälzische Bergland anschließt, hat man wegen seiner hügeligen Landschaft den bezeichnenden Namen *Rheinhessische Schweiz* gegeben.

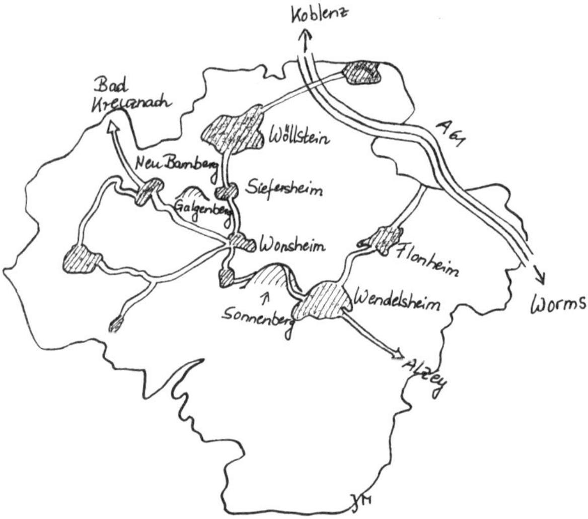

Und hier, in dem Dörfchen *Bernheim* und seiner Umgebung, spielen die wesentlichen Ereignisse unserer Geschichte. Die Handlung ist fiktiv. Das Dörfchen Bernheim gibt es nicht und doch existiert es irgendwo. Auch den Personen des Geschehens könnte man überall begegnen. Sie und ihre Geschichte sind in der hier beschriebenen Prägung Produkte der Phantasie und demzufolge auch irgendwie Bestandteil einer realen Welt.

Die Personen:

Darius Schäfer	Steuerberater und Held mit tragik-komischen Zügen
Beatrice Schäfer	geschiedene, aber nicht vergessene Ehefrau von Darius Schäfer
Mark und Marius Schäfer	Söhne von Beatrice und Darius Schäfer
Horst Scheurer	Freund und Mandant von Darius Schäfer und frühes Opfer
Helen Scheurer	erst Ehefrau, dann Witwe von Horst Scheurer
Cornelia Kranz	„alte" Freundin von Helen
Carlo Dornhagen	Betriebsprüfer mit menschlichen Zügen
Irene Dengler	dienstleistungsberauschte Sekretärin von Darius Schäfer
Heinz Hasslacher, Georg „Schorchi" Brandner	Finanzmakler mit kriminellen Veranlagungen
Mag. Jonas Rebner	Vorstand der AVT
Estrella Martinéz	Spanische Schönheit mit Zigeunerblut und Hang zu anonymen Drohungen
Don Jorge Martinéz	Estrellas Vater und eiserner Patriarch der Familienflamencotruppe
Ramón Martinéz	Estrellas Bruder; setzt sein Messer nicht nur zum Reinigen der Fingernägel ein
Gunther Richter	schwäbelnder Kfz-Mechaniker
Christian Doss	Polizeiobermeister mit Engelsaura

Heribert Koman	Kriminalhauptkommissar mit ausgeprägter Abneigung gegenüber Paragraphenreiterei
Heike und Wilfried Espenschied	Winzerehepaar
Karin und Heinz Runde	bekennende und praktizierende Ökologie-Nebenerwerbslandwirte
Patrick Göllner	Tennislehrer – stark, schön und doof

Sonntag, 8. September

Prolog

Warum geschieht so etwas ausgerechnet mir? Ich weiß, dass in dieser Frage Selbstmitleid mitschwingt (was man mir aber nach den Ereignissen der letzten Wochen nachsehen mag) und dass es müßig ist, eine Antwort darauf zu erwarten. Daher habe ich gelernt, nicht nach dem *Warum* zu fragen, sondern nach dem *Wozu*. Und darauf habe ich eine Antwort gefunden: Alles scheint auf geheimnisvolle Weise vorbestimmt zu sein; zumindest hat alles seinen Sinn. Diese Antwort hat mich frei gemacht und mein Blick ist in eine Zukunft gerichtet, über die ich endlich allein entscheiden werde.

Vorgestern war die Beerdigung. Nur eine Hand voll Neugieriger hatte sich dazu auf dem Friedhof in Bad Kreuznach eingefunden. Die Presse hielt zum Glück dicht. Ich hatte alles so arrangiert, wie Horst es getan hätte: Blumenschmuck, das „Ave Maria" von Gounold von der CD. An einem der Kränze war die Stoffschleife verdreht, sodass ich die genaue Aufschrift nicht lesen konnte. Nur „... sehen uns wieder ...", war zu entziffern. Ich konnte mir vorstellen, von wem dieser letzte Gruß war. (Weiß der Teufel, wen er das hatte erledigen lassen.) Und auch das Wetter spielte mit: strahlend blauer Himmel, warm ... Die Zeit, in der wir solche Tage gemeinsam genossen haben, scheint unendlich weit zurückzuliegen.

Dem Pfarrer waren die Hintergründe dieses sinnlosen Todes nicht nur aus der Zeitung bekannt. So wie ihn wünsche ich mir immer einen Vertreter seiner „Zunft": einfühlsam, liebevoll, verzeihend – ohne Klage und Verdammen.

Ich bin froh, dass ich schon wieder so weit hergestellt bin, dass ich diesem Menschen, der mir einmal so nahe gestanden hat, das letzte Geleit geben konnte. Es war Teil meiner persönlichen Therapie und hat mir einen weiteren Schubs auf meinem Weg zum seelischen Gleichgewicht gegeben. Mit dem letzten Blumengruß habe ich auch den letzten Rest meiner Selbstzweifel ins Grab geworfen.

Jetzt sitze ich auf meinem Lieblingsplatz – einer Wiese oberhalb Bernheims, der Ortschaft, in der ich lebe. Mein Blick wandert über die sanften, rebenbewachsenen Hügel der Rheinhessischen Schweiz und weiter über die Ausläufer des Soonwaldes bis dorthin, wo man, im Dunst leicht verschwommen, das Nahetaldreieck und den Rheingau sehen kann. An diesem warmen und sonnigen Sonntagvormittag im Frühherbst herrscht eine derart friedvolle Stille, dass man meint, sie körperlich greifen zu können. Einzig das Trällern der Feldlerchen und das vereinzelte Knallen der Wingertkanonen durchbrechen diese Andacht.

Kira, meine Berner Sennhündin, liegt neben mir und ist sichtlich zufrieden, dass sie mich endlich wieder nahe bei sich hat. Ihre Schwester Hanna strolcht etwa 50 Meter entfernt von uns und schnuppert den Feldmäusen nach. Karins Pferde auf der Koppel in ihrer Nähe würdigt sie mit keinem Blick. Der 10.000-Volt-Stromstoß, den sie sich als Welpe bei ihren zutraulichen Annäherungsversuchen am Elektrozaun einfing, hat sich für immer in ihr Gehirn eingebrannt. Ab und zu blickt sie kurz hoch, versichert sich in der Luft schnüffelnd, dass wir noch da sind, und wendet sich dann wieder beruhigt ihrem Hobby zu.

Sie hinkt dabei zwar ein wenig, scheint aber keine Schmerzen mehr zu haben. Nur eine kahl geschorene Stelle zeigt noch, wie groß das Ausmaß ihrer Verletzung war. Immer, wenn ich sie in den letzten Tagen so unbekümmert sehe, befällt mich ein warmes Gefühl der Dankbarkeit. Ohne ihren Instinkt, ihren Mut und ihre Treue würde ich nicht mehr leben. Und Horsts Mörder liefen frei und unbehelligt irgendwo herum.

Ab heute werde ich das Versprechen erfüllen, das ich einem sterbenden Menschen gegeben habe: Ich werde alles aufschreiben und dokumentieren, wie die ganze Sache wirklich abgelaufen ist, nichts auslassen und die ungeschminkte Wahrheit erzählen. Das bin ich nicht nur allen Beteiligten, sondern in erster Linie mir selbst schuldig.

Carlo wird sich noch eine weitere Woche um meine Steuerberatungskanzlei kümmern, damit ich die nötige Zeit zum Schreiben habe. Sein Chef hat ihm dafür unbezahlten Urlaub genehmigt.

„Aber in diesem Fall, Herr Dornhagen“, soll er mit unverhohlenem Stolz gesagt haben, „müssen wir als Finanzbehörde doch Schulter an Schulter mit den Kollegen von der anderen Seite zusammenarbeiten und sie unterstützen.“ Kollegen! Dieses Wort hat er tatsächlich verwendet, ohne rot zu werden.

Die Glocken der Bernheimer Kirche verkünden den Beginn des Sonntagsgottesdienstes. Ich rufe Hanna zu mir und mache mich mit meinen Hunden auf den Heimweg, um meine letzte Aufgabe in dieser Sache anzugehen.

Donnerstag, 11. Juli

I.

Carlo Dornhagen ist Außenprüfer im Finanzamt in Alzey, einem weinseligen Kreisstädtchen in Rheinhessen. Ruhig, fair und trotzdem integer ist Dornhagen die personifizierte Widerlegung gängiger Vorurteile gegenüber den Angehörigen dieser ministeriell sanktionierten AO-Mischpoche.

Und dieser Carlo Dornhagen war auf einmal wie ausgewechselt. Plötzlich trug er eine Brille, durch deren dicke Gläser er mich mit bizarr vergrößerten Augen zornfunkelnd und wild anstarrte. Er ähnelte der Romanfigur des Dr. Jekyll, die – zu Mr. Hyde mutiert – wie eine Furie wütete. Schaum trat vor seine Lippen; seine Finger wirbelten krakententakelngleich durch die Unterlagen meines Mandanten. Dabei murmelte er mehr oder weniger unverständliche Worte. Sie klangen wie „geldwerter Vorteil", „Umsatzsteuerverkürzung" und „Mehrergebnis".

Noch vor einer halben Stunde hatte ich neben ihm am Schreibtisch im Prüferzimmer meiner Steuerberatungskanzlei gestanden. Gemeinsam hatten wir die Unterlagen, zu denen er einige Fragen hatte, begutachtet. Das Gesicht mir zugewandt hatte er zugehört und verständnisvoll genickt. Bedächtig und aufmerksam hatte er meine Erläuterungen registriert; eben so, wie ich es von ihm gewohnt war.

Was war nur plötzlich in ihn gefahren, dass Dornhagen sich so aufführte? Er, den ich doch bisher immer nur freundlich und umgänglich erlebt hatte! Was hatte ich getan, um seinen Zorn über mein unschuldiges Haupt zu entladen? Oder war ich gar nicht so unschuldig?

Mich beschlich das beunruhigende Gefühl, er kenne die privaten, vor allem aber beruflichen Abgründe meiner Seele. Hatte ich nicht erst kürzlich wieder einen Mandanten mit der Floskel: „Na ja, wir lassen das mal so stehen und warten ab, ob das bei der Betriebsprüfung auffällt", zu beruhigen versucht? Aber das macht schließlich jeder, das ist doch eine Bagatelle!

Trotzdem, die Ungewissheit beunruhigte mich und meine Unruhe eskalierte zu Panik. Was hatte er rausgefunden? Ein heftiger Schweißausbruch und Herzrasen signalisierten den Höhepunkt meines Adrenalinausstoßes.

Verunsichert wandte ich mich ihm zu. Ich musste feststellen, was die Ursache dieses ungewohnten Auftritts Dornhagens war. Da klingelte das Telefon.

Dabei hatte ich meine Sekretärin, Frau Dengler, ausdrücklich gebeten, keine Telefonate in das Prüferzimmer durchzustellen. Hier ein Betriebsprüfer in Werwolfgestalt, draußen eine unzuverlässige Sekretärin – kein Wunder, dass ich seit Monaten von eklatanten Schlafstörungen geplagt wurde!

Das Telefon wurde lauter, realer. Zuerst hörte ich es noch wie im Fieberwahn, hohl, dumpf, bedrohlich – wie ein Nebelhorn. Langsam, wie in Zeitlupe, sah ich mich selbst auf den Apparat zugleiten, ohne Bodenberührung, wie einen Geist.

Mit bleiernem Arm ergriff ich den Hörer: „Ja?"

Meine Stimme war belegt, ein Schleimbrocken saß quer, ich räusperte mich und setzte nochmals an:

„Ja, Schäfer?"

Ich war nun wacher und setzte mich auf. Der Albtraum mit Dornhagen war verscheucht und ein noch größerer sollte seinen Anfang nehmen. Ich wusste es nur noch nicht.

„Darius, hier ist Horst."

Ich konnte zunächst die sich überschlagende Stimme meines Freundes nicht einordnen. „Wer?"

„Horst, verdammt noch mal, Horst Scheurer!"

Ein Seitenblick auf meinen Radiowecker gab mir die ärgerliche Gewissheit: Es war 3 Uhr 27. Nun war ich hellwach. Und nicht nur das. Ich war zornig!

„Du solltest Bescheuert und nicht Scheurer heißen; es ist halb vier, du Tränentier! Ich hoffe, du hast einen guten Grund, mich aus dem Tiefschlaf zu reißen."

Einerseits hätte ich Horst zwar dafür dankbar sein müssen, dass er mich vor der Fortsetzung dieses bizarren Traumes bewahrt hatte, aber andererseits fiel es mir schwer, das in diesem Augenblick zuzugeben. Stattdessen geriet ich langsam in Fahrt.

In Momenten wie diesen bestätigte sich das Urteil, das irgendjemand einmal mit einem Seufzer tiefster Verzweiflung über mich gefällt hatte: „Schäfer, wenn Sie Diplomat wären, hätten wir schon den Dritten Weltkrieg hinter uns!"

Ich fuhr also mit meiner Tirade fort: „Es ist mir sehr wohl bekannt, dass nach gängiger Meinung jeder Steuerberater mit einem goldenen Löffel im Mund herumläuft und dass er das nur ausgebeuteten Mandanten wie dir zu verdanken hat. Ich bin halt ein professioneller Schmarotzer, der sich an der undurchschaubaren Steuergesetzgebung dumm und dämlich verdient.

Ich weiß auch, dass ich für diese Mandanten immer und jederzeit verfügbar sein muss. Ob während der Tagesschau, bei der Geburtstagsfeier, bei der Bescherung an Weihnachten oder beim Poppen. Jeder kann mich stören, wann immer es ihm einfällt. Selbst eine Prostituierte hat einen geregelteren Feierabend als ich! Aber ich bin ja selbst dran schuld. Musste ich auch unbedingt die Kanzlei meines Vaters mit seiner verwöhnten Klientel übernehmen? Schreiner, Maurer oder Kneipier sind schließlich auch ehrenwerte und wunderschöne Berufe.

Aber du, mein Sohn Brutus, von dir dachte ich, dass du mein Freund bist und, dass wenigstens du mir meine Nachtruhe gönnst. Ich hoffe im Interesse dieser soeben zitierten Freundschaft, dass du einen guten Grund für deine Dreistigkeit hast."

Das Stakkato, in dem ich diesen Monolog hielt und das selbst einen Pater Leppich in seinen besten Zeiten zu einem Aphasiker deklassiert hätte, zwang mich, meinen Redefluss zu unterbrechen, um Luft zu holen.

„Darius", nutzte Horst die kurze Pause, „die Sache ist ernst!"

Ich wurde hellhörig. Es hätte Horsts Art eher entsprochen zu „hinterfragen", wann bei mir das letzte Mal die potenzielle Möglichkeit bestanden hätte, mich beim Liebesspiel zu stören, und mir vorzuwerfen, dass es bei mir keine halbwegs zivilisierte, intelligente und geistig funktionierende Frau länger aushielte, als meine gefechtsmäßige und taktische Balzzeit dauerte.

„Darius, ich habe gewaltige Probleme. Die machen mich fertig. Mit denen ist nicht zu spaßen. Die wollen mir ans Leder!"

Seine anfänglich noch ruhige Stimme bekam etwas Gehetztes, das eine erschreckende Steigerung erfuhr und mir bei dem ansonsten so unbekümmerten Horst fremd war. Er musste ganz schön in der Bredouille stecken.

„Ich brauche deine Hilfe", sagte er eindringlich, „sofort ... bitte. Steh auf, mach mir einen Cappuccino! Ich bin schon auf dem Weg zu dir."

Bevor ich nachfragen konnte, ob es sich um das Thema unserer Unterredung von letzter Woche handelte, hatte er bereits aufgelegt.

Es *konnte* ja eigentlich nur um die eine Sache gehen. Ich hatte ihn nachdrücklich davor gewarnt, sich auf derartige Geschäfte einzulassen, noch dazu mit solchen Gestalten, wie er sie mir geschildert hatte. Von irgendwem hatte er sich auch noch das Geld leihen wollen.

Horst lernte immer wieder fragwürdige und obskure Typen kennen. Er schien dazu verdammt zu sein, ständig Lehrgeld zu zahlen, ohne jemals etwas dazuzulernen.

Horst wohnte in Bad Kreuznach in Richtung Bad Münster am Stein, in der Nähe der Salinen. Bei Nacht brauchte er maximal 15 Minuten bis zu mir. Also sprang ich aus dem Bett, nahm eine Dusche und zog mir das über, was gerade so im Schlafzimmer verteilt herumlag.

Ich lächelte, als ich dabei an Beatrice denken musste. Sie hätte mir jetzt wieder eine ihrer unsterblichen Szenen gemacht, wenn sie diesen „widerlichen Schweinestall“, wie sie mein planvolles Kleidungschaos zu bezeichnen pflegte, gesehen hätte. Anfänglich hatte ich sie noch damit aufgezogen, indem ich ihre schauspielerischen Leistungen gewürdigt und sie als „rheinhessische Duse“ bezeichnet hatte. Das hatte sie jedoch nur noch mehr in Rage gebracht. Aber ich hatte das damals nicht so ernst genommen. Oh, wie sehr ich doch jetzt diese Ausbrüche vermisste, die ich zum Ende unserer 22-jährigen Ehe gar nicht mehr erheiternd gefunden hatte, die ich letztlich verabscheut und gefürchtet hatte. Ach, Beatrice! Ich seufzte schwer. Nicht nur im Haus war es so still und leer, seitdem sie fort war, auch in mir.

Ich ging nach unten in die Küche. Im Flur kam ich an Hanna und Kira, meinen Hunden vorbei. Sie wussten, dass es noch nicht Tag war, sonst hätten Sie vor unbändiger Wiedersehensfreude mit ihren schweren Ruten den Bauernschrank traktiert wie die Bassdrum eines Schlagzeuges. Ihr Chef war schließlich endlose viereinhalb Stunden in dem geheimnisvollen Obergeschoss, das sie noch nie hatten betreten dürfen, verschwunden gewesen. Aber so blickten sie nur schläfrig auf, wedelten ein schwaches Erkennungszeichen, klappten die Augenlider nach unten und setzten mit ruhigem und gleichmäßigem Atmen ihren wachsamen Schlaf fort.

Die Kaffeemaschine anzuwerfen war ein Routinegriff. Die Milch würde ich erst in zehn Minuten aufschäumen, weil sie sonst wieder zusammenfallen würde.

„Ja, wer bin ich denn eigentlich?“, hörte ich mich plötzlich laut sagen. Und nicht nur ich, sondern auch meine Hunde reagierten verstört. Ihre Köpfe ruckten aufmerksam nach oben.

„Habe ich eine Halbweltkneipe, dass man mich mitten in der Nacht anruft und auch noch Bestellungen aufgibt?!“ Ich stemmte meine Fäuste in die Hüften und stapfte in der Küche auf und ab wie ein trotziges Kleinkind.

„Einen Cappuccino hätten der Herr gerne! ‚Mach mir einen Cappuccino‘, haben Hochwohlgeboren befohlen. ‚Mir‘, hat er gesagt, nicht ‚uns‘. Vielleicht auch noch abgefeilten Würfelzucker in den Allerwertesten gepustet?“

Provokative Rhetorik nennt man das. Manche nennen es in Verkennung der Sachlage *Sarkasmus* und erkennen nicht die Schutzfunktion, sondern sehen darin eine Kriegserklärung. Diese Art der Reaktion ist eine meiner charakteristischen Eigenarten, die meinen Freundeskreis auf die überschaubare Anzahl von einer Person reduziert hält. Sie ist Teil meiner Mentalität und hilft mir über so manches hinweg. *Sie hilft mir* – ganz einfach!

Und dann funktionierte es auch schon: Eben noch verärgert, musste ich jetzt lachen und machte mich an Horsts Bestellung. Er musste nun jeden Augenblick kommen. Ich horchte nach draußen auf die Straße, um ihn nicht zu überhören. Um diese Zeit sind nur selten Autos bei uns im Ort unterwegs. Die Nachbarn schliefen und ich wollte nicht, dass Horsts Ankunft unnötigen Lärm machte.

Aber er kam nicht. Inzwischen war es schon vier Uhr. Ich saß am Küchentisch, hatte meinen ersten Cappuccino bereits ausgetrunken und wartete auf meinen übelsten Mandanten und einzigen und besten Freund.

Eine vertraute und dennoch merkwürdige Stimmung bemächtigte sich meiner: der Übergang zwischen Nacht und Tag – diese scheinbare Unwirklichkeit, dieses Gefühl, sich in einem Niemandsland zwischen lebendiger Realität und einer irrealen Scheinwelt zu befinden. Teilweise liebte ich diese Empfindung als vertrautes Relikt meiner im Unterbewusstsein verschütteten Kindheit; teilweise bedrückte sie mich, da sie klares und nüchternes Denken nicht zuließ. Ängste lenkten meine Gedanken. Horst müsste doch schon längst da sein.

„Die machen mich fertig. Mit denen ist nicht zu spaßen", hatte er am Telefon gesagt, „die wollen mir ans Leder!"

Das war doch nichts weiter als eine Phrase, fuhr es mir durch den Kopf, damit hatte er gewiss nur gemeint: „Die bestehen auf ihrer Vereinbarung mit mir und wollen jetzt schnellstmöglich ihr Geld zurück."

Oder war das vielleicht doch kein Gefasel und die Sache war ernster, als ich zuvor noch gedacht hatte? Ich wählte seine Handynummer mit dem Resultat, dass mir eine sinnliche Frauenstimme anriet, eine Nachricht auf der Mailbox zu hinterlassen.

Ob ich zu Hause bei ihm anrufen sollte? Dann würde ich aber Helen wecken und beunruhigen. Er hatte sie bei seinem Telefonat mit keinem Wort erwähnt, also konnte ich davon ausgehen, dass sie immer noch nicht in seine Transaktionen eingeweiht war, obwohl ich ihn ausdrücklich darum gebeten hatte. Wenn sie aber nun auch in Gefahr war? Verdammt, Horst, in welche Situation bringst du uns, bringst du mich?! Vor allem aber: Wo *bleibst* du?

Ich sah aus dem Küchenfenster. Inzwischen war es so hell geworden, dass ich die Weinberge, die an unsere Ortschaft grenzen, ausmachen konnte. Ihre Konturen hoben sich mehr und mehr von dem fahler werdenden Nachthimmel ab.

Während ich noch rätselte, was ich tun konnte, erlöste mich endlich die Haustürklingel aus meiner wirren Grübelei. Erleichtert streckte ich den Kopf aus dem Fenster, um Horst mit einer „innigen" Anzüglichkeit zu empfangen.

„Sag mal ...", weiter kam ich nicht, denn nicht Horst, sondern ein Streifenwagen parkte vor meinem Hoftor und ein Polizist war ausgestiegen, der mich mit ernstem Blick fixierte.

„Polizeiobermeister Doss", stellte sich der Herr in Grün knapp vor. Er tippte dabei mit ausgestrecktem Zeigefinger einen knappen Dienstgruß in Ermanglung seiner Mütze an die rechte Schläfe. Er hatte ein offenes, freundliches Gesicht. Ich schätzte ihn auf Ende zwanzig.

„Sind Sie Herr Schäfer?", fragte er, „*Steuerberater* Darius Schäfer?", fügte er ebenso süffisant, wie unnötig, meine Berufsbezeichnung hinzu. Es gibt scheinbar immer noch genug Leute, für die wir eine exotische Randgruppe darstellen, der man mit einer offenbar genetisch verankerten Distanz begegnet.

„Der und das bin ich", konterte ich die überflüssige Provokation, indem ich den sächlichen Artikel betonte.

„Kennen Sie einen Horst Scheurer?", fragte Doss sofort eine Spur höflicher.

„Ja! ...Was ist passiert, verdammt noch mal?!" Ich explodierte beinahe vor Ungeduld.

Noch bevor er allerdings antworten konnte, quälte sich ein undefinierbares Etwas aus dem Inneren des Streifenwagens und entfaltete sich zu der imponierenden Größe von etwa 1,95 Meter. Irgendwie kamen mir die schätzungsweise 120 Kilo im Halbdunkel bekannt vor. Ein Stein plumpste von meinem Herzen, als ich zur Komplettierung des verschmutzten und zerzausten Grizzlybären auch gleich darauf die vertraute Stimme hörte.

„Was soll der Unsinn, ich habe Ihnen doch gesagt, dass wir hier richtig sind! Aber trotzdem herzlichen Dank, dass Sie mich hierher gefahren haben. Den Wagen lasse ich gleich morgen früh abschleppen. Dort, wo er jetzt ist, stört er den Verkehr ja nicht."

„Horst!", rief ich und reckte mich noch weiter aus dem Fenster. „Was denkst du dir eigentlich? Was um alles in der Welt hast du angestellt?"

Ich erschrak vor mir selbst: Ich stellte mich doch tatsächlich an, wie eine angekratzte Ehefrau, deren Mann sich die ganze Nacht herumgetrieben hatte. Es fehlten nur noch die Lockenwickler auf meinem Kopf und das Nudelholz in der Faust. Aber so schnell konnte ich mich nicht aus der Rolle befreien, in die mich meine Sorge um Horst getrieben hatte.

„He, he", brachte mich Horst wieder auf den Boden der Tatsachen zurück. „Tranquillo hombre, cool down, take it easy, kühl dich ab", übersetzte er frei.

Dann wandte er sich wieder dem Polizisten zu, der verdutzt und gleichzeitig belustigt unserer Konversation lauschte, die wohl auch ihm wie das Ritual eines alternden Ehepaares vorkommen musste.

„Also, nochmals danke und hier, für die Kaffeekasse in eurer Dienststelle." Dabei kramte er in seiner Jackentasche, zog ein Bündel zusammengerollter Geldscheine hervor und zupfte eine 20-Euro-Note heraus.

Der Polizeibeamte nahm sie ohne Zögern, reichte sie seinem Kollegen am Steuer weiter und setzte sich mit einem fröhlichen: „Allez dann, gute Nacht – oder besser: guten Morgen“ auf den Beifahrersitz.

Er beugte sich aber doch noch einmal an seinem Kollegen vorbei aus dem Fenster an der Fahrerseite. „Und vergessen Sie nicht, mit dem Landwirt, dem Sie den Acker zerpflügt haben, Kontakt aufzunehmen. Gleich heute Vormittag, bevor wir es tun!“

Sie warteten Horsts Bestätigung nicht ab. So nickte dieser ins Leere, während sie anfuhren und um die nächste Ecke in Richtung Dorfbrunnen verschwanden.

Im Licht meiner Küche konnte ich nun das volle Ausmaß von Horsts befremdlicher Aufmachung bewundern. Nicht nur Jackett, Hose und Schuhe waren mit frischem, matschigem Ackerboden dekoriert, auch Hände und Gesicht trugen die Spuren eines intensiven Kontaktes mit rheinhessischer Scholle. Meine Hunde hatten Horst natürlich freudig begrüßt. Zum einen, weil sie ihn kannten, vor allem aber, weil er – zumindest für Hundenasen – so wunderbar duftete. Irgendwie machte sich ein dezenter Stallgeruch breit.

„Komm“, drängte ich ungeduldig, „jetzt sag schon, was war los?“

„Erst meinen Capuccino!“ Er spielte genüsslich seinen Informationsvorsprung aus.

„Wie heißt das Zauberwörtchen mit den zwei *t*?“ versuchte ich wenigstens einen Teil meiner Autorität zu wahren.

„Aber flott!“

Er musste meinem Gesichtsausdruck entnommen haben, dass er haarscharf an der Grenze entlangschrammte, es sich mit mir zu verderben. Also machte er eine untertänige, um Verzeihung heischende Geste und hielt den Mund. Er nahm die hingehaltene Tasse mit dankbarem Nicken entgegen und trank sie ohne Rücksicht auf die Temperatur des dampfenden Gebräus laut schlürfend und mit großen Schlucken aus. Dann leckte er sich den Milchschaum von den Lippen, streckte sich und begann endlich zu erzählen.

„Ich bin nach unserem Telefonat sofort weggefahren. In der engen Kurve hinter dem Gestüt zwischen Neu-Bamberg und Wonsheim kam mir auf meiner Seite ein Sportwagen entgegen. So ein Zweisitzer, mit aufgeblendeten Scheinwerfern. Weißt du, diese Xenonleuchten, von denen es heißt, man würde es sich nur einreden, dass die einen fast erblinden lassen. Ich habe selbst aufgeblendet, gehupt und versucht zu bremsen – keine Reaktion. Ich muss wohl vor Schreck abgerutscht sein. Meine Bremsen sind schließlich o. k. Der andere hat wohl gepennt oder war betrunken."

„Konntest du den Fahrer erkennen oder das Nummernschild?", unterbrach ich ihn.

„Nein, das ging alles zu schnell. Ich konnte gerade noch meinen Wagen nach rechts in den Acker ziehen. Ich war ja selbst zu schnell, sonst hätte ich mich kaum überschlagen. Ich blieb auf dem Dach liegen. Direkt gegenüber vom *Ajaxturm*, am *Galgenberg*."

Er schüttelte den Kopf und sagte wohl mehr zu sich selbst: „Das ist schon ein merkwürdiges Gefühl: Plötzlich absolute Stille und man glotzt völlig perplex, mit den Füßen nach oben, in einen schwarzen Plastiksack."

„Mann", schluckte ich, „und dir ist nichts passiert?"

„Nö, außer dem beißenden Geruch der Gaspatrone des Airbags in meiner Nase und einem Bluterguss durch den Sicherheitsgurt, habe ich nichts abbekommen. Natürlich ein paar Schrammen beim Aussteigen. Ich übe ja nicht jeden Tag, meinen Wagen auf allen Vieren zu verlassen. Aber ich arbeite daran."

Dabei öffnete er sein Hemd und präsentierte mit unverhohlenem Stolz seine Blessuren.

Ich wunderte mich, wie er dabei so gelassen bleiben konnte und beneidete ihn irgendwie um diese Kaltblütigkeit.

„Und dein unappetitliches Aussehen?", hakte ich nach.

„Na ja", gestand er, „ich bin mehrmals auf dem Weg zurück auf die Straße im Matsch ausgerutscht. Immerhin hat es mehrere Tage geregnet und Kühe standen da offenbar auch bis vor wenigen Tagen. Ich habe dann mit dem Handy die Polizei angerufen. Den Rest kennst du. Der Wagen dürfte übrigens reif für den Autofriedhof sein."

Als er das Wort *Friedhof* aussprach, dämmerte ihm offensichtlich, was für ein Glück er gehabt hatte. Plötzlich kippte nämlich seine Stimme um, seine Haut wurde fahl, Schweißperlen traten ihm auf die Stirn und seine Hände fingen an zu zittern. Irgendwann kommt der Schock, dachte ich mit einem irritierenden Anflug von Genugtuung. Bei ihm mit Zeitverzögerung, aber dafür mit voller Macht.

Das ersparte uns beiden meine Frage, weshalb er nicht auch mich informiert hatte; schließlich hatte er mich mitten in der Nacht geweckt.

II.

Eine Stunde später saß er mir nach einem heißen Bad anscheinend ruhig und gelassen in meinem Bademantel und frischer Unterwäsche gegenüber. Ein weicher, spanischer Brandy tat ein Übriges zu seiner körperlichen und seelischen Rekonvaleszenz.

„So, Horst, jetzt kotz dich aus. Es ist jetzt kurz vor sechs. Ich habe mir gestern Abend eine Flasche Dornfelder zu viel angetan und zu spät und zu schwer gegessen. Wenn es hoch kommt, habe ich drei Stunden geschlafen. Um acht muss ich in der Kanzlei auf der Matte stehen. Außerdem habe ich ab heute eine Betriebsprüfung im Haus."

Unversehens musste ich grinsen, da sich Fragmente des Traums mit Carlo Dornhagen in meine Erinnerung schlichen. Der hatte sich nämlich tatsächlich für heute angesagt und blieb mindestens eine Woche. Jedoch jetzt ging es um Horst und nicht um eine Betriebsprüfung.

„Erzähl nun endlich, weshalb du mich so dringend sprechen wolltest", forderte ich ihn ungeduldig auf.

Horst schloss die Augen. Er schien seine Gedanken zu sortieren. Dann setzte er mit inzwischen mehrstündiger Verspätung an: „Als mein Freund und Steuerberater kennst du meine finanzielle Situation besser als jeder andere. Du weißt, dass ich keine glückliche Hand habe und im Laufe der Jahre Hunderttausende in den Sand gesetzt habe."

Ich nickte. „Betriebswirtschaftlich könnte man sagen, dass du per Saldo mehr ausgegeben als eingenommen hast. Du kannst von Glück sagen, dass du mit einem goldenen Löffel im Mund aufgewachsen bist."

„Ich habe zwar noch ein paar Reserven in Aktien, aber die sind momentan im Keller. Die möchte ich eigentlich zurzeit nicht weiter antasten. Und bis ich die Bundesschatzbriefe, die mein Vater noch angelegt hatte, frei bekomme, dauert es Monate. Ich habe kürzlich erst noch die Laufzeit verlängert."

„Euer Haus in Kreuznach ist zu fünfzig Prozent belastet", unterbrach ich ihn. „Und das Ferienhaus auf La Palma kannst du eigentlich nur dadurch halten, dass deine Agentur in *Los Llanos* es gut ausgelastet an Feriengäste vermieten kann.

Mit anderen Worten: Du besitzt zwar noch Vermögenswerte, aber um deine Liquidität ist es schlecht bestellt", versuchte ich seinen finanziellen Status quo auf den Punkt zu bringen.

„Der einzige Lichtblick ist meine hohe Lebensversicherung. So ist wenigstens Helen versorgt, wenn es mich mal erwischt.

Du weißt auch, dass ich seit Jahren mit allen möglichen Jobs und Kontakten versucht habe, wieder eine gesunde finanzielle Basis zu schaffen. Das einzige, was bis jetzt funktioniert hat, ist, dass ich wenigstens die laufenden Ausgaben immer wieder bedienen und so die Fassade aufrecht erhalten konnte, sodass Helen noch nichts gemerkt hat. Aber dazu muss ich ständig irgendwo ein Loch aufmachen, um ein anderes zu stopfen."

„Und deine Außenstände, die seit Jahren vor sich hindümpeln? Die summieren sich auch ganz schön."

„Du weißt, das ist nicht mein Ding, dauernd irgendwelchen Leuten hinterherzulaufen. Die speisen dich doch nur mit Ausreden ab. Die haben wiederum von irgendwem anders Geld zu bekommen. Du kannst doch bei deiner Klientel selbst ein Lied davon singen."

Horst seufzte. Nach einer kurzen Pause fuhr er fort: „Auf Dauer halte ich das jedenfalls nicht aus. Immer wieder das Versteckspiel vor Helen, immer wieder mit Haken und Ösen operieren, wenn Sie irgendwelche teuren Wünsche hat. Ihr

Auto, die Kleider, Kosmetik ... und neuerdings ernähre ich noch einen Herrn Patrick Göllner."

„Wer ist denn das?"

„Ihr privater Tennislehrer. Ziemlich bornierter Typ. Seit neustem lässt sie sich von diesem *Luftschiffer* dreimal in der Woche über den Platz jagen." Seine Ansicht, dass Göllner wohl ein einfältiger Dummschwätzer war, unterstrich Horst mit einer Scheibenwischer-Handbewegung in Höhe seiner nach oben verdrehten Augen.

„Das muss doch alles bezahlt werden", klagte er. „Und weißt du, was für mich dabei das Schlimmste ist? – Immer wieder die Angst, dass die Seifenblase platzt und Helen mir nicht mehr vertraut und mich verlässt. Das macht mich verrückt."

„Horst, was soll das Gejammer", unterbrach ich ihn unwirsch. „Das haben wir doch schon so oft diskutiert. Du kannst nicht mit Geld umgehen und verbaselst jeden Job. Ich habe dir zigmal geholfen, mich für dich stark gemacht und dabei immer wieder meiner eigenen Reputation geschadet, wenn du dann doch alles hingeworfen hast. Erinnere dich bitte an deine letzte Rechtfertigung, nachdem du die Sache mit dem Anzeigenblatt in den Sand gesetzt hast: Du magst nicht von 8:00 bis 18:00 Uhr arbeiten, hast du gesagt, wenn davon die ersten sechs Stunden fürs Finanzamt sind. Bei einem solchen Schwachsinn fehlen selbst mir die Worte. Ich kann und will dir nicht mehr helfen."

„Diesmal geht es nicht um einen Job", sagte er und schüttelte heftig den Kopf. „Diesmal geht es um ... mein Leben!", fügte er mit fast unhörbarer Stimme hinzu.

„Geht es nicht ein bisschen weniger theatralisch?", fragte ich etwas genervt.

„Ich muss einen Verlust von 95.000 Euro verkraften. 40.000 davon sind von mir. Den Rest muss ich in den nächsten Tagen zurückzahlen." Horst stieß die einzelnen Sätze so heftig hervor, dass man den Eindruck hatte, er meinte sich damit von ihrer Bedeutung befreien zu können.

„Wo ist das Geld gelandet? Warst du doch wieder in Wiesbaden in der Spielbank?", forschte ich ungehalten nach.

„Nein, vom Roulette bin ich weg und von den Karten auch. Das ist doch nun wirklich zig Jahre her. Zum Glück habe ich rechtzeitig heilsame Erfahrungen gemacht. Das weißt du doch!"

Ich wusste, dass Horst zwar in der Lage war, mir etwas zu verschweigen, aber angelogen hatte er mich noch nie. In diesem Punkt konnte ich ihm bedenkenlos vertrauen. Dennoch beruhigte mich seine Antwort nicht. Da war nämlich noch diese andere Sache. Und dann bestätigte er auch schon meine Vermutung.

„Die haben mir den großen Schlag versprochen. Eine todsichere Sache, haben sie gesagt, die mich auf einmal aus dem ganzen Schlamassel herausgeholt hätte."

Kurzfristig blitzten seine tiefblauen Augen auf und er zeigte das strahlende, entwaffnende Lächeln, mit dem es ihm immer wieder gelang, Menschen für sich einzunehmen und über seine Schwächen hinwegsehen zu lassen.

Er holte tief Luft und fuhr fort: „Darius, ich wollte es mir, dir und allen zeigen. Warum sollte ich nicht auch einmal Glück haben? Bei anderen geht das doch auch. Die haben mir das genau vorgerechnet. Da konnte eigentlich gar nichts schief gehen. Das stand auch so in dem Prospekt: Abgesichert durch den AVT-Fond, der vom AVT-Aufsichtsrat genehmigt und betreut und über Bankgarantien rückversichert worden ist."

Als der liebe Gott die Blauäugigkeit verteilt hat, musst du der einzige Abnehmer gewesen sein, dachte ich.

„Aber dann war es genau so, wie du es mir gesagt hast. Erst geringe Einsätze mit schnellen und hohen Gewinnen. Dann hohe Einsätze mit Verlusten. Für die Bankgarantien musste ich auch noch blechen, und das nicht zu knapp. Insgesamt waren es 30.000 Euro. Um die auszugleichen gab es dann den todsicheren Tipp. Und mit dem habe ich weitere 35.000 auf einen Schlag in den Sand gesetzt."

„Also, tatsächlich *Warentermingeschäfte* mit diesen Österreichern, die dir am Telefon diesen Schwachsinn erzählt haben?", stieß ich ärgerlich hervor.

Er nickte müde.

„Was war es denn?", fragte ich bissig, „amerikanische Hähnchen? Ungarische Schweinehälften? Belgische Braugerste?"

Horst nahm die Frage ernst: „Russischer Kaviar, Beluga-Kaviar, 45 Prozent garantierte Rendite!"

„Das darf doch nicht wahr sein", stöhnte ich.

„Siehst du", triumphierte Horst, „das reißt dich vom Hocker, da hättest du doch auch zuggegriffen!"

„Du ausgemachtes Rindvieh!", platzte ich heraus, ohne auf seinen intellektuellen Ausrutscher einzugehen. „Ich hatte dich eindringlich gewarnt, ja dich fast schon angefleht, nichts ohne weitere Absprache mit mir zu unternehmen. Ich habe dir doch aufgezeigt, wie unseriöse Finanzmakler vorgehen, um dich abzuzocken. Und du lässt dir von einem Unbekannten irgendwelche Wahnsinnsrenditen versprechen – und das auch noch am Telefon!"

„Nein, ich habe auf eine Anzeige geantwortet und dann erst haben die zurückgerufen. So mit Sekretärin und allem Drum und Dran. Natürlich haben die mir auch ihre Namen genannt. Das waren abwechselnd zwei Anlageberater, die mit mir sprachen, Georg Brandner und sein Chef, ein Dr. Heinz Hasslacher."

Ich stellte meine Ohren auf Durchzug. Warum musste ich immer an solche Mandanten geraten, die sich meinen Rat holten und doch alles besser wussten, um schließlich mit todsicherem Instinkt auf solche Typen hereinzufallen? Irgendwie musste man das als Steuerberater dann wieder ausbügeln. Und anstatt über die eigene Dummheit zu richten, beschwerten sie sich noch über die Rechnung. Dass es meinen Berufskollegen nicht anders ging, war mir in diesem Moment nur ein schwacher Trost.

Horst plapperte weiter: „Brandner war immer so nett am Telefon, dazu noch der Dialekt. Das hörte sich an wie Urlaub."

„Wie Urlaub auf dem Bauernhof. Und du warst der Ochse, der geschlachtet werden sollte und sich bei der Kirchweih am Spieß dreht", stimmte ich ihm mit nicht zu überhörender Ironie zu.

Horst ging entweder großzügig über meine Provokation hinweg oder er bekam sie einfach nicht mit.

„Er bat mich sogar darum, ich solle ihn doch *Schorchi* nennen", fuhr er fort. „Alle seine Freunde würden ihn so nennen. Und er behandele seine Klienten wie Freunde."

„Wer solche Freunde hat, braucht keine Feinde mehr", platzte es aus mir heraus und nun nahm ich wieder das Heft in die Hand. „Hatte ich dir nicht gesagt, dass 80 Prozent aller Abzocker ihre Opfer telefonisch ködern? Und noch dazu, wenn der Anbieter im Ausland sitzt."

Horst wollte etwas entgegnen, aber mein energischer Blick ließ ihn schweigen. Ich dozierte unbeirrt weiter.

„Angebote per Telefon oder E-Mail ohne Aufforderung sind eigentlich nicht erlaubt, es sind daher eindeutige Warnsignale. Die versprechen einem in puncto Rendite das Blaue vom Himmel. Ich hatte dir doch aufgezeigt: Je höher die Renditen, desto höher auch das Risiko. Jede Geldanlage, die über 15 Prozent jährlich verspricht, ist in der Regel hoch spekulativ."

„Aber die hatten jemanden, der dringend Geld benötigte, um eine Unmenge Kaviar zu einem Spottpreis aufzukaufen. Und sie hatten zudem bereits einen Abnehmer an der Hand, der ein Mehrfaches dafür geboten hatte", versuchte Horst nochmals mit leiser, kläglicher Stimme einen Einwand.

Dieser große, schwere Mann wirkte dabei wie ein Kind. Mit seinem ganzen Körper flehte er um Verzeihung – leicht hängende Schultern und den Kopf zur Seite geneigt. Das war keine Show. Unbewusst drückte er damit auch aus, wie er uns, unsere Beziehung zueinander sah: Er suchte in mir den väterlichen Freund.

Und tatsächlich, obwohl wir fast im gleichen Alter waren, empfand ich mich ihm gegenüber auch stets in dieser Rolle. Und ich fühlte mich wohl dabei! Ja, ich glaube, dass unsere Freundschaft in der Art einer Symbiose funktionierte. Wir brauchten uns gegenseitig, so, wie ein Einsiedlerkrebs die Seerose mit sich schleppt, die ohne ihn nicht vom Platz käme und ihm dafür mit ihren Tentakeln die Nahrung herbeistrudelt. Er war ein liebenswerter, treuer Freund, der für mich durchs Feuer gegangen wäre. Nur in beruflichen Dingen war er halt ein gutmütiger, blauäugiger Trottel, die Inkarnation des ewigen Losers.

„Horst", meine Stimme klang jetzt fast väterlich, „genau das ist doch das typische Strickmuster dieser Manipulationen. Warentermingeschäfte gehören zu den riskantesten Anlageformen. Man schließt einen Vertrag, in dem festgelegt wird, zu welchem Termin bestimmte Waren zu welchem Preis gekauft werden. Und dann hofft man, dass die Waren zu einem höheren Preis wieder verkauft werden können. Solche Geschäfte enden leider immer wieder mit einem Totalverlust, weil es sich oft um Pseudogeschäfte handelt, die gar nicht ausgeführt werden. Dazu kommt dann noch, dass die so genannten Makler behaupten, die Gelder ständig umschichten zu müssen. Dafür berechnen sie horrende Gebühren. Diese Gebührenfalle ist so bekannt, dass sie sogar ihren eigenen Namen hat: im Fachjargon wird sie *Churning* genannt."

„Stimmt", bestätigte er, „da ging auch ganz schön was drauf. Aber das sollte ich doch alles wieder zurückbekommen."

Sein larmoyanter Ton ging mir auf die Nerven. Mit der nächsten Frage ging ich daher schonungslos ans Eingemachte: „Wo hast du eigentlich das ganze Geld her?"

„40.000 sind von mir, das sagte ich bereits. Dafür habe ich dann doch einige Aktien und Gold verkauft und außerdem noch einmal eine kleine Hypothek auf das Haus aufgenommen."

„Und der Rest?"

„Von Estrella und ihrer Familie habe ich 25.000 Euro bekommen. Also eigentlich von Don Jorge, ihrem Vater", bekannte er kleinlaut.

„Nein!"

„Doch. Einen Teil habe ich als Vorschuss dafür kassiert, dass ich ihrer Flamencotruppe in Deutschland, Österreich und der Schweiz Auftritte verschaffe und sie bei einer Tournee manage. Das kann ich schließlich und da habe ich ja genügend Kontakte. Das hätte bestimmt geklappt. Leider habe ich auch für sie etwas in dem Geschäft angelegt."

„Und verloren", fügte ich hinzu.

„Und verloren, ja. Aber das wusste ich doch nicht, es klang alles so sicher. Ich wollte ihnen etwas Gutes dafür tun, dass sie mir den Agenturauftrag gegeben haben. Die wollten das ja auch unbedingt ... Jedenfalls sind Estrella, ihr Vater und der

Rest der Familie jetzt stinksauer auf mich. Sie wollen mit mir nun überhaupt nicht mehr zusammenarbeiten und das ganze Geld in 30 Tagen zurückhaben."

„Und die wollen dir jetzt ans Leder?", fragte ich ungläubig.

„Nein, bis jetzt noch nicht. Die stehen erst an zweiter Stelle. Ich habe ja noch Zeit mit der Rückzahlung."

„Ja, wer steht denn dann an erster Stelle?"

„Dr. Hasslacher und Brandner, die zwei von der AVT aus Klagenfurt."

Jetzt konnte ich Horst nicht mehr ganz folgen. „Die Finanzmakler von der Austria Vermögenstreuhand? Die haben dich doch schon abgezockt und ihr Geld bekommen. Was wollen die denn noch von dir?"

„Darius, du hast nicht mitgerechnet. Es fehlen noch 30.000 an der Gesamtsumme."

„Dann wäre ich dir äußerst dankbar, wenn du mir auch den Rest der Geschichte erzählen würdest", knurrte ich.

„Ich habe so getan, als würde ich weiter Hoffnung in die AVT setzen. Ich habe mich dumm gestellt und mich zum Schein noch einmal auf eine Transaktion eingelassen. Die beiden haben mir für 30.000 Euro günstige Diamanten angeboten, die ich über sie wieder hätte weiterveräußern können – zu einem erheblich höheren Preis, versteht sich."

„Das Zeug", fuhr ich dazwischen, „lässt sich in der Regel doch gar nicht weiterverkaufen, da gibt es keinen privaten Markt. Außerdem sind die Kaufpreise meist überhöht. Du hast doch auch gar nicht das nötige Know-how, um den Wert der Steine richtig einzuschätzen. Diamantenhandel ist nur etwas für absolute Profis."

Horst blies sich nun tatsächlich etwas auf: „Tja, lass mich ausreden! Das weiß ich doch auch, da habe ich mich schlau gemacht. Jedenfalls habe ich denen einen Wechsel aufgeschwatzt. Ich habe etwas von einer Erbschaft erzählt, die in den nächsten Tagen ausgezahlt wird, und die haben es mir glatt abgenommen. Da war die Gier dann einfach größer als der Verstand, nachdem es bei mir ja mehrmals funktioniert hatte. Das Geschäft haben die übrigens selbst gemacht, also nicht über die AVT abgewickelt."

„Den Wechsel kannst du doch gar nicht bedienen, bei dir ist doch rein gar nichts mehr zu holen."

„Richtig, das habe ich denen dann am Telefon auch gesagt, nachdem sie das Geld platziert hatten. Jetzt sitzen sie auf den überteuerten Diamanten und müssen zusehen, wie sie die wieder los werden. Das hättest du mal hören sollen, wie die geplatzt sind. Und besonders hat es sie gewurmt, dass ich noch angekündigt habe, dass ich die ganze Angelegenheit an die große Glocke hängen werde."

„Und nun verstehen die wohl keinen Spaß."

„Nein, fünf Tage haben sie mir gegeben. Die sind Dienstag, also vorgestern abgelaufen. Gestern erhielt ich einen Anruf und jemand forderte mich mit verstellter Stimme auf, ich solle einmal in meinen Briefkasten sehen. Habe ich dann auch sofort gemacht und das lag drin."

Er kramte in der Außentasche seines schmutzigen Jacketts, das er über einen Stuhl zu seiner Rechten gelegt hatte, und zauberte ein Gebilde hervor, das sich bei näherem Hinsehen als ein kleiner Sarg entpuppte. Klappte man den Deckel auf, entdeckte man im Innerem die auseinander gerupften Glieder eines phosphoreszierenden Plastikskeletts. Zu dieser feinsinnigen Geschmacklosigkeit gehörte ein zusammengefalteter Zettel mit einer lyrischen Entartung, mit der die unterschwellige Drohung unterstrichen wurde:

„Burschi, wanst maanst, du kannst uns bescheißen,
werden wir dir die Glieder einzeln ausreißen.
Kemman in drei Tag' die dreißigtausend net bei,
schlag'n wir di am vierten Tag zu Brei."

„Das Idiom deutet ja nun tatsächlich auf unsere alpenländischen Nachbarn hin", analysierte ich knapp. „Die Drohung gilt für übermorgen, Samstag, wenn ich die Tage richtig gezählt habe. Hast du das der Kripo mitgeteilt?"

„Nein", wehrte Horst heftig ab, „hier, das kam gestern Nachmittag per E-Mail nach." Er reichte mir eine weitere Nachricht, die offenbar von dem gleichen Absender kam, diesmal aber in Prosa gehalten war:

„Wir hoffen, das Gedicht hat dir gefallen. Übrigens – du solltest dich einmal mit dem Paragraphen 263 in eurem Strafgesetzbuch befassen, der handelt von Betrug. Und Wechsel ausstellen, ohne dass man sie bedienen kann, ist eindeutig Betrug. Also erzähl besser keinem von unseren Geschäften. Du reißt dich nur selbst mit rein!
Und denk dran: 30.000 Euro, sonst ... ."

„Wer in der Absicht, sich oder einem Dritten einen rechtswidrigen Vermögensvorteil zu verschaffen, das Vermögen eines anderen dadurch beschädigt, dass er durch Vorspiegelung falscher oder durch Entstellung oder Unterdrückung wahrer Tatsachen einen Irrtum erregt oder unterhält, wird mit Freiheitsstrafe bis zu fünf Jahren oder mit Geldstrafe belegt", kramte ich Paragraph 263 aus meinem Gedächtnis hervor. Zu irgendetwas musste mein Studium ja gut gewesen sein.

„Das war doch nur Revanche. Ich wollte doch da keinen Vorteil rausschlagen", jammerte Horst.

Er hatte immer noch nicht kapiert, in welche Zwickmühle er sich durch seinen unüberlegten und infantilen Rachefeldzug gebracht hatte.

Ich versuchte es noch einmal, mit anderen Worten: „Horst, wer andere um ihr Geld betrügt, dem drohen bis zu fünf Jahren Knast; in besonders schweren Fällen können auch zehn Jahre vom Richter verhängt werden. Das ist kein Kavaliersdelikt. Du kannst in unserem Staat deine Frau krankenhausreif schlagen und deine Tochter jahrelang missbrauchen. Ein gerissener Strafverteidiger und eine schwere Kindheit genügen für ein mildes Urteil, wahrscheinlich sogar auf Bewährung. Aber wage es nicht, anderen an ihre Geldbörse zu gehen. Bei Wirtschaftskriminalität drücken unsere Gerichte heutzutage kein Auge mehr zu. Trotzdem solltest du zur Kripo gehen, auch wenn es für dich unangenehm werden könnte."

„Nein!", sagte Horst mit fester Stimme.

Ich kannte das bei ihm. Er war zu blitzschnellen Entscheidungen fähig. Die traf er zwar meist aus dem Bauch – so wie den Unsinn mit dem Wechsel –, aber dann war er konsequent. Wenn Horst einmal einen Entschluss gefasst hatte, war er davon kaum mehr abzubringen. Darin war er eisern, von einer Hartnäckigkeit, die man eigentlich nicht bei ihm vermutete. Was das anbelangte, war er absolut berechenbar und zuverlässig.

„Ich hänge da also selbst mit drin", folgerte er kühl. „Die Polizei einzuschalten scheidet daher aus. Die stellen mir nur blöde Fragen und dann könnte ich das auch vor Helen nicht mehr verbergen. Ich will sie da raushalten."

Ich lehnte mich mit verschränkten Armen zurück und fragte: „Und wie willst du sie da raushalten? Wie willst du ihr alleine schon erklären, wo du dich heute die halbe Nacht herumgetrieben hast? Schon mal was von ehelichem Erklärungsnotstand gehört?"

„Helen ist zum Glück seit gestern bei einer aus der Vergangenheit aufgetauchten, ehemaligen Schulfreundin in Düsseldorf und damit wenigstens bis Ende der Woche aus dem Schussfeld. Bis dahin muss ich eine Lösung gefunden haben. Ich will und werde das alleine durchstehen! Irgendwie muss ich Hasslacher und Brandner beruhigen oder irgendwoher das Geld auftreiben."

Sein Anflug von Entschlossenheit wich so schnell, wie er gekommen war, wieder seiner Mutlosigkeit. Eben noch aufrecht und mit forscher Miene, sackte Horst nun in sich zu einem kleinen Häufchen Elend zusammen und jammerte: „Aber, selbst wenn ich das mit den Österreichern aus der Welt schaffen könnte, was mache ich mit Don Jorge? Vor allem, was machen er und seine Familie mit *mir*, falls ich das Geld nicht rechtzeitig besorgen kann? Die fühlen sich von mir betrogen und sind in ihrer Ehre verletzt. Du weißt, was das für Südländer bedeutet! Mit dem Flugzeug ist Sevilla nur noch einen Katzensprung weit von uns entfernt. Darius, was soll ich tun? Ich habe Angst, *tierische* Angst."

Ich sah Horst forschend an: „Im Januar hast du mich das erste Mal wegen Warentermingeschäften angesprochen. Letzte Woche wurdest du etwas konkreter. Ich habe dir beide Male grundsätzlich abgeraten. Jetzt erfahre ich, dass die ganze Geschichte schon seit mehreren Wochen eskaliert. Bitte sag mir endlich, was du von mir erwartest. Soll ich dir etwa das Geld geben?"

Ich bereute die Frage im selben Moment, in dem ich mit ihr herausgeplatzt war. Horst war stolz darauf, dass er unsere Freundschaft selbst in den misslichsten Situationen niemals mit Geld belastet hatte. Ein Bruch dieses unausgesprochenen Gesetzes wäre für ihn einem Sakrileg gleichgekommen.

Ich schämte mich für diese Taktlosigkeit einem Hilfe suchenden Freund gegenüber. Aber noch schlimmer war mein

Schuldgefühl: Wieder einmal hatte ich das Empfinden, für einen anderen da sein und seine Probleme zu meinen eigenen machen zu *müssen*. Dabei wollte ich das nicht mehr. Ich wollte doch endlich konsequent zu sein. Ich wollte endlich Grenzen ziehen, nicht mehr *ja* sagen, wenn ich *nein* meinte. Dass ich das nicht konnte, hatte mich meine Ehe gekostet.

Horst brachte mich wieder in die Gegenwart zurück: „Ich weiß es auch nicht, Darius. Das mit dem Geld kannst du gar nicht ernst gemeint haben." Er sah mich hilflos an. „Tut mir Leid, ich *weiß* doch, dass du seit Monaten reif für die Insel bist. Aber ich musste mit jemandem darüber sprechen und wer anders als du könnte das sein? Ich meine, das macht einen Freund doch aus, dass man bei ihm ungestraft seine Gedanken aussprechen kann – oder?"

Sein plötzliches Umschwenken und sein unerwartetes Verständnis für mich machten jeglichen Versuch von Konsequenz zunichte; vor allem, als er mir dann noch einen verlockenden Vorschlag unterbreitete.

„Hör zu, wenn diese Sache rum ist, packen wir das Nötigste ein und fliegen endlich wieder einmal ins Haus nach La Palma. Mensch Darius, nur eine Woche! Das muss doch drin sein. Wir beide allein, so wie früher."

„Wir beide allein?" Ich sah ihn zweifelnd an. „Vergiss nicht, wie oft Beatrice dabei war. Jede Straße, jeder Stein, jeder Duft wird mich an sie erinnern."

„Mensch Darius, komm' endlich zu dir! Die Sache ist gelaufen. Nimm es hin! Kennst du übrigens die Geschichte vom Ajaxturm?"

„Dort, wo du den Unfall hattest?"

„Ja. Da hatten sich vor etwa 170 Jahren die Tochter eines Müllers aus Neu Bamberg und ein Bauernsohn aus Siefersheim in einander verliebt."

„Was soll die Story", fragte ich ungeduldig.

„Warts ab! Die beiden trafen sich oft heimlich", erzählte Horst unbeirrt weiter, „und zwar an der Stelle, wo heute der Ajaxturm steht. Der Bauernsohn hatte die Jagd in diesem Gebiet gepachtet und nahm zu diesen Treffen seinen Jagdhund mit. Der hieß ..."

„Ajax!", platzte ich heraus, „bitte mach's kurz!"

„Bingo! Die beiden kamen nicht zusammen, denn der Müller hatte anderes im Sinn und verheiratete seine Tochter mit einem reichen Weinhändler aus Bad Kreuznach. Der vertrank sein Hab und Gut und sie starb verhärmt und unglücklich in jungen Jahren.

Der junge Bauer aber blieb unverheiratet. Er baute dann 1860 einen zinnenbewehrten Weinbergsturm. Zwischen zwei Zinnen ließ er die Steinfigur seines Hundes Ajax setzen."

„Und kannst du dir vorstellen, weshalb er den Turm bauen ließ?"

„Aus Liebe natürlich", antwortete Horst prompt, als sei es das Selbstverständlichste der Welt.

„Siehst du, so schnell vergisst man nicht!"

„Aber gerade, wenn du mit Erinnerungen an Beatrice konfrontiert wirst und dich ihnen stellst, könnte es dir helfen, die Trennung endlich zu akzeptieren."

„Dir fehlt nur noch der weiße Kittel und mir die Couch unter dem Hintern", versuchte ich seinen Streifzug durch die Psychoanalyse zu unterbinden. „Sigmund Freud hätte dich mit Kusshand als viel versprechenden Adlatus unter seine Fittiche genommen."

„Dein Sarkasmus ist manchmal absolut fehl am Platz, obwohl er beweist, dass ich voll ins Schwarze getroffen habe. Nutzt aber nichts, mein Lieber, ich lasse mir die Idee mit La Palma auch von dir nicht zerstören." Dann lehnte er sich zurück, starrte mit genüsslich gespitzten Lippen vor sich hin und sinnierte: „Denk doch nur an …“

Jetzt war Horst in seinem Überschwang nicht mehr zu bremsen. Seine Probleme schienen sich auf einen Schlag in Luft aufgelöst zu haben. Der Zauber der *Isla verde*, vermischt mit den schönsten Erinnerungen, deckte alles Schlechte und Belastende zu – wie die Wolken, die sich vom Osten der Insel über den Bergrücken der *Cumbre Nueva*, einem überkochenden Milchtopf gleich, ergossen.

Er legte den Kopf in den Nacken und schloss verträumt die Augen. „Sternschnuppen vom *Virgen del Pino* bestaunen, über die Wolken zu den Observatorien auf dem *Roque de los Muchachos* fahren, eine frische gegrillte *lenguado* und einen *vino del pais* in Rositas Kiosko am *Playa del Faro*, einen *cortado* in unserer Bar an der *Avenida de maritima* in Santa Cruz. Und …“

Hätte ich ihn nicht unterbrochen, hätte er mir ein Programm für drei Wochen unterbreitet. „Wann waren wir eigentlich das letzte Mal auf *unserer Insel*? Das sind doch schon mindestens …“

Beinahe wäre es ihm geglückt und auch ich hätte mich in seiner Schwärmerei verloren, aber Horsts triumphierendes Grinsen machte das zunichte. Nein, mein Lieber, so leicht kriegst du mich nicht herum! Die harte Realität hatte mich jäh zurück.

„Wie stellst du dir denn das vor? Du hast finanzielle Probleme, sogar Angst um dein Leben, wie du sagst, und träumst von einem spontanen Urlaub! Und was ist mit mir? Meine Kanzlei, die Mitarbeiter, die Mandanten … Das muss doch alles geplant werden. Ich kann nicht so einfach abhauen!“

„Immer erst die anderen und dann auch noch planen, planen, planen. Mein Gott, Darius, was ist aus uns geworden?

Was ist aus *dir* geworden?", fragte Horst bitter. „Bist du nicht selbständig, bist du nicht Freiberufler? Wieso kannst du nicht einfach Urlaub machen? Wieso du nicht, aber deine Mitarbeiter? Sechs Wochen im Jahr können die Urlaub nehmen."

„Moment!", unterbrach ich ihn, „die müssen sich auch immer erst mit mir und den Kollegen absprechen und ihre laufenden Arbeiten fertig haben. Außerdem ..."

„Klar doch", unterbrach Horst mich ungeduldig, „aber dann sind die gleich für mehrere Wochen am Stück weg. Wann, bitte schön, hast du das letzte Mal mehrere Wochen pausiert? Ich kann mich nicht entsinnen, dass du das überhaupt jemals getan hast. Was du allerdings ganz *selbständig* getan hast, mein Lieber, und das gestehe ich dir ohne Umschweife zu, du hast *selbständig* und aus freier Berufung die wundervollste Frau, die du dir vorstellen konntest und zwei Pfundskerle von Söhnen deinem Beruf, deiner Kanzlei und deinen verwöhnten, egozentrischen Mandanten geopfert!"

„Deren einer du bist", sagte ich etwas schief grinsend. Mir war gar nicht wohl bei seiner unvermittelten Attacke auf mein Gemütsleben. Daher wollte ich in dieser Unterhaltung wieder etwas Oberwasser bekommen.

Aber Horst zuckte nur mit den Schultern und schüttelte meinen verbalen Haken ab wie ein Boxer einen Streifschlag.

„Und deine Freiberuflichkeit", fuhr er ungerührt fort, „wie ist es denn um die bestellt?"

Horst kannte meine Befindlichkeiten und die Leichen in meinem Keller. Er vermochte sie Stück für Stück erbarmungslos auszugraben, wenn er meinte, es sei wieder einmal an der Zeit, mir den Kopf zu waschen.

Er war aufgesprungen, hatte sich vor mir postiert und beide Hände schwer auf meine Schultern gelegt. Da stand er, der Schulden hatte, wie ein Stabsoffizier und um sein Leben bangte, in dem von mir geliehenen Bademantel und hielt mir mit festem Blick eine Standpauke.

„Ein schöner Freiberufler! Ha, zwangsverkammert bist du! Ein Unternehmer mit Handschellen! Wie war denn das vor ein paar Jahren, als die *Mainzer Allgemeine* eine Personalanzeige größer druckte, als du es angegeben hattest. Nur weil die noch Platz zur Verfügung hatten und es gut meinten. Wer hat denn da von dem mit seinem Zwangsbeitrag bezahlten Kammerjuristen eine *Abmahnung*, wie einen Eintrag ins Klassenbuch, von der Kammer bekommen? Und wer ..."

„Schluss jetzt", platzte ich heraus, „ich merke, dass ich dir zu viel erzählt habe. Du wirfst da einiges durcheinander. Außerdem hast du keine Ahnung von dem hohen Haftungsrisiko, dem ich ausgesetzt bin. Das kann ich nicht delegieren. Auch wenn ich gegen Vermögensschäden versichert bin, gegen Reputationsverlust gibt es keine Versicherung. Und was unsere Berufsordnung betrifft, die dient auch dem Schutz unserer Mandanten. Außerdem hat sich da inzwischen einiges geändert."

Horst hörte mir ungeduldig den Kopf schüttelnd zu. Ich merkte es selbst: Besonders überzeugend klang das nicht. Außerdem verfestigte sich in mir der Eindruck, dass er mit jedem Wort seiner Anklagerede an Sicherheit gewann. Offensichtlich hatte er sein Pulver noch nicht verschossen. Also blickte ich ihn herausfordernd an; sollte er doch weitermachen, wenn es ihm half.

„Ja, das willst du nicht hören. Weißt du, Darius, ich mache vieles falsch, aber *ich* kann einmal von mir behaupten, dass ich *gelebt* habe, bevor ich sterben werde! Jedoch der – ach, so sehr auf seine Reputation bedachte – Herr Schäfer, seines Zeichens Steuerberater, biegt sich von einem faulen Kompromiss zum anderen."

Er beugte sich vor, wackelte drohend mit dem Zeigefinger und prophezeite in beschwörendem Ton: „Und glaube mir, mein Freund: Jedes Nachgeben aus Resignation ist ein kleiner *Tod*!"

Dann lehnte er sich wieder zurück, atmete tief durch und fuhr in sachlichem Ton fort: „Also, was ist mit La Palma? Ich buche bei Condor – beziehungsweise Thomas Cook, wie die ja jetzt heißt – oder LTU einen Flug für uns in ... sagen wir mal, in 14 Tagen. Das musst du einfach arrangieren können! Darius bitte, es geht um mehr, als nur La Palma. Wach endlich auf!"

Er hatte Recht. Vieles klang mir so vertraut. Horst *musste* einfach Recht haben. Mir war auf einmal, als hörte ich Beatrice, wie sie wieder einmal vergebens versuchte, mich mit klaren und ehrlichen Worten aufzurütteln, um unsere Ehe zu retten. Es war also nicht das erste Mal, dass mir klar gemacht wurde, dass ich etwas ändern musste. Damit konnte ich genauso gut jetzt gleich anfangen. Und wenn ich Horsts Probleme betrachtete, dann waren meine beruflichen Dispositionsschwierigkeiten wirklich Peanuts dagegen.

„Also, mach mal", ergab ich mich und war verwundert darüber, wie leicht mir das von den Lippen ging.

„Na also, mein Alter, geht doch", grinste er und man spürte seine Erleichterung. „Wenn du endlich nach Jahren über deinen Schatten springst, werde auch ich meine Probleme in den Griff bekommen."

Wieder diese Symbiose, dachte ich.

„Und eins verspreche ich dir, Darius: Auf La Palma unterhalten wir uns über unseren nächsten Lebensabschnitt und schließen einen Pakt: Du suchst einen Weg aus deinem beruflichen Kerker und ich werde endlich erwachsen. Das ist ein Versprechen und du weißt, dass ich noch nie eins gebrochen habe."

Das klang gut, sehr gut sogar, fand ich. Das ist oft so bei guten Vorsätzen – alleine ist es manchmal sehr schwer, den inneren Schweinehund zu überwinden.

Während unserer Zukunftsschwärmerei war die Zeit natürlich nicht stehen geblieben und mich rief allmählich die ganz alltägliche Arbeit.

Horst bestellte sich eine Taxe. Während wir darauf warteten, zog ich mich um und telefonierte mit Gunther Richter.

Gunther ist Maschinenbauingenieur aus dem Schwäbischen und vor über 20 Jahren hier im Ort hängen geblieben. Bei einem Weinfest lernte er Petra, die Tochter eines Winzers, kennen und verliebte sich unsterblich in sie. Drei Jahre lang machte er ihr den Hof und musste vor allen Dingen den Vater von seinen Vorzügen überzeugen. Für sein einziges Kind und damit seine einzige Erbin wünschte der sich natürlich einen Weinbaufachmann als zukünftigen Schwiegersohn. Erst als Gunther ihm in einer Nacht-und-Nebel-Aktion – kostenlos! – den Vollernter reparierte, der ausgerechnet während der Traubenernte ausgefallen war, war er mit dem „Auswärtigen" einverstanden.

Gunther baute sich eine kleine Einmannwerkstatt auf und repariert seitdem im Ort alles, was anfällt. Vom Rasenmäher, über den Oldtimer, bis hin zu schweren Agrarmaschinen gibt es nichts, was er nicht wieder funktionstüchtig machen kann. Petra kümmert sich um die Büroarbeit, und der Schwiegervater hofft darauf, dass nun wenigstens einer der drei Enkel sein Weingut einmal weiterführen wird.

Ich bat Gunther, Horsts Wagen abzuschleppen und festzustellen, ob sich eine Reparatur noch lohnen würde. Falls nicht, sollte er für die Verschrottung sorgen.

III.

Meine Kanzlei ist in dem umgebauten Kelterhaus meines Anwesens, einem ehemaligen kleinen Weinbauernhof, untergebracht. Als die Taxe kam, erschien Frau Dengler gerade zur Arbeit. Den Mund halb geöffnet, erinnerte meine Sekretärin an eine Skulptur, die man in einer Galerie unter dem Titel: „fassungslose Salzsäule“ ausgestellt hatte.

Es war auch mehr als irritierend, was sie zu sehen bekam: Horst verließ im Bademantel, unter dem nackte, stachelige dicke Waden herauslugten, ein Bündel verdreckter Kleider auf einem Bügel über den Rücken geschwungen, von meinen schwanzwedelnden Hunden begleitet das Wohnhaus und stieg in die Taxe ein. Das denglersche Erstaunen konterte er mit einem anzüglichen Blick und warf ihr zur Krönung des Ganzen eine Kusshand zu. Sie schüttelte missbilligend den Kopf und verschwand im Kanzleigebäude, nicht ohne ihrem Herzen mit einem gehauchten „Männer! Werden nie erwachsen“, Luft zu machen. Wie Recht sie hatte.

Horst winkte mich noch einmal zu sich und flüsterte mir aus dem heruntergelassenen Fenster zu: „Das biege ich schon wieder gerade. Ich habe auch gar keine Angst mehr. – Danke, danke, dass du einfach da warst.“

Die Taxe fuhr an. Mit nach oben gestrecktem Daumen erinnerte er mich noch einmal daran, dass wir eine Vereinbarung getroffen hatten, wie wir unserer Zukunft den Dreh zum Guten geben wollten.

„Danke auch dir“, murmelte ich ihm mit geschlossenen Augen und einem leichten Kopfnicken hinterher.

Ich ging nun ins Büro und fühlte mich, trotz der wenigen und unruhigen Stunden Schlaf, so energiegeladen wie lange nicht mehr.

Der Arbeitstag umklammerte mich mit der seit Jahren gewohnten Tagesroutine, die einen abends stets mit der resignativen Frage entlässt: „Was habe ich heute eigentlich von dem, was ich mir vorgenommen hatte, gemacht?"

Auf meinem Tisch sammelt sich permanent eine Menge Kleinkram an. Ich bin daher froh, dass Irene Dengler meine Sekretärin ist, denn sie nimmt mir inzwischen viele Routinearbeiten ab.

Seit drei Jahren arbeitet sie bei mir. Im Alter von 30 Jahren war sie der Rationalisierungswut einer McKinsey-Studie in einer Großbank zum Opfer gefallen, die selbst vor den besten Mitarbeitern nicht Halt machte. (Und Irene Dengler ist eine hervorragende Mitarbeiterin!) Natürlich war sie frustriert, als sie sich in ihrem Alter schon auf dem Abstellgleis sah, wagte aber trotzdem den Sprung in eine ihr fremde Branche. Wir stellten schnell fest, dass es zwischen uns sowohl menschlich als auch beruflich wunderbar „passte".

Ich bin immer gut damit gefahren, dass ich ihr bei ihrer Arbeit völlig freie Hand lasse, allerdings muss ich sie ab und zu in ihrer Eigeninitiative etwas bremsen. Nachdem sie zum Beispiel ein Seminar „Mitarbeiter im steuerberatenden Beruf – aktive Dienstleister" besucht hatte, war sie einfach nervig. Nicht aktiv, vielmehr hyperaktiv, überschüttete sie seitdem erbarmungslos jeden Besucher meiner Kanzlei, der sich ihr ahnungslos näherte, mit ihrer frisch erworbenen „Dienstleistungsgesinnung".

Für diesen Morgen nun hatte sich Carlo Dornhagen zur Prüfung der Unterlagen mehrerer Jahre eines meiner Mandanten angesagt.

Ob ich ihm erzählen sollte, dass ich von ihm geträumt hatte? Ich kenne ihn, seitdem ich vor mehr als zehn Jahren die

Kanzlei von Wiesbaden nach Bernheim verlegt habe. Aber doch nicht so gut, dass ich die nächtlichen Offenbarungen meines Unterbewusstseins mit ihm teilen würde, obwohl er bestimmt ein angenehmer Zeitgenosse ist. Gut, er ist ein wenig blässlich. „Ei mer kommt ja in unserm Beruf kaum an die frisch' Luft vor lauter Arbeit. Und geht mer dann e ma in de Arbeitszeit an die frisch' Luft, dann setze se ein gleich an die Luft. Unn des wär mer e bissje viel frisch' Luft", ist einer seiner Standardscherze.

Ein wenig übergewichtig ist er auch. 85 Kilo Lebendgewicht verteilen sich recht ungleichmäßig auf seine nicht gerade hünenhafte Körpergröße von 1,72 Metern. Aber auch dafür hat er eine Erklärung parat. Wie oft hatte ich auch die schon gehört! „Ich bin net zu schwer, ich bin zu klaa für mei Gewicht."

Er ist zwar der Schriftsprache mächtig, aber unter uns verfällt er in den Dialekt, einem Gemisch, das für geübte Ohren eher den Hessen als den Rheinland-Pfälzer in Dornhagen erkennen lässt. Eine Sprachenkomposition, die uns verbindet – auch er kommt ursprünglich aus Wiesbaden. Eine solche Herkunft hängt man im nahen Mainz besser nicht an die große Glocke. Zwischen den beiden Landeshauptstädten besteht dieselbe Hassliebe wie zwischen Köln und Düsseldorf oder Frankfurt und Offenbach.

Und noch etwas ist charakteristisch für Dornhagen: Er ist ein lebendes Chronometer; man kann mit absoluter Zuverlässigkeit die Uhr nach ihm stellen. Wenn er sich zur Betriebsprüfung in meiner Steuerberatungskanzlei angesagt hatte, stand er bisher stets Glockenschlag acht Uhr auf der Matte.

Das mag auch durchaus daran liegen, dass er nicht weit fahren muss. Über die Kreisstraße erreicht er mich in etwa zehn Minuten. Wenn nicht wieder einmal ein Lastwagen des Steinbruches in Neu-Bamberg oder ein Traktor mit angehängter Rolle, hochbeladen mit Weinflaschen, eine Autoschlange hinter sich herzieht.

Die Rheinhessische Schweiz ist ein von Hügeln geprägtes, idyllisches Weinparadies. Sie ist – Relikt der napoleonischen Besatzungszeit – mit einem dichten Netz von Landstraßen versehen, die wegen des hügeligen Geländes oft eng und kurvenreich sind. Jedes Überholmanöver wird automatisch zum unkalkulierbaren Risiko. (Die Kreuze an den Straßenrändern erzählen manche tränenreiche Geschichten). Es kann dann auch schon einmal 15 Minuten dauern. Aber Dornhagen war bisher immer auf die Minute pünktlich.

Den Kaffee, den ihm Frau Dengler mit unermüdlicher Penetranz immer wieder und sogar mehrmals am Tag anbietet, lehnt er höflich, aber bestimmt ab. An Carlo Dornhagen tropfen diese Attacken ab wie an einer Regenhaut. Fassungslos muss sie akzeptieren, dass sie sich jedes Mal eine Abfuhr einhandelt. Und gerade bei ihm macht ihr das so sehr zu schaffen, dass sie sich in einem Zustand gesteigerter Reizbarkeit befindet, wenn er in der Kanzlei ist. Ich habe schon einmal überlegt, mit seinem Sachgebietsleiter zu vereinbaren, Dornhagen nicht mehr zu mir zu schicken. Aber alleine wegen der zu erwartenden Reaktion auf meine Begründung: „Der lehnt den Kaffee von meiner Frau Dengler ab!“, nehme ich die Minderproduktivität im Verbund mit der angesäuerten Miene meiner Sekretärin in Kauf. Außerdem mag ich ihn.

Und noch etwas hält mich unwillkürlich davon ab, ihn aus unserer Umgebung zu verbannen: Frau Dengler hat zweifellos ein Auge auf ihn geworfen. Liebend gerne, so scheint es mir, möchte sie ihn umgarnen und verwöhnen. Ich habe nur noch nicht herausgefunden, ob ihre Motive eher in mütterlichen Gefühlen oder doch in einem streuenden Pfeilhagel Amors ihren Ursprung haben.

Beide sind ledig und schon leicht angestaubt. Aber das ist weniger auf altersbedingte Gebrauchsspuren zurückzuführen (sie ist schließlich erst 35 und er 38), sondern wohl eher ein Ergebnis der seltenen „Nutzung“. Sie haben wohl beide die Hoffnung aufgegeben, den richtigen Partner fürs Leben zu finden.

Carlo Dornhagen hat seinen angestammten Platz im Prüferzimmer, das ich mir aus traditionellen Gründen immer noch gönne, und steuert dieses in seiner Routine unbeirrbar an. Dann beginnt ein ewig gleiches Ritual: Seiner abgewetzten Lederaktentasche entnimmt er die Abgabenordnung, das Handbuch der Betriebsprüfer, das Bilanzrichtliniengesetz und einen lädierten Leitzordner. Letzterer könnte jedem Flohmarkt zur Zierde gereichen. Man würde es einem pfiffigen Antiquitätenhändler ohne Argwohn abnehmen, dass Bismarck die Emser Depesche darin abgeheftet hatte, bevor er sie fälschte und an Kaiser Wilhelm weiterleitete. Diesen Ordner bewacht Carlo Dornhagen so streng, dass er ihn wohl nur dann öffnet, wenn er unbeobachtet ist. Verlässt er den Raum in Richtung Toilette, was ebenfalls zu festgelegten Zeiten geschieht (zu jeder vollen zweiten Stunde), verstaut er den Ordner wieder in seiner Aktentasche. Eines Tages – ich habe es mir geschworen! – werde ich ihm sein Geheimnis entreißen.

Außerdem entnimmt Dornhagen seiner Tasche eine kleine Blechdose. Er stellt sie vor sich auf den Schreibtisch und klappt mit einer grazilen, fast zärtlichen Handbewegung beider Daumen und Zeigefinger den Deckel auf. Wie in einer Schmuckschatulle liegen darin zwei sorgfältig gespitzte Bleistifte, ein Spitzer und – Privileg seiner Funktion – ein Radiergummi. „Steuerberater dürfen nicht radieren, wir Betriebsprüfer sehr wohl!“ (Wenn es um grundlegende Dinge geht, spricht er ein ausgezeichnetes Schriftdeutsch.)

Zu guter Letzt wechselt ein kleiner Wecker von der Aktentasche auf den Schreibtisch. Eigentlich benötigt er ihn überhaupt nicht, denn Punkt neun Uhr wandert sein Blick, der bis dahin in Belege, Listen und Konten vertieft war, automatisch nach oben. Er atmet kräftig aus, streckt sich genüsslich und lässt die Fingergelenke knacken: Frühstück.

Wieder wird die Aktentasche zur Wundertüte. Eine Thermoskanne mit Kaffee (der Deckel dient zugleich als Tasse) und eine Tupperdose mit streng riechendem Inhalt werden entnommen. (Dornhagen scheint eine Vorliebe für Käse jenseits des Verfalldatums zu haben.) Liebevoll wird alles auf einem sorgfältig ausgebreiteten weiß-rot-karierten Küchenhandtuch platziert.

Die zu prüfenden Unterlagen hat er natürlich zuvor aus der Gefahrenzone genommen. An ihre Stelle tritt die *Mainzer Allgemeine*, die er unter gröblichster Missachtung fest verwurzelten und überregional berufsüblichen Brauchtums statt der *Bildzeitung* zu lesen pflegt.

In immer gleichem Wechsel reihen sich Prüfen, Frühstückauspacken und -einpacken, Prüfen, Mittagessenauspacken und -einpacken, Prüfen, wie Perlen auf einer Kettenschnur aneinander. Sekundengenau um 16.13 Uhr kommt das Finale. Einer unhörbaren und nur für Eingeweihte erkennbaren Regieanweisung folgend wird das frühmorgendliche Auspackritual in umgekehrter Reihenfolge zelebriert; so, als ob man einen Film rückwärts laufen ließe. Mit dem einzigen Unterschied: Es ist Punkt 16.15 Uhr, wenn er mit einem freundlichen „Allez dann, tschüs" die Kanzlei verlässt.

Ich erinnere mich noch genau an jenen Tag, als er einmal erst um 16.20 Uhr ging. Unsere heile Welt geriet damals beinahe aus den Fugen, bis wir feststellten, dass unsere Kanzleiuhr vorging.

Auch an diesem Donnerstag verließ Dornhagen pünktlich die Kanzlei und ich folgte seinem Beispiel nach einem beruhigenden Blick in den Terminkalender nur eine Stunde später – sehr zur Verwunderung der im Büro Verbliebenen.

IV.

Ich wechselte vom Berufsanzug zu Jeans und Pullover und trabte mit den Hunden durch die Weinberge. Unterwegs kam mir Heinz Runde auf seinem alten Bulldozer entgegen. Eigentlich betreibt er in Mainz ein gut gehendes Geschäft für EDV-Zubehör, aber er und seine Frau Karin sind mit Leib und Seele Nebenerwerbslandwirte und neuerdings auch Nebenerwerbswinzer. Mit streitbarer Hartnäckigkeit widmen sie sich der ökologischen Landwirtschaft und Rinderzucht. Damit nicht genug – vier Kinder, drei Pferde, zudem mehrere Hunde, Katzen, Hühner und Puten runden die Idylle ab.

Mitunter werden sie wegen ihres konsequenten Umweltverhaltens zum Gespött der professionellen, herbizid- und pestizidgläubigen Landwirte und Winzer, wovon die beiden sich zum Glück aber nicht beirren lassen. Sie sind glücklich mit ihrer Art zu leben und das ist das Wesentliche. Und wenn die Rebläuse den Traubenertrag wieder einmal auf ein kärgliches Maß reduziert haben, weil sie sich partout nicht von liebevoll aufgetragenem Teebaumöl in die Flucht haben schlagen lassen, ist es für die beiden auch in Ordnung. Dann wird halt im nächsten Jahr ein anderes Mittel ausprobiert.

Heinz hielt an. „Wer hat dich denn um diese Zeit aus der Kanzlei vertrieben?“, hörte ich ihn durch das Tuckern des Traktors von oben herab.

„Du musst gerade reden“, flachste ich zurück, „morgens um fünf Uhr aufstehen, frisches Heu und Wasser zu den Kühen fahren, ausmisten, dann duschen, umziehen, ins Geschäft und abends geht‘s weiter.“

„Aber mir tut‘s gut – im Gegensatz zu dir: Du siehst zehn Jahre älter aus und fühlst dich ja wohl auch so. Wenn ich abends mal auf ein Glas Wein bei dir vorbeikomme, schläfst du nach einer halben Stunde ein."

„Heute nicht", forderte ich ihn spontan heraus.

Heinz grinste. „Das können wir gleich testen. Ich bin fertig mit meiner Arbeit. Spring auf, wir fahren zu dir."

Ich kletterte auf den metallenen Sozius und er fuhr ruckelnd an. Die Hunde hielten ohne Mühe bei dem geringen Tempo mit.

Vier Stunden und ebenso viele Flaschen *Bornheimer Hähnchen* später saßen wir immer noch zusammen. Wie lange hatte ich das nicht mehr gemacht, mit Heinz bei einem vollmundigen, trockenen *Grauburgunder*, wie er nur in Rheinhessen wächst, über Gott und die Welt gealbert und den Dorftratsch kultiviert! Wir hatten viel aufzuholen. Die Bundestagswahlen standen nach vier Jahren Schröder an, und es zeichnete sich ein konkurrierender Kanzlerkandidat ab, der wie kaum ein anderer zur Polarisierung beitrug. Über dieses Thema hatten wir bisher noch nicht polemisiert.

Eigentlich hatte ich es mir seit Jahren abgewöhnt, mich in Stammtischatmosphäre an politischen Diskussionen zu beteiligen. Nicht, dass ich unpolitisch wäre oder keine Meinung hätte. Ich komme inzwischen nur nicht mehr klar mit der um sich greifenden fatalistischen Mentalität des „Passt schon" beziehungsweise des „Irgendjemand wird mir schon helfen" vieler Bundesbürger. Vor allem aber reagiere ich damit auf eine Tendenz in unserem demokratischen Gefüge: Politikverdruss und Toleranz gegenüber Andersdenkenden verhalten sich zunehmend reziprok zueinander. Ich wehre mich zwar weiterhin gegen groteske und undifferenzierte Vereinfachungen und Diskriminierungen, aber ansonsten muss nicht jeder wissen, wem ich mein Vertrauen schenke und wem nicht.

Bei Heinz war das anders. Mit ihm konnte ich offen diskutieren. Er hätte meine Meinung auch dann respektiert, wenn sie nicht seiner entsprochen hätte. An diesem Abend widerlegten wir allerdings mit gebündelten Geisteskräften und der beflügelnden Unterstützung aus meinem Weinkeller Winston Churchills Erkenntnis: „Wenn zwei das Gleiche denken, ist einer überflüssig.“ Einhellig und unter albernem Gelächter stellten wir unsere Wunschregierung zusammen und erkannten schließlich, dass von denen, die noch dran waren beziehungsweise dran kommen wollten, kaum einer übrig blieb.

Wir verwarfen unser Schattenkabinett dann aber doch. Wir mussten nämlich erkennen, dass *unsere* Kandidaten viel zu konsequent, rechtschaffen und ehrenhaft wären, um sich in der Politik auf Dauer behaupten zu können.

Dass der Dorfklatsch an diesem Abend zu kurz kam, lag endlich einmal nicht an mir. Ich war aufgedreht und fühlte mich fit. Es war Heinz, der sich müde verabschiedete. Mit einem vieldeutigen „Mach weiter so, Alter“ und mit leicht unsicherem Gang verschwand er durch das Hoftor.

Ich lehnte mich zufrieden auf der Bank zurück, streckte die Beine aus und fühlte mich wohl. Aber dann, als ob sie mir die innere Ruhe nicht gönnten, machten sich meine Gedanken wieder selbständig. Ein Gefühl der Unruhe verdrängte urplötzlich meine Gelassenheit und eine Flut von Fragen stürmte auf mich ein: Was hatte Horst wohl inzwischen unternommen? Ich hatte den ganzen Tag nichts von ihm gehört. Wenn er alles zurückzahlen wollte, müsste er immerhin 55.000 Euro auftreiben. Zwar waren die 25.000 Euro für Don Jorge erst in 30 Tagen fällig, aber die 30.000 für den Wechsel sofort.

Ich wollte nicht glauben, dass die Österreicher ihre Drohung wahr machen würden, aber wie war das mit dem Autounfall? Zeitlich passte der mit dem Ablauf des Ultimatums von Hasslacher und Brandner zusammen. Aber riskierte man mit so einem Manöver nicht auch die eigenen Knochen? Und woher sollte jemand wissen, dass Horst um diese Zeit mit seinem Wagen gerade auf dieser Strecke unterwegs war?

Ich überlegte, ob er vielleicht beobachtet oder sein Telefon abgehört wurde. Die elektronischen Geräte dazu erhielt man ja bereits im Versandhandel oder im Internet.

Genauso gut konnte aber auch die Familie von Estrella Martinez dahinter stecken. Und sei die Autoattacke auch nur als Drohung zu verstehen. Ich hatte ihren Vater, Don Jorge, vor Jahren einmal kennen gelernt. Ich erinnerte mich noch gut an den kleinen, untersetzten Mann mit Tränensäcken, die sein ganzes Gesicht beherrschten. Ich hatte im ersten Moment Probleme, ihm den Chef und Star einer Flamencotruppe abzunehmen. Estrella stellte ihn Horst und mir als *padre general* vor.

Wir erfuhren schnell, welchen Tugenden er diesen Beinamen, den er sich übrigens mit unverkennbarem Stolz gefallen ließ, zu verdanken hatte: Zum einen führte er die Showtruppe, die ausschließlich aus Mitgliedern seiner Familie bestand, mit harter, aber gerechter Hand – allerdings nach eigenen Gesetzen, die die seiner Väter waren. Er war die Inkarnation des Machos, der sein physisches Überleben den Fähigkeiten der ihn bedienenden Frauen verdankte. Ein Werteselbstverständnis, das bei den Sevillanischen Zigeunern, denen seine Familie ethnisch angehört, noch heute Gültigkeit hat.

Zum anderen war er postum ein glühender Verehrer von General Franco – übrigens einer der wenigen Francoanhänger, die ich in Spanien kennen gelernt habe, die ihn bei seinem Mutternamen *Bahamonde* nennen. Der General hatte in den 60er Jahren eine Vorstellung der Folkloregruppe in Sevilla besucht und war so begeistert, dass er Don Jorge zu sich an den Tisch bat, ihn umarmte, als Bewahrer unverfälschter Tradition bezeichnete und ... ihn *hermano*, Bruder, nannte. Francos Tod und die vom spanischen König Juan Carlos danach eingeleitete *transicion*, der – nach Don Jorges Verständnis – verabscheuenswürdige Übergang zur Demokratie, waren des *padre general* Dauerthema.

Als Ausländer konnte man sich bei seinen Hasstiraden ein Vokabular aneignen, das einem bei eigenem Gebrauch Beleidigungsklagen, Prügel oder auch beides einbringen würde.

Diese Mischung aus traditionellen Werten und dem archaischen Selbstverständnis, mit dem in Diktaturen mit dem Leben derer umgegangen wird, die sich scheinbar gegen diese Traditionen vergehen, ist explosiv. Ein Fehler gegen den überlieferten, ungeschriebenen Ehrenkodex und Freunde werden zu erklärten Feinden, die es mit durch die eigenen Gesetze legitimierten Sanktionen zu vernichten gilt.

Sowohl von Hasslacher und Brandner als auch von Don Jorge war Horst also potenziell bedroht. Und in der letzten Zeit las man so viel darüber, dass die Hemmschwelle zur Gewalt insgesamt immer mehr abnähme. Ich hatte jedenfalls kein gutes Gefühl bei dieser Sache.

Gefühle! Hier geht es nicht um *Gefühle*, rebellierte mein Verstand. Was soll da schon passieren. Wir leben nicht mehr im Mittelalter, wir leben in einem Land, in dem uns eindeutige Gesetze schützen. Alles andere erlebt man vielleicht in ei nem billigen Kriminalstück, der Phantasie eines professionellen Drehbuchautorenteams entsprungen und in Szene gesetzt von erfahrenen Regisseuren und Schauspielern. Dabei geht es darum, Spannung aufzubauen, mit Emotionen zu spielen und den Zuschauer für die Dauer eines Filmes von der Realität des Alltags abzulenken.

Schluss mit den *Empfindungen*, sagte ich mir, die bringen nichts. Nur, was sich nüchtern, dem Gesetz der Logik folgend einordnen lässt, das zählt. Das erfuhr ich schließlich täglich in meiner Kanzlei.

Das Telefon riss mich aus meiner Grübelei. Mein Verstand ging wieder auf Tauchstation und ich stürzte, nun doch mit einem flauen *Gefühl* im Magen, zum Apparat: „Schäfer, guten Abend!" Ich hörte nur ein Rauschen und eine entfernte Stimme, die durch ein Echo so verzerrt wurde, dass ich sie nicht erkennen konnte. Einem zerhackten Satz war nur zu entnehmen: „Auto ... schuldig ... angerufen ... abrechne- ... Schulden ... Schlag ... Rest ... umbringen werden."

Jetzt wusste ich, wer der Anrufer war – Horst! Aber da war das Gespräch auch schon unterbrochen. Ich versuchte, ihn zu Hause zu erreichen – Freizeichen. Auch auf seinem Handy erhielt ich nur die Auskunft: „Der Teilnehmer ist vorübergehend nicht zu erreichen."

Ich starrte ratlos mein Telefon an. Als es erneut klingelte, nahm ich sofort ab.

„Kannst du mich jetzt verstehen? Ich telefoniere mit dem Handy", erklärte Horst, „der Pegel war weg."

„Ich höre dich einwandfrei. Was war das vorher mit: *schuldig ... abrechnen ... Schlag ... umbringen werden*?"

Er lachte. „Die Verbindung war so schlecht. Ich sagte: Ich habe mir ein Auto gemietet und bin noch unterwegs. Da gibt es einige Leute, die sind mir noch etwas schuldig und die habe ich angerufen. Wenn ich alles eintreiben kann, was sie mir schulden, bekomme ich auf einen Schlag eine größere Summe zusammen. Das reicht zwar immer noch nicht, aber umbringen werden die von der AVT mich wegen des kleinen Restes schon nicht. Was dann noch fehlen sollte, bekommen sie halt ein paar Tage später."

Ich atmete erleichtert auf. Sein munterer Ton wurde auf einmal ernst: „Ich muss übrigens noch wegen einer anderen Sache mit dir reden."

„Sprich, ich habe Zeit", forderte ich ihn auf.

„Nein, Darius, das muss ich mit dir persönlich besprechen. Das ist nichts fürs Telefon. Ich bin mir bei dieser Angelegenheit auch noch nicht so im Klaren, wie ich reagieren soll."

„Noch mehr Geldprobleme?", wollte ich wissen.

„Nein, da brauchst du dir keine Sorgen zu machen. Jetzt frag bitte nicht weiter. Wenn ich so weit bin, werde ich mit dir darüber sprechen. Am besten dort, wo alles angefangen hat, auf La Palma."

Er klang irgendwie traurig, fing sich dann aber wieder und fuhr fort: „Ach, Darius, damit ich es nicht vergesse, bitte sag Helen nichts über den Hintergrund meiner Abwesenheit, falls sie vielleicht bei dir anruft. Das will ich selbst tun. Ich will ihr endlich reinen Wein einschenken. Also, bitte, nichts sagen."

„Ist klar", versicherte ich ihm.

„Übrigens, wir fliegen am 23. nach La Palma. Das ist ein Dienstag. Ich habe über Beziehungen auf die Schnelle Tickets bekommen."

Typisch Horst, dachte ich.

„Aber nur noch einen Flug von Düsseldorf aus. Mit der LTU, morgens um halb sechs. Da sind wir am späten Vormittag in Santa Cruz und haben einen ganzen Tag gewonnen. Für die Nacht davor nehmen wir uns am besten ein Zimmer in Düsseldorf, im *Novotel* in der Nähe vom Flughafen, weil ... da können wir den Wagen auch kostenlos auf dem Hotelparkplatz stehen lassen, bis wir wieder zurückkommen."

Er brach abrupt ab. Ich schwieg ebenfalls.

„He", kam es zaghaft aus dem Hörer, „du hast es dir doch nicht etwa anders überlegt?"

„Nein, es ist nur an diesem einen Tag so viel auf mich eingeprasselt, dass ich das erst einmal verdauen muss."

„Kann ich verstehen. Du wachst langsam aus dem Dornröschenschlaf auf und suchst den Prinzen, der dich wachgeküsst hat. Da ist aber keiner. So etwas kann auf Dauer zu Psychosen führen. Was hätte Sigmund Freud wohl dazu gesagt?"

„Wann planst du wieder zurück zu sein?", beendete ich seinen untauglichen Versuch, das Befinden meiner Seele ein zweites Mal an diesem Tag zu analysieren.

„Wenn alles gut geht, am Sonntagnachmittag", kam es fröhlich zurück. „Und denk dran, was der Esel zum Hahn in dem Märchen von den *Bremer Stadtmusikanten* sagte, als sie in ihre ungewisse Zukunft aufbrachen: *Etwas Besseres als den Tod findest du überall.*"

„Quatschkopf", antwortete ich grinsend, aber er hatte schon ausgeschaltet. Ich ahnte in diesem Moment noch nicht, dass mir der letzte Satz wohl nie mehr aus dem Kopf gehen würde – auch nicht der Klang seiner Stimme dabei.

Ich ging zu Bett und las noch in Henning Mankells *Wallanders erster Fall.* Nachdem ich einige Zeilen mehrmals lesen musste, weil mir mittendrin immer wieder die Augen zufielen, legte ich das Buch zur Seite und löschte das Licht. Ich schlief schnell ein. Es wurde ein tiefer, ruhiger Schlaf – wie schon seit vielen Monaten nicht mehr.

Freitag, 12. Juli bis Montag, 15. Juli

V.

Vor einigen Jahren erstand ich auf einem Trödelmarkt eine verschlissene Firestone Landkarte von den *Islas Canarias* aus dem Jahr 1966. Ich habe mir einen Ausschnitt der Karte herauskopieren und vergrößern lassen, der La Palma in der Ursprünglichkeit zeigt, in der Horst und ich es noch kennen gelernt hatten. Er hängt, auf eine Holzplatte geleimt, an der Wand gegenüber von meinem Arbeitsplatz. Am Tag nach meiner Vereinbarung mit Horst nahm ich die Karte das erste Mal seit längerer Zeit wieder bewusst wahr und geriet für kurze Zeit ins Träumen:

Als Horst vor etwa dreißig Jahren von seinem Vater eine kleine Finca auf der Westseite von La Palma erbte, waren wir mehrmals im Jahr dort. Wir erkundeten die Kanareninsel bereits zu einem Zeitpunkt, als sie noch so aussah, wie sie auf der Karte dargestellt war: Schmale, schlechte Straßen, abenteuerliche, beängstigend enge und dunkle Tunnel und vor allen Dingen noch nicht das Reiseziel, geschweige denn der Wohnort, stressgeplagter Mitteleuropäer.

Ein paar Deutsche gab es allerdings bereits, die sich dort niedergelassen hatten. Clemens Gerber, ein ehemaliger Metzger, den das Rheuma aus der kalten Heimat vertrieben hatte, betrieb mit seiner Hilde in der Nähe von *Santa Cruz de la Palma* eine deutsche Wurstfabrikation. Ein Einmannbetrieb zwar, aber gut ausgelastet. Wir hatten die Gerbers zum ersten Mal auf dem Markt in *Mazo* getroffen und waren seitdem mehrmals auf dem Weg zur Inselhauptstadt auf ein Stück frisches Brot nach deutschem Rezept mit Hausmacherwurst bei ihnen eingekehrt.

Dort hatten wir dann im Frühjahr vor 27 Jahren Helen kennen gelernt. Sie war die Tochter von Hildes verstorbener, allein erziehender Schwester. Nach dem Tod ihrer Mutter war Helen für einige Monate bei ihren einzigen Verwandten untergekommen. Sie war eine fröhliche, unbeschwerte junge Frau und Horst verliebte sich sofort in sie und ihr heiteres Wesen. „Ein Mann ist eben, was er macht – eine Frau, was sie ist", war einer ihrer Sprüche, die Horst so an ihr bewunderte. Sie heirateten noch im gleichen Jahr. Horst war 25 und Helen gerade einmal 18 Jahre alt. Beatrice und ich waren ihre Trauzeugen. Unsere Vierergemeinschaft entwickelte sich im Laufe der Jahre zu einer Freundschaft, die auf tiefem Vertrauen und Zuneigung basierte. Viele Höhen und Tiefen erlebten wir gemeinsam. Auch nach Beatrice' und meiner Scheidung änderte sich nichts an den Grundbedingungen.

Das Telefon brachte mich lautstark in die ernüchternde Realität meiner Kanzlei zurück. Ein Mandant wollte sich wegen irgendeiner Lohnangelegenheit, in der ich normalerweise ohnehin nicht den vollen und aktuellen Überblick haben kann, partout nicht an die Sachbearbeiterin, die ihn eigentlich betreute, verweisen lassen. Ich habe Routine darin, meinen Frust hinunterzuschlucken, also blieb ich höflich, investierte fünf Minuten in Kontaktpflege und dirigierte den Mandanten dann an die Sachbearbeiterin um.

Dieser Freitag verlief nicht anders als die anderen Freitage. Die Arbeiten, bei denen meine Mitarbeiter häufiger mit mir Rücksprache hielten, konzentrierten sich auf den Vormittag. Nach der Wochenbesprechung um 14.00 Uhr hatte ich die Kanzlei, nachdem alle gegangen waren, für mich allein. Ich hatte Zeit und Muße, mich den Arbeiten zu widmen, die während der Woche liegen geblieben waren.

Seitdem ich alleine lebte, hatte ich in der Regel das ganze Wochenende dazu genutzt. Aber auch früher, als meine Familie noch bei mir gelebt hatte, hatte ich oft nach diesem Zeitschema gearbeitet.

Ich stellte den Anrufbeantworter an und überließ ihm, dem Fax und meiner Mailbox meine Mandanten.

Währenddessen nahm ich mir den Papierstapel vor, der sich auf meinem Schreibtisch angesammelt hatte und sich auf einem Beistelltisch fortpflanzte. Ich sah mehrere Jahresabschlüsse durch und formulierte drei Einsprüche, die fristgerecht eingereicht werden mussten. Außerdem ackerte ich mich durch einen Stoß Fachliteratur, der schon seit drei Wochen kontinuierlich anwuchs.

Nachdem der Sommer anfänglich nicht in Gang gekommen war, wurde das Wetter spürbar freundlicher und wärmer. Der tagelange Regen hatte schon am Donnerstag aufgehört. Ich konnte also bei geöffnetem Fenster arbeiten. Zwischendurch ging ich mit den Hunden die gewohnten Routen über Feldwege und durch die Weinberge. Es war ein *gutes* Wochenende, eines, an dem ich fast alles abarbeiten konnte, was ich geplant hatte, ohne dass mein Drang nach frischer Luft und Bewegung zu kurz kam.

Auch wenn das konzentrierte Arbeiten von privaten Dingen ablenkte, musste ich immer wieder an Horst denken. Eine unbestimmte Unruhe veranlasste mich, zu den unterschiedlichsten Zeiten bei ihm anzurufen. Er meldete sich jedoch nicht, weder auf seinem Handy noch auf seinem Festanschluss in Bad Kreuznach. Ich sprach mehrmals auf seine Mailbox, ohne dass Horst reagiert und zurückgerufen hätte. Auch der Anrufbeantworter funktionierte nicht, oder Horst hatte ihn nicht angestellt. Ich versuchte mich mit der Vorstellung zu beruhigen, dass er wohl nicht mit Helen sprechen wollte oder sich in Gesprächen mit seinen Geschäftspartnern befand. Vielleicht wollte er auch grundsätzlich seine Ruhe haben.

Meine Irritation hielt an, vor allem, nachdem meine Bemühungen, Horst zu erreichen, auch am Sonntag bis in die späten Abendstunden hinein erfolglos blieben.

Am Montag war ich fast den ganzen Tag unterwegs. Ich hatte schon vor mehreren Wochen ein Seminar zum Thema „Aktuelle Rechtsprechung“ bei der Steuerberaterakademie gebucht. Die Veranstaltung fand im Bürgerhaus in Mainz-Finthen statt. Trotzdem der Referent wirklich hervorragend war, hörte ich nur sehr unaufmerksam zu. Ich hatte immer noch kein Lebenszeichen von Horst und machte mir Gedanken. In den Pausen versuchte ich mehrmals, ihn anzurufen – weiterhin vergebens.

Gegen 18.00 Uhr war ich wieder in Bernheim und ging noch einmal ins Büro. Meine Mitarbeiter waren bereits gegangen, Dornhagen sowieso. Auf meinem Schreibtisch fand ich eine Telefonnotiz von Frau Dengler, Helen habe um 15.55 Uhr angerufen und mich sprechen wollen. Sie bäte um Rückruf. Bevor ich Horsts Nummer wählen konnte, klingelte es bei mir. Der Anrufbeantworter war eingeschaltet. Als ich Helens Stimme hörte, nahm ich ab.

„Hallo Helen“, begrüßte ich sie, „ich bin gerade hereingekommen und wollte dich eben zurückrufen. Ich habe zigmal versucht Horst zu erreichen. Wo ist er?“

„Ich weiß es ja auch nicht. Ich dachte, du könntest mir das sagen.“

„Nein, keine Ahnung.“ Ich schwindelte, ja, aber nur ein ganz klein wenig. Schließlich wusste ich tatsächlich nicht, *wo* er sich aufhielt.

„Sein Auto ist nicht da und auch sonst keinerlei Anzeichen, wo er stecken könnte. Ich war bei einer Freundin in

Düsseldorf und habe am Donnerstag das letzte Mal mit Horst telefoniert. Jetzt bin ich wieder zurück und wundere mich natürlich. Er hat nichts davon gesagt, dass er wegfahren wollte. Du weißt wirklich nichts?"

„Schon, er hatte etwas angedeutet. Er wollte eigentlich spätestens gestern wieder zu Hause sein." Ich merkte, dass ich etwas ins Schwimmen geriet. „Er war sich nicht ganz sicher. Er könnte auch heute gemeint haben, wenn ich mich recht entsinne. Seit wann bist du denn zurück?"

Helen war offensichtlich zu aufgeregt, um zu realisieren, dass ich sie etwas gefragt hatte. Sie hakte nach: „Wo wollte er denn hin, Darius?"

„Zu einigen früheren Kunden, von denen er noch Geld zu bekommen hatte."

„Was soll denn das? Das kenne ich ja gar nicht von ihm. Das hat er doch noch nie gemacht." Helen schien misstrauisch zu werden.

Die Angelegenheit wurde mir nun doch zu heikel. Helens und meine Sorge war eine Sache, aber ich hatte Horst das Versprechen gegeben, ihr keine Details zu verraten. Also führte ich das Gespräch zu einem hoffentlich unverfänglichen Ende.

„Helen, jetzt mach dir keine Sorgen. Horst wird bestimmt bald kommen und dir alles erzählen. Es tut mir Leid, aber ich habe jetzt noch einen Termin." (Ich hasse es, wenn ich mich dazu gezwungen fühle, Ausreden zu gebrauchen, zumal es mir schon grundsätzlich gegen den Strich geht, das zu tun. Umso mehr fühle mich ausgenutzt, wenn ich es für andere machen muss.)

Wir verabschiedeten uns und versprachen uns gegenseitig, den anderen sofort anzurufen, wenn einer von uns etwas von Horst erführe, ganz gleich, um welche Uhrzeit.

Ich belegte mir ein paar Brote mit Schinken und Käse und setzte mich mit einer Rotweinschorle, natürlich aus einem heimischen *Dornfelder*, vor den Fernseher. In einer Quizsendung in SAT1 präsentierte Christian Clerici eine Mustersammlung von Kandidaten, die meiner Überzeugung, dass wir in Deutschland einen radikalen Verlust an Allgemeinwissen zu verzeichnen haben, weiter Nahrung gab. „Ein Blick in den Fernseher, ersetzt die Pisa-Studie", belehrte ich kauend den Moderator.

Als man mir aber dann noch in der Werbepause einen Spot für die Wahlen am 22. September mit den hohlen Phrasen eines der Kanzlerkandidaten vorsetzte, der mich wegen der vielen Kreide, die er vertilgt haben musste, an den *Wolf mit den sieben Geißlein* erinnerte, zappte ich genervt durch die anderen Programme. Ron Sommer, so erfuhr ich zum x-ten Mal an diesem Tag, war von seinem Vorstandsposten bei der Telekom zurückgetreten, der Schweinemastskandal ging in eine neue Runde, die IRA entschuldigte sich erstmals für die durch sie in Irland und England getöteten Zivilisten und Soldaten; dafür mussten in Israel einmal mehr unschuldige Menschen aufgrund eines feigen Bombenattentats ihr Leben lassen.

Ich fand, dass ich für heute genug zur Ausgewogenheit meines seelischen und moralischen Gleichgewichtes erfahren hatte, und beschloss frustriert, zu Bett zu gehen. *Wallanders erster Fall* ließ mich abschalten und, wie schon an den Abenden zuvor, sanft in Morpheus Arme gleiten.

Ich weiß, dass ich von Horst träumte. Ich schreckte davon mitten in der Nacht schweißgebadet auf. Aber als ich versuchte, den Traum zu rekonstruieren, verschwanden die dürftigen Erinnerungsfetzen in meinem Unterbewusstsein.

Trotz einer lauwarmen Dusche wälzte ich mich unruhig hin und her. Jetzt müsste er eigentlich zu Hause sein. Aber dann hätten Helen oder er doch angerufen. Ob ich ...? Ein Blick zur Uhr sagte mir, dass ich einen Anruf besser auf morgen verschieben sollte. Vielleicht, so dachte ich, war Horst ja bereits zurück und er und Helen waren in eine erotische Wiedersehensfeier getaumelt. Die beiden hatten sich schließlich mehrere Tage nicht gesehen und es war nur zu verständlich, dass sie da kaum noch an mich dachten.

Ob Beatrice jetzt wohl einen anderen bei sich hatte? Verzweifelt versuchte ich meinem Gehirn zu befehlen, das schmerzhafte Wahnbild, das es meinem geistigen Auge vorgaukelte, abzustellen. Beatrice in orgiastischer Extase in den Armen eines anderen zu sehen, war eine durchaus erotische Phantasie. Allerdings regten mich derartige Hirngespinste weniger an, als auf. Eifersucht tut verdammt weh, musste ich feststellen, auch wenn das diese chemische Reaktion auslösende Objekt sich schon längst aus meinem Aktions- und Befindlichkeitsradius entfernt hatte.

Und bei derartigen Gedanken sollte sich ein erholsamer und Energie aufbauender Schlaf einstellen?!

Aber irgendwann musste ich dann doch wieder eingeschlafen sein.

Dienstag, 16. Juli

VI.

Am nächsten Morgen war es windig. Über Nacht hatte es sich etwas abgekühlt, jedoch der Tag versprach wieder sonnig und warm zu werden.

Ich ging mit Hanna und Kira aus dem Dorf hinaus auf einen Hügel, der den Namen *Sonnenberg* trägt. Vielleicht ein wenig überheblich für seine 230 Meter ü. d. M. Wir liefen, wie so oft einen Fußweg entlang, der sich zwischen zwei Weinbergen erstreckte und an einem Acker endete.

Die Trauben hingen bereits schwer an den Stöcken, die Reife war in diesem Jahr schon weit vorangeschritten. Ein guter Jahrgang kündigte sich an. Der Regen während der letzten Tage hatte die Früchte gefüllt. Jetzt fehlten nur noch einige Wochen Sonne. Die Wetterprognosen zumindest versetzten die Winzer in vorsichtigen Optimismus.

Ich freute mich schon darauf, mit Horst den ersten Federweißen zu genießen. In unserer Gegend ist es noch üblich, dass die Winzer diesen zuckersüßen und berauschenden jungen Wein auf eine ebenso vertraute wie vertrauensvolle Weise anbieten. Die wegen des Gärungsdruckes nur mit verdrillten Papierstreifen verschlossenen Literflaschen stehen zum Mitnehmen auf einem großen Weinfass, das auf dem Bürgersteig vor dem Winzergehöft platziert wird. Ein großes, am Fass befestigtes Pappschild, macht von weitem auf das Angebot aufmerksam. Die Käufer nehmen die gewünschte Menge mit und hinterlassen die gleiche Anzahl an leeren Flaschen und den abgezählten Geldbetrag auf dem Fassdeckel.

Hanna schnupperte neugierig an einer Rebe und wäre liebend gerne ein Stück weiter in den Weinberg gelaufen. Hier duftete es nicht nur nach Trauben, sondern es roch auch nach Mardern und Siebenschläfern. Jedoch zwischen den Wingertzeilen halte ich die Hunde immer an der Leine. Ich finde es einfach rücksichtslos, den Weinbauern zuzumuten, neben ihrer anstrengenden Arbeit auch noch auf Hundehaufen achten zu müssen. Auf dem Acker aber konnte ich die Tiere frei laufen lassen, da er zu der Zeit noch brach lag. Er war jedoch schon gepflügt und mit der Egge geglättet.

Etwa 150 Meter entfernt vom Weg lag etwas. Ich vermutete, dass es ein Dünger- oder Saatgutsack war. In unserer landwirtschaftlich geprägten Gegend ist das keine Seltenheit. Bei meinen Hunden konnten solche Plastiksäcke in der Regel kein Interesse mehr erwecken. Zu oft schon mussten sie enttäuscht feststellen, das diese komischen Dinger weder hundeappetitlich stanken noch gut schmeckten. Diesmal aber gebärdeten sie sich wie verrückt. Kaum hatte ich sie von der Leine gelassen, rasten sie auch schon darauf zu und sprangen bellend davor auf und ab, so, wie sie es immer machen, wenn sie mich zum Spielen auffordern. Irgendetwas Außergewöhnliches musste ihr Interesse geweckt haben. Vielleicht lag ein krankes Tier, ein Fuchs oder ein Hase, darunter. Ich rief sie zu mir und befahl ihnen mit den Kommandos „Platz“ und „Bleib“, so lange liegen zu bleiben, bis ich den Befehl wieder aufheben würde.

Vorsichtig bewegte ich mich auf den Plastiksack zu. Dabei fiel mir in dem trockenen Sandboden, der für unsere Gegend typisch ist, auf, dass sich lediglich die Spuren meiner Hunde und jetzt auch meine auf der Erde abzeichneten. Vor uns war anscheinend noch niemand auf dem Acker gewesen, nachdem er für die Einsaat vorbereitet worden war. Der undefinierbare Gegenstand – als Sack war er bei Näherkommen nicht mehr zu identifizieren – musste vom Wind auf den Acker geweht worden sein.

Schließlich stand ich direkt davor. Aber das war kein Gegenstand, das war ... ein Mensch. Fliegen umsummten den Körper. Er lag reglos da. Selbst für einen Laien wie mich war zu erkennen, dass er tot war. Arme, Beine und Kopf waren abstrus verdreht. Das Gesicht war von mir abgewandt, aber die Größe, das augenscheinliche Gewicht, die Kleidung ... Nein, weshalb sollte das Horst sein? Ich ging um den Körper herum und sah in sein Gesicht. Ich verharrte für eine Weile, ungläubig den Kopf schüttelnd, und murmelte nur: „Nein, das träumst du, wach auf! ... Horst, wie kommst du denn hier her?! Du musst doch zu Hause sein! Das hattest du mir doch versprochen!“

Dabei konnte ich meinen Blick nicht von seinem Gesicht lösen. Horst schien trotz der Deformation und den blutigen Kratzern, die ich erst jetzt realisierte, zu lächeln. Ein Auge war geöffnet, von dem anderen war nichts mehr zu erkennen.

Auch die Hände waren zerkratzt. Sein weißes Hemd war blutverschmiert und zerrissen, ebenso seine Hose. Ein Schuh fehlte, der andere war verschmutzt und abgeschabt. Um den Kopf herum lag an mehreren Stellen eine weißgelbe Masse von der Größe eines Hagelkornes. Und immer wieder diese Schmeißfliegen!

Ich wunderte mich später darüber, dass ich die Details alle registriert hatte. Der Schock kam in dem Moment, als ich erkannte, dass der Schädel an einer Seite aufgeplatzt war und worum es sich bei der gelblichen Masse handelte.

Plötzlich zitterte ich am ganzen Körper. Dann stürzte ich einige Meter zur Seite und übergab mich so lange, bis mein Magen nichts mehr hergab.

„Verdammte Fliegen", entfuhr es mir. Ich zog meine Windjacke aus und deckte damit Horsts Gesicht – oder was davon übrig geblieben war – zu. Danach fühlte ich mich zwar immer noch benommen, konnte aber wenigstens wieder halbwegs klar denken. Dennoch erinnere ich mich nur noch bruchstückhaft an das, was ich dann tat.

Mein Handy hatte ich dabei. Ich drückte die Taste mit der einprogrammierten Notrufnummer. Ich bin mir nicht sicher, ob ich die in diesem Moment parat gehabt hätte.

Ich wurde an die Polizeistation Wörrstadt weiterverbunden. Man befragte mich kurz zu den momentan wesentlichen Fakten und bat mich, vor Ort zu bleiben. Also ging ich zu meinen Hunden, leinte sie an und wartete auf die Polizei.

Was ist mit Helen, dachte ich bestürzt. Irgendjemand muss sie doch informieren. Sollte ich oder musste die Polizei das machen? Ich hatte keine Ahnung, was zu tun war.

Unablässig quälte mich die Frage, was eigentlich geschehen war. War Horsts Angst doch nicht unbegründet gewesen und jemand hatte ihn tatsächlich umgebracht? Hasslacher, Brandner, Estrella, Don Jorge – diese Namen wirbelten durch meinen Kopf.

Fünfzehn Minuten nach meinem Anruf entwickelte sich am Sonnenberg eine professionelle und besonnene Abwicklungsroutine, die mich ruhiger werden ließ.

Vier Beamte von der Schutzpolizei Wörrstadt, darunter auch Polizeiobermeister Doss, sperrten den Fundort des Toten weiträumig mit Trassband ab. Ich bat darum, meine Hunde nach Hause bringen zu dürfen, da sie inzwischen nur noch sehr schwer ruhig zu halten waren.

„Eigentlich nicht", beschied Doss, „doch bevor die zwei sich losreißen und uns alles umpflügen; außerdem kenne ich

Sie ja. Bitte kommen Sie aber umgehend zurück. Der Kollege von der Kripo Alzey, Kriminalhauptkommissar Koman, muss nämlich jeden Augenblick hier eintreffen."

Ich war schon im Weggehen begriffen, als er mir hinterher rief: „Einen Moment noch, Herr Schäfer! Ich habe die Personalien von Herrn Scheurer nicht mehr im Kopf. Im Revierbuch ist zwar alles vermerkt, aber geben Sie mir noch einmal seinen kompletten Namen und die Anschrift. Übrigens, es tut mir sehr Leid, er war ja Ihr Freund."

Ich nickte dankend und gab ihm die gewünschten Informationen.

Als ich zehn Minuten später wieder zurück war, hatte sich nicht nur das Aufgebot an Spezialisten erheblich verstärkt. Die ersten Neugierigen und Gaffer waren zu Fuß, mit dem Traktor oder dem Wingertsholder eingetroffen. Einer der Winzer kam sogar mit dem Pferdewagen, mit dem er sonst seine Gäste durch die Gemarkung fuhr.

Verhaltensforscher bestätigen, dass ein derartiges, voyeuristisches Gebaren nicht nur normal ist, sondern sogar lebensnotwendigen Gesetzmäßigkeiten entspricht: Ein Mensch, bei dem dramatische Situationen keine hemmungslose Neugierde wecken, der zum Beispiel diszipliniert und auf Sicherheit bedacht, an einem Unfall auf der gegenüberliegenden Autobahnseite vorbeifährt, verhält sich anomal. Ich konnte zu meiner Beruhigung feststellen, dass sich die Mehrzahl der Bevölkerung Bernheims – unter wissenschaftlichen Aspekten – aus Normalen rekrutierte. Aber das hatte ich immer schon vermutet. So kannte ich „meine" Rheinhessen: Interessiert, neugierig, mitteilsam, redselig.

Sie standen in Grüppchen zusammen und palaverten. Sie kommentierten und erklärten, was sie nicht verstanden; ich kam mir vor, wie bei einer Bundestagsdebatte. Unser stellvertretender Bürgermeister löste sich von seinen Gesprächspartnern und kam auf mich zu. „Ihr Freund, wie ich höre?“

Ich nickte.

Er setzte eine Leichenbittermiene auf und kondolierte stumm und Mitgefühl verströmend, indem er meine Rechte mit beiden Händen erfasste, sie zuerst kräftig drückte und dann so lange schüttelte, bis es mir unangenehm wurde und ich sie ihm entschlossen entzog. Danach ging er gemessenen Schrittes zurück zu seiner Diskussionsrunde. Ich fragte mich, was dieser Auftritt sollte. Gemeinderatswahlen standen doch erst in zwei Jahren wieder an. Sonst grüßte er mich nur widerwillig, wenn er überhaupt nicht mehr anders konnte. Außerdem stänkerte er dauernd hinter meinem Rücken, dass ich meine Hunde zu oft frei laufen ließ. Als radikal bekennender und intoleranter Jäger durfte er das schon aus Prinzip nicht zulassen.

Doss machte Fotos. Neben ihm stand ein freundlich aussehender Mann in Zivil. Ich schätzte ihn auf Ende 40. Er war hager und sehr groß - etwa 1,95 Meter - und hatte wie ich schütteres, ergrautes Haar. Bekleidet war er mit schwarzen Jeans, einem lindgrünen, kurzärmligen Hemd und einer unifarbenen Krawatte. Doss nickte zu mir herüber und sprach mit ihm, woraufhin er mich nun ebenfalls beäugte.

Der Notarzt hatte seine Arbeit auch bereits aufgenommen und beschwerte sich, dass ich meine Windjacke über Horsts Gesicht gelegt hatte. Zwei Beamte beschäftigten sich mit der Spurensuche. Auch sie beklagten sich, allerdings über meine Fußspuren und die der Hunde.

Der hagere Endvierziger beruhigte sie und versuchte, an ihr Verständnis für meine Situation zu appellieren. Anschließend kam er zu mir herüber und stellte sich vor. „Mein Name ist Heribert Koman. Ich bin der zuständige Kripobeamte. Sie sind Herr Schäfer, der Freund des Toten, der ihn gefunden hat?" Seine Frage klang eher wie eine Feststellung.

Bevor ich antworten konnte, rief der Notarzt Koman zu: „Keine Leichenstarre mehr, schätze etwa 30 Stunden."

„Gut", rief Koman zurück und wandte sich dann an die Polizeibeamten. „Habt ihr gehört? Keine großräumige Fahndung!" Und zu mir gewandt erklärte er: „Wenn eine Leiche noch warm ist, wird eine großräumige Fahndung eingeleitet, aber bei 30 Stunden ...", er ließ den Satz unbeendet.

„Hatten Sie einen Grund Horst Scheurer umzubringen?" Seine überfallartige Direktheit war frappierend, ebenso der neutrale Tonfall, in dem er diese eigentlich ungeheuerliche Frage stellte.

„Meinen Sie mich? Wie kommen Sie denn darauf?", fragte ich perplex. Dass man mich verdächtigen könnte, empfand ich als absolut absurd.

Er reagierte nicht auf meine Gegenfragen.

„Ja, wenn *Sie* keinen hatten, können Sie sich dann wenigstens vorstellen, oder wissen es vielleicht sogar, wer einen Grund gehabt haben könnte?"

„Ich habe keine Ahnung."

Weshalb nannte ich nicht die Namen, die mir vor 20 Minuten durch den Kopf gegangen waren?

„Herr Schäfer, er war nicht nur Ihr Freund, sondern auch Ihr Mandant, sagte mir Polizeiobermeister Doss. Da wissen Sie doch einige Dinge von ihm, die die meisten anderen Menschen, mit denen er Umgang hatte, nicht wissen."

„Schon", bestätigte ich, „aber, selbst wenn ich etwas wüsste, ich unterliege der Schweigepflicht. Paragraph 57 Absatz 1 Steuerberatungsgesetz, präzisiert in Paragraph 9 unserer Berufsordnung. Daran habe ich mich zu halten und das tue ich auch."

Ich wusste selbst nicht, weshalb ich mich zu dieser dozierenden und übertrieben heftigen Reaktion hinreißen ließ. Das hätte ich auch anders sagen können.

Koman zeigte, dass er sofort auf Kontern umschalten konnte: „Und wir haben es hier mit einem Fall zu tun, der möglicherweise unter die Paragraphen 211, 212 und vielleicht auch Paragraph 77 Strafgesetzbuch fällt. Mit anderen Worten und für Laien: Mord, Totschlag oder Beihilfe zu einer Straftat. Aber wollen wir uns hier Paragraphen um die Ohren schlagen oder möglichst schnell den Tod Ihres Freunde klären!? Ihre Schweigepflicht, verehrter Herr Schäfer, interessiert mich nämlich, verzeihen Sie bitte den Ausdruck, einen Scheiß."

Ich bewunderte ihn insgeheim. Er sagte klar und deutlich, was er wollte und empfand. Trotzdem war er dabei freundlich und ruhig. Ein Typ, wie ich ihn eigentlich mag, dachte ich bei mir, ein berechenbarer Querdenker.

„Interessenkollision, nennt man das wohl. Obwohl wir beide das gleiche Ziel haben." Auch ich bemühte mich jetzt um Objektivität und Freundlichkeit.

Es wirkte.

„Genauso sehe ich es auch. Außerdem ist Ihr Mandant tot, falls Sie es noch nicht bemerkt haben sollten."

„Das heißt nichts. Die Schweigepflicht gilt über den Tod hinaus, es sei denn, die Witwe entbindet mich von ihr."

„Wir werden sie fragen. Ein Kollege ist unterwegs um sie zu holen."

„Wie hat sie es aufgenommen?", fragte ich besorgt.

„Das weiß ich nicht. In solchen Fällen rufen wir die Angehörigen nicht an, sondern fahren persönlich vorbei. Das hat, bei allem Respekt vor dem Leid, auch kriminalstrategische Gründe. Sie verstehen?"

Ich nickte. Klar, man will die Reaktion direkt mitbekommen.

Der Notarzt hatte seine Arbeit unterdessen beendet, ebenso die Spurensicherung. Inzwischen war auch ein Leichenwagen angekommen. Horsts Leichnam wurde von Fahrer und Beifahrer in ein Metallbehältnis gelegt, das wie eine Kombination aus Bahre und Sarg aussah, und auf der Ladefläche des schwarzen Mercedes Kombi verstaut. Der Wagen fuhr bedächtig, fast pietätvoll an. Ich schaute ihm so lange nach, bis er meinem Blick entschwunden war. Ich wusste, dass Horst in diesem Zinksarg weggefahren wurde, aber ich begriff es nicht.

„Wo kommt er hin?“, wandte ich mich schließlich an Koman.

„Pulverturm“, sagte er, zuckte mit den Schultern und fuhr erklärend fort, „nach Mainz, in die Pathologie.“

„Muss ihn Frau Scheurer nicht identifizieren?“ So kannte ich das von den Krimis im Fernsehen.

„Grundsätzlich ja. Aber *Sie* kannten ihn und Polizeiobermeister Doss hat seine Personalien von dem Unfall letzter Woche. Außerdem“, er räusperte sich, „er scheint schon einige Zeit tot zu sein. Sie sehen ja selbst ... die Fliegen. Es ist schon zu warm. Wir müssen der Ehefrau den Anblick nicht unbedingt zumuten, oder?“

„Wann kann er beerdigt werden?“

„Das kann dauern. Noch wissen wir ja kaum etwas. Aber eine andere Frage, Herr Schäfer: Polizeiobermeister Doss erzählte mir von Herrn Scheurers Autounfall. Sie werden verstehen, dass der nun in einem ganz anderen Licht erscheint. Was ist mit dem Auto geschehen?“

„Da müssen Sie Herrn Richter fragen, der hat ihn abgeschleppt und, ich nehme an, auch begutachtet. Da drüben steht er. Der kleine, kräftige Mann im Overall.“

Ich deutete auf eines der Diskutierclübchen. „Soll ich ihn herbitten?“

Koman nickte und ich holte Gunther herbei. Er erzählte, dass er den Wagen auf seinen Hänger gezogen und in seine Werkstatt gebracht hatte. Er sei aber erst gestern nachmittag dazu gekommen, sich den Wagen anzusehen.

„Da ischd nix mäa z'macha." Er konnte oder wollte sein alemannisches Idiom auch nach vielen Jahren in Bernheim nicht verleugnen. Allerdings erkannte man bei näherem Hinhören, dass es sich inzwischen auf wohltönende Weise mit dem rheinhessischen mischte.

„E Reparatua ischd deurer, als där Zoitwert. I henn em Schrottunternähme de Oufdraag gääbe, es Oudo abz'hole. Des haschd du doh gsagt?", wandte er sich an mich.

Bevor ich das bestätigen konnte, schaltetet sich Koman ein: „Ich lasse den Wagen von unseren Technikern abholen. Wir müssen ihn untersuchen. Haben Sie etwas festgestellt, was uns jetzt schon weiterhelfen könnte?"

„Na ja, mit den Bremsen gab es offensichtlich ein Problem." Der Obrigkeit gegenüber entwickelte er plötzlich die mir bisher unbekannte Fähigkeit, sich in Schriftdeutsch zu artikulieren - zumindest kurzfristig.

Koman und ich wurden hellhörig.

„Was war mit den Bremsen?", fragte ich und ärgerte mich darüber, dass ich nicht vorher daran gedacht hatte. Horst hatte mir zwar erzählt, dass er abgerutscht sei, seine Bremsen seien in Ordnung, aber seltsam war die Geschichte doch.

„Oiner von de Bremsschleuich war defekt."

„Altersbruch oder durchgeschnitten?", wollte Koman wissen.

„Wäda noh, dorchgbissa", grinste Gunther. „Wahrscheinlich a Marder. Des bassiert zwar selten, dass bei dena auch ein mal oin Bremsschlauch dran glaube muass, aber in dem Fall war es so. Der Kerla war ganz schön aggressiv gwäh. Oin

Bremsschlauch dorchzbeissa, ischd ebbes andersch, als zum Beispiel e Zündkabel."

Koman bedankte sich bei Gunther und entfernte sich in Richtung Notarzt und Spurensicherung.

„Mal sehen", rief er mir über die Schulter zu, „was jetzt schon bekannt ist. Ich muss kurz mit den Kollegen sprechen."

Ich folgte ihm in respektvollem Abstand, näherte mich aber so weit, dass ich hören konnte, worüber gesprochen wurde.

„Und?", forderte Koman seine Leute zu einer Stellungnahme auf.

Der Notarzt machte den Anfang. Er benutzte seine Notizen, die er auf einem Klemmbrett befestigt hatte. „Zuerst einmal das, was ich mit *Bestimmtheit* sagen kann: Der Fundort ist nicht der Ort des Todeseintrittes, der muss woanders gewesen sein. Als nächstes das, was ich mit *Wahrscheinlichkeit* sagen kann: Die Todeszeit, ich tippe auf die Nacht vom letzten Sonntag auf Montag. Aber das muss die Obduktion noch verifizieren."

„Also vom 14. auf den 15. Juli", unterbrach ihn Koman.

„Mag sein, ich habe keinen Kalender im Kopf. Gegen 23.00 Uhr, plus/minus zwei Stunden. Nach Adam Riese also zwischen 21.00 und 1.00 Uhr."

„Und die Todesursache?", platzte ich dazwischen. Ich war inzwischen, ohne dass ich es gemerkt hatte, näher herangetreten.

Der Arzt sah mich mit hochgezogenen Augenbrauen an, als wolle er sagen: „Was will der denn jetzt?"

Koman bedeutete mir mit einem Kopfschütteln, dass ich mich nicht in das Gespräch einmischen sollte.

Der Mediziner fuhr fort: „Tja, und jetzt kommen wir zu dem *ungewissen* Teil: die Todesursache." Dabei sah er mich durchdringend an und senkte die Stimme.

„Ich kann keine definitive Aussage machen. Das muss ich den Kollegen in der Pathologie überlassen. Es kann sich durchaus um einen Unfall aber auch um Selbsttötung handeln. Ich tippe allerdings auf Fremdeinwirkung, da es äußerst rätselhafte Anzeichen für mehrfache Gewalteinwirkung gibt. Ich empfehle, die Leiche gleich ins gerichtsmedizinische Institut in der Universitätsklinik bringen zu lassen."

„Doss, bitte sorgen Sie dafür." Koman wandte sich an den Polizeiobermeister, der sich sofort zum Funkgerät in seinem Dienstwagen entfernte.

Der Notarzt nahm den Faden wieder auf: „Also, die Kombination der Verletzungen ist absolut rätselhaft. Ein geborstener Schädel, mehrfache Knochenbrüche, massive innere Blutungen."

„Erschlagen?"

„Wenn, dann von einer kompakten Holz- oder Eisenplatte, aber nicht mit einem Knüppel oder einer Stange. Nein, ich glaube nicht.

Als AIPler war ich für einige Zeit in Ingelheim in der Unfallchirurgie. Da musste ich gleich in der ersten Woche mit dem Notdienst zu einem Selbstmord. Eine junge Frau hatte sich vom Bismarckturm gestürzt. Die Verletzungen waren ähnlich. Auch die ausgetretene Hirnmasse. Der Anblick war schrecklich. Es war das erste Mal für mich. Ich musste ab in die Büsche. Übrigens", er sah mich an und deutete dann auf mein Erbrochenes auf dem Ackerboden, „von Ihnen?"

Ich nickte und schämte mich ein wenig.

„Kann ich gut verstehen, ging mir ja auch so. Ich habe heute noch immer mal wieder Probleme. Aber ist halt mein Job."

„Na, dann ist die Herkunft des Mageninhaltes ja auch geklärt", mischte sich einer der Beamten von der Spurensicherung ein. „Zwei herumspringende Hunde und ihr kotzendes

Herrchen zertrampeln und verunreinigen den Tatort. Da macht unsereinem die Arbeit doch so richtig Spaß!"

„Aber ich ...", setzte ich an.

„Kollege Holm", mischte sich Koman ein, „was hätten Sie denn an Herrn Schäfers Stelle gemacht. Im freien Flug über der Leiche geschwebt und das, was raus musste wieder runtergeschluckt? Ihr werdet ja wohl frische Spuren von alten unterscheiden können."

„Ach ist doch wahr", maulte Holm, sagte dann aber zu mir gewandt, „Entschuldigung, war nicht so gemeint." Danach drehte er sich zu Koman um. „Welche alten Spuren, bitte schön? Da war nichts, rein gar nichts."

„Wie bitte?!", rief Koman entsetzt aus, „das gibt es doch nicht!"

„Kann ich jetzt erst einmal, dann seid ihr dran. Ich habe auch noch etwas anderes zu tun, als diesen schlecht bezahlten Notdienst", meldete sich der Arzt ungeduldig zu Wort. Koman nickte ihm zu und er fuhr fort:

„Das Problem ist die ungewöhnliche Kombination der Verletzungen. Der Leichnam weist nämlich Spuren auf, die man bei einem Menschen feststellen würde, der gesteinigt wurde."

„Wie bitte?!", fragte Koman ein weiteres Mal.

Interessiert stellte ich fest, dass auch er aus seiner professionellen Ruhe zu bringen war. „Das meinen Sie doch nicht im Ernst?!" Er schüttelte seinen Kopf.

„Die Verletzungen und Abschürfungen deuten auf multiple Einwirkung von harter, scharfer, aber auch stumpfer Materie. An der Kleidung sind Pflanzenspuren. Hier von dem Acker können die ja nicht sein. Wären wir im Gebirge, würde ich sagen, er ist abgestürzt. Aber dann passen die Verletzungen nicht zu denen, die ich zuerst beschrieben habe. Also, ab mit ihm zu den Gerichtsmedizinern. Interessanter Fall, die Studenten werden sich freuen."

Er sah meinen irritierten Gesichtsausdruck.

„Entschuldigung, das war pietätlos. Ich habe gehört, er war Ihr Freund."

„Und was habt ihr rausgefunden?", wandte sich Koman nun an seine beiden Kollegen.

Holm ergriff wieder das Wort, der zweite Beamte hielt ihm die Notizen hin, die er gemacht hatte. „Ich sagte bereits, keine Spuren. Weder Schleifspuren, noch Fußspuren, außer denen von Herrn Schäfer und den Hunden. Auch keine Hinweise auf ein Auto oder ein anderes Fahrzeug."

„Auch kein Anhänger, den man am Weg abgekoppelt und dann auf den Acker gezogen hat?", hakte Koman nach.

„Keinesfalls, der wäre bei dem weichen Boden so stark eingesackt, dass man ihn gar nicht hätte rollen können. Das einzige, was wir identifizieren konnten, sind großflächige Profile. Wahrscheinlich von einem Traktor. Aber auch die helfen nicht weiter; sie sind mehrere Tage alt. Noch von vor der Trockenperiode."

„Das heißt", folgerte Koman, „wir haben keinen Hinweis darauf, wie der Tote hierher kam. Irgendwelche Ideen?"

„Spekulationen, Herr Hauptkommissar, gehören nicht zu unserem Ausbildungsprogramm. Wir befassen uns ausschließlich mit Tatsachen. Was wir allerdings festgestellt haben, ist, dass der Tote unter Druckeinwirkung auf den Acker gelegt worden sein muss. Wir schätzen sein Gewicht auf über 100 Kilogramm ..."

„120 Kilo", präzisierte ich.

„Sagte ich doch", der Blick, den er mir zuwarf, war deutlich – halt dich da raus! – „über 100 Kilo. Also, trotz seines schweren Körpers dürfte es bei einem bloßen Ablegen keinen so tiefen Eindruck geben. Der entspricht bei der momentanen Bodenbeschaffenheit mindestens dem doppelten Gewicht."

„Sturz von oben", sinnierte Koman.

Holm schüttelte den Kopf. „Kaum, dem widersprechen ja die Schürfverletzungen. Aber trotzdem, einmal angenommen, es sei so gewesen. Bei einem Sturz selbst aus der niedrigsten Flughöhe, die in diesem Gelände vertretbar ist – ich schätze sie auf etwa 50 Meter – wäre der Eindruck wiederum erheblich tiefer und länger, wegen des Aufschlagwinkels. Der ist zwar gering, aber erkennbar."

„Und ein Hubschrauber?", warf Koman ein.

„Auch ein Hubschrauber scheidet aus, dann hätten wir bei dem trockenen, sandigen Boden Aufwirbelungen durch die Rotoren festgestellt. Nein, das sieht so aus, als habe man den Toten mit einem riesigen Katapult auf den Acker geschleudert. Wissen sie, so einem, mit dem früher die Mauern von Burgen zertrümmert wurden."

„Steinigung, Katapulte", stieß Koman zornig hervor, „wir sind doch nicht mehr im Mittelalter. Da muss es eine zeitgemäßere Lösung geben."

Ein Auto näherte sich und Koman wurde unterbrochen. Helen stieg aus. Ihre Augen hatte sie hinter einer dunklen Sonnenbrille verborgen. Sie war blass und wirkte um Jahre gealtert. Ich verstand nicht, weshalb man sie überhaupt nach Bernheim geholt hatte, wenn sie Horst ohnehin nicht mehr identifizieren sollte. Koman ging ihr entgegen, aber sie beachtete ihn nicht, sondern rannte an ihm vorbei auf mich zu.

„Darius!", rief sie, „sag, dass es nicht wahr ist!" Sie warf sich in meine Arme.

Ich hielt sie ganz fest. Ihr Körper bebte im Rhythmus ihrer Schluchzer. Ich streichelte ihr wie einem Kind, das man beruhigen will, über den Rücken. Sie hob ihren Kopf, nahm ihre

Sonnenbrille ab und sah mich an. Tränen liefen über ihr Gesicht. Ich nahm ein Papiertaschentuch und wischte ihr die schwarzen Spuren ihres verlaufenen Kajals weg.

„Wo ist er?“, fragte sie schließlich.

„Bereits auf dem Weg nach Mainz“, schaltete sich jetzt Koman ein. Er stellt sich vor und kondolierte Helen. Dann schilderte er kurz und rücksichtsvoll die vorgefundene Situation. Auch sie befragte er nach ihrer Einschätzung über den potenziellen Täter oder Täterkreis. Helen wusste natürlich genauso wenig wie ich zuvor vorgegeben hatte zu wissen.

„Frau Scheurer“, Komans Stimme klang jetzt förmlich, „ich möchte Sie bitten, Herrn Schäfer von seiner Schweigepflicht zu entbinden. Wir könnten dann ...“ Weiter kam er nicht.

Mit mir völlig unverständlicher Heftigkeit erklärte Helen, dass sie das nicht wolle. „Das hat nichts mit seinem Tod zu tun.“ Und zu mir gewandt fügte sie hinzu: „Du, als Horsts Steuerberater weißt das doch am besten.“

Koman zuckte die Schultern. „Ich hoffe, Sie wissen, was Sie tun. Aber ich respektiere momentan Ihre Reaktion, der Schock ist jetzt noch zu groß. Ich möchte zunächst keinen Druck auf Sie ausüben.“ Dann beendete er das Gespräch. „Wenn Sie wollen, lasse ich Sie jetzt wieder nach Hause bringen. Ich komme aber in den nächsten Tagen bei Ihnen vorbei.“

Helen nahm das Angebot dankend an. Sie umarmte mich noch einmal.

„Ich rufe dich an“, rief ich mit belegter Stimme hinter ihr her. Ich war es einfach nicht gewohnt, mit solchen Situationen umzugehen.

„Kann ich dann auch gehen?“, fragte ich Koman.

„Bitte, ich weiß ja, wo ich Sie erreichen kann, falls ich noch Fragen an Sie haben sollte.“

„Ich habe aber noch eine.“

„Fragen Sie!"

„Vor einer Stunde haben Sie mich noch verdächtigt, Herrn Scheurer umgebracht zu haben, Sie haben es aber zugelassen, dass ich alles mit anhören konnte und alle vorläufigen Ergebnisse kenne. Wie habe ich das zu verstehen?"

Er schmunzelte und schien zu überlegen, ob und was er antworten sollte. „Ich hatte lediglich gefragt, ob Sie einen *Grund* dazu gehabt hätten, Herrn Scheurer umzubringen. Aber, falls Sie nicht ein ganz ausgebuffter Fuchs sind, ein professioneller Killer, haben Sie mit der Sache nichts zu tun. Davon bin ich überzeugt", stellte er fest. „Neben meiner instinktiven Einschätzung gibt es Fakten, die gegen Sie, besser gesagt, für Sie sprechen:

Es gibt nur frische Spuren und das waren Ihre von heute Morgen. Herr Scheurer ist aber bereits seit über 30 Stunden tot. Eine schwere Leiche wurde hierher gebracht. Wie hätten Sie das tun sollen, ohne irgendwelche Spuren zu hinterlassen? Weshalb hätten Sie zudem ohne Not die Polizei über den Leichenfund informieren sollen?

Darüber hinaus vertraue ich dem Gespür von Polizeiobermeister Doss. Er schilderte mir die Szene von Donnerstagnacht, als er Herrn Scheurer bei Ihnen ablieferte." Er schmunzelte. Wahrscheinlich hatte ihm Doss die Geschichte wie eine Komödie ausgemalt.

„Aber das mit den Spuren wussten Sie bis vor zwei Minuten doch noch gar nicht!", wandte ich ein.

„Na ja, das war außerdem eine Art Verhör – indirekt natürlich! Ich wollte Ihre Reaktion unmittelbar am Fundort der Leiche mitbekommen."

Auf dem Heimweg überlegte ich, wie ich Koman einen Hinweis auf Hasslacher, Brandner und Estrella geben konnte, ohne meine Verschwiegenheitspflicht zu verletzen. Außer kaum praktikablen und törichten Ideen, wie zum Beispiel einem anonymen Schreiben, fiel mir nichts ein.

Weshalb hatte Helen mich eigentlich nicht von der Schweigepflicht entbunden? Wusste sie doch etwas von Horsts Transaktionen und Situation? Er wollte eigentlich erst nach seiner Rückkehr mit ihr darüber sprechen. Wie musste ich mich verhalten, ohne Horsts Vertrauen post mortem zu enttäuschen? Vor allem, ohne sein Ansehen zu beschädigen. Er konnte sich schließlich nicht mehr rechtfertigen, zumal die Zahlen gegen ihn sprachen.

Selbst nach seinem Tod, ein Mandant bleibt ein Mandant, dachte ich voller Zynismus.

Ich ging an diesem Tag nicht mehr in die Kanzlei. Eine Premiere, ich hatte mich noch nie „krank" gemeldet. Ich war unfähig, einen klaren Gedanken zu fassen, geschweige denn zu arbeiten. Die Mitarbeiter wussten natürlich bereits, was passiert war und ich konnte mir ihres Verständnisses sicher sein. Und falls nicht, fand ich, konnte mir das auch egal sein.

Das grauenvolle Bild, Horst in diesem Zustand auf dem Ackerboden liegen zu sehen, ging mir nicht aus dem Kopf. Ich weiß heute nicht mehr, wie ich den Rest des Tages hinter mich brachte.

Ich erinnere mich nur noch daran, dass ich Beatrice anrief und ihr die schreckliche Nachricht übermittelte. Ihre erste Reaktion war: „Arme Helen", und nach einer kurzen Pause fügte sie leise hinzu: „Armer Darius." Sie versprach, sich bei Helen zu melden, um ihr jede Form der Hilfe anzubieten. Irgendetwas an ihrer Reaktion störte mich. War es die Gelassenheit, mit der sie alles aufnahm? War es ein irritierender Unterton in ihrer Stimme? Ich wusste es nicht einzuordnen.

Donnerstag 18. Juli

VII.

Ich ließ Helen am nächsten Tag in Ruhe. Sie wusste, wo ich zu erreichen war, falls sie meinen Beistand gebraucht hätte. Am Donnerstagnachmittag fuhr ich zu ihr. Sie schien sich etwas gefangen zu haben. Anders als vor zwei Tagen hatte sie sich wieder leicht geschminkt und war auch nicht schwarz gekleidet. Das hätte ohnehin nicht zu ihr und ihrer Einstellung gepasst. Sie sprach dieses Thema auch sogleich an.

„Findest du es unschicklich, dass ich keine Trauerkleidung trage? Horst wird davon nicht mehr lebendig. Ich muss meine Trauer doch nicht öffentlich vor mir hertragen."

„Es ist deine Trauer", bestätigte ich sie. „Die Situation ist schon schwer genug. Also zwäng dich nicht in irgendwelche Konventionen."

Koman, erzählte Helen, war vormittags mit einem Kollegen bei ihr gewesen, um noch einige Fragen zu stellen. Sie hatten Helen auch darum gebeten, einen Blick auf Horsts persönliche Sachen und in seinen Schreibtisch werfen zu dürfen. Es hatte sich offensichtlich nichts finden lassen, was ihnen weitergeholfen hätte. Sie hatten noch gefragt, wo Helen während der Tatzeit gewesen wäre, und sich nach einer knappen Stunde verabschiedet. Helen meinte, ihre Freundin würde schon bestätigen, dass sie von Mittwoch bis Montagvormittag bei ihr in Düsseldorf war.

„Ich möchte auch noch einmal seine Unterlagen durchsehen. Ich werde das auch mit der Meldung an die Lebensversicherung in die Hand nehmen – wenn es dir recht ist."

„Aber natürlich. Darius, was würde ich jetzt ohne dich tun? Nun sind wir beide allein.“ Dabei lehnte sie sich eng an mich. Es gehörte zu Helens Wesen, sich einem mit der infantilen Unbefangenheit eines kleinen Mädchens zu nähern. Das war offensichtlich ihre Art, freundschaftliche Zuneigung auszudrücken. So hatte ich sie vor fast 30 Jahren kennen gelernt und genauso hatte sie sich dieses Gebaren bewahrt. Normalerweise sträubte ich mich dagegen, da ich spürte, dass Helen gerade bei mir ein wenig auf der Gefühlsklaviatur spielen wollte. Aber ich hatte Beatrice gehabt und Horst war mein Freund. Insofern war ich emotional geschützt gewesen. Andererseits hatte ich die Angelegenheit nicht überbewerten wollen, da ich unsere gemeinsame Freundschaft nicht hatte gefährden wollen. Es hatte sich daraus ein jahrelang erprobtes Ritual entwickelt, das nur wir kannten. In der momentanen Situation schien es mir allerdings fehl am Platz. Ich sagte aber nichts, weil ich auch das unpassend fand. Ich machte mich daher vorsichtig von ihr frei und schlug wie selbstverständlich den Weg zu Horsts Arbeitszimmer ein. Dabei kam ich auf ein Thema zu sprechen, das mir auf der Seele brannte:

„Weshalb entbindest du mich eigentlich nicht von meiner Schweigepflicht?“

Ihre Gesichtszüge verhärteten sich.

„Weil ich über Horsts Geldnöte informiert bin und nicht möchte, dass das zur öffentlichen Sache wird.“

„Er hat dir alles erzählt? Wann?“

„Horst hat mir gar nichts gesagt. Er wollte mich nicht damit belasten, nehme ich an. Nein, ich weiß schon seit einiger Zeit, dass es Probleme gibt. Der Filialleiter unserer Bank hat sich verplappert. Ich habe aber Horst nicht erzählt, dass ich das weiß. Ich fand das so süß von ihm, dass er mich da raushalten wollte. Und gestern fand ich das hier, als ich im PC durch die eingegangenen E-Mails blätterte. Horst muss es gelesen haben. Ich habe es ausgedruckt."

Sie nahm ein Blatt Papier von Horsts Schreibtisch und reichte es mir. Es war die E-Mail von Hasslacher und Brandner, die mir Horst schon am Donnerstag gezeigt hatte.

„Meinst du, die haben etwas mit Horsts Tod zu tun?", fragte sie.

„Ich weiß es nicht. Vielleicht hatte er ja noch andere Probleme, von denen wir nichts wissen. Deshalb müssen wir auf alle Fälle Hauptkommissar Koman darüber informieren. Oder willst du nicht, dass seine Mörder gefasst werden?"

„Bringt mir das meinen Mann wieder zurück? Wohl kaum! Aber die Mäuler werden sie sich über ihn und über mich zerreißen."

„Helen", versuchte ich einen letzten Appell an ihre Vernunft, „wir müssen davon ausgehen, dass Horst ermordet wurde. Das ist kein gewöhnlicher Tod und du solltest ..."

Ich kam nicht mehr an sie heran. Sie begann zu weinen und erwiderte schluchzend: „Ich muss doch jetzt an *meine* Zukunft denken, Darius. Da brauche ich jede Hilfe. Wir haben uns in Bad Kreuznach einen Bekanntenkreis aufgebaut, der mir diese Hilfe geben kann. Aber du kennst doch die Menschen, vor allem die Kleinstädter. Die lassen mich fallen wie eine heiße Kartoffel, wenn das rauskommt." Sie wischte sich die Tränen weg. „Nein", schloss sie bestimmt, „ich will das nicht. Du gibst bitte keine Informationen über Horsts Situation raus. Basta!" Dann schwenkte sie plötzlich um und war liebenswürdig, wie immer: „Willst du auch einen Kaffee?"

„Gerne!"

Helen ging aus dem Zimmer.

„Cappuccino, wenn es keine Mühe macht!", rief ich hinter ihr her. ‚Mach mir einen Cappuccino' – ein schmerzlicher Stich durchdrang mich. Ich sah Horst in meinem Bademantel in meiner Küche sitzen und seinen Cappuccino schlürfen.

Schon während Helens Erklärungen hatte ich an Horsts Schreibtisch gesessen. Jetzt machte ich mich an die Durchsicht seiner Papiere. Ich fand nichts Außergewöhnliches. Das meiste kannte ich von meiner Beauftragung als sein Steuerberater.

Einige Papiere legte ich zum Mitnehmen in eine Jurismappe. Dazu gehörte auch ein Schreiben der AVT, mit deren Adresse und Telefonnummer. Es war übrigens von deren Präsidenten, Magister Jonas Rebner unterschrieben. Ein Band von seinem Anrufbeantworter lag unter einem Ordner. Ich steckte es achtlos in die Brusttasche meines Hemdes.

Es klingelte an der Haustüre und kurz darauf kam Helen mit zwei Cappuccino und einem Besucher wieder in Horsts Arbeitszimmer.

„Das ist unser Steuerberater und bester Freund, Darius Schäfer. Und das ist Herr Göllner, mein Tennislehrer", stellte sie uns gegenseitig vor.

Aha, dachte ich, der „Dummschwätzer", so oder so ähnlich hatte Horst ihn bezeichnet. Er war etwa 38 Jahre alt und sah aus, wie man sich eben einen Sportlehrer vorstellt. Braun gebrannt, kein Gramm Fett zu viel und durchtrainiert.

Na und, dachte ich, so sah ich vor 30 Jahren auch einmal aus, zweiundsiebzig Kilo Idealgewicht, gegenüber 93 Kilo heute. Damals war ich in meiner Gewichtsklasse hessischer Vizemeister im Judo. Es hat halt alles seine Zeit!

Göllner bekam ebenfalls einen Kaffee. Er war nach eigenem Bekunden lediglich vorbeigekommen, um Helen sein Mitgefühl persönlich auszudrücken. Ich hatte aber den Eindruck, dass er nur wissen wollte, ob ihm durch Horsts Tod ein Umsatzverlust drohte.

„Aber nein, Frau Scheurer", wehrte er doppelzüngig ab, als Helen gerade dieses Thema ansprach, „deshalb bin ich doch nicht vorbeigekommen. Das ist doch momentan wirklich nachrangig." Sein Ton machte einen spürbaren Schlenker ins Weinerliche. Ich glaubte ihm kein Wort, aber Helen schien es gut zu tun.

Bei einem derart hohlen und heuchlerischen Gespräch war meine Anwesenheit nicht länger vonnöten. Ich verabschiedete mich und fuhr wieder zurück in die Kanzlei.

Ich wollte niemand sehen und schloss meine Tür, nachdem ich Frau Dengler gebeten hatte, mir den Rücken frei zu halten. Die Füße auf dem Tisch und die Hände hinter dem Kopf verschränkt, saß ich leicht nach hinten gekippt in meinem Sessel. Eigentlich ein Bild absoluter Ausgeglichenheit, aber ich war aufgewühlt. Ich hing meinen Gedanken nach. Der Tod von Horst hatte mich total aus der Bahn geworfen; aus einer Bahn, die seit langem fremdbestimmt war.

Szenen meines Lebens eilten im Zeitraffer an meinem geistigen Auge vorbei und setzten einen assoziativen Gedankenwirbel frei: In Wiesbaden geboren, dort als Einzelkind aufgewachsen und zur Schule gegangen – der Vater: Steuerbevollmächtigter mit eigener Kanzlei, die seinen Lebensinhalt darstellte; – die Mutter: identifizierte sich ausschließlich über ihren Mann und die Kanzlei, ließ sich als „Frau Steuerbevollmächtigte" ansprechen.

Die Frage, was ich eigentlich in diesem Gebilde zu suchen hatte, klärte sich nach meinem Abitur: Ich sollte die Kanzlei in Erbfolge übernehmen. Widerspruch war zwecklos! Schließlich zahlte Papa alles – die Mutter starb viel zu früh nach kurzer Krankheit. Nach dem Studium in die väterliche Kanzlei eingetreten, ab dem ersten Tag Missklang wegen Meinungsverschiedenheiten über eine zeitgemäße und zukunftsorientierte Führung der Kanzlei.

1973 Beatrice kennen gelernt, zwei Jahre später geheiratet; nach drei Jahren wurde Mark geboren und ich erhielt die Bestellung zum Steuerberater; drei Jahre nach Mark kam Marius zur Welt; Vater starb und ich übernahm die Kanzlei.

Sie wuchs rasant – die Achtzig Stunden-Woche wurde zur Regel –, daraus entstanden die ersten Konflikte mit Beatrice, die sich rasch verschärften: Ich gelobte immer wieder Besserung und brach meine Versprechen genauso oft.

Acht Jahre lang hatten wir versucht unsere Ehe zu retten – dazu waren wir umgezogen nach Bernheim, in Beatrice' Heimat, und ich hatte die Kanzlei verkleinert. Wir hatten unser kleines Weingut gekauft, da man dann etwas anderes zu tun hat, als nur im Büro zu sitzen, die Arbeit blieb jedoch an Beatrice hängen; wir hatten uns zwei Hunde angeschafft, da man dann gezwungen ist, mit ihnen spazieren zu gehen, aber lediglich Beatrice und die Jungs kümmerten sich um die Hunde; und sogar einen Wohnwagen hatten wir gekauft, da man nur dann ungezwungen Urlaub machen kann. Er wurde jedoch nur einmal genutzt und stand seitdem im Schuppen eines Nachbarn. Ich fand immer wieder neue Ausreden, wenn Beatrice und meine Söhne damit eine Reise machen wollten.

1997 kam es zur Scheidung. Gedankenlos hatte ich meinen Anspruch an berufliche Verfügbarkeit übertrieben und dafür mein weiteres Zusammenleben mit Beatrice und meinen Söhnen geopfert.

Ich erwachte aus meinen Erinnerungen. Aber wie ein Albtraum ließen sie sich nicht abschütteln. Sie waren Realität, meine Realität.

Was hatte Horst in unserem letzten Telefonat gesagt? Zwei seiner Bemerkungen fielen mir wieder ein: „*Du erwachst lang-*

sam aus dem Dornröschenschlaf und suchst den Prinzen, der dich wachgeküsst hat. Da ist aber keiner." Und: „*Wie sagte der Esel zum Hahn in dem Märchen von den Bremer Stadtmusikanten: Etwas Besseres als den Tod findest du überall.*"

„Ja, Horst", bestätigte ich laut, „ich bin aufgewacht und werde auch ohne Prinzen etwas Besseres finden als den Tod. Das schwöre ich dir, mein Alter. Ich werde, ich werde deinen Mörder suchen und finden!"

Ich erschrak. Was hatte ich da gesagt? Mein Unterbewusstsein hatte sich ganz offensichtlich selbständig gemacht und mir diesen Schwur in den Mund gelegt. Einen Moment!, rief ich mich zur Ordnung, nichts übereilen!

Andererseits, weshalb eigentlich nicht? Schließlich weiß ich mehr, als die Kripo. Und wenn ich wirklich etwas an meinem Leben ändern wollte, wäre das ja vielleicht die beste Gelegenheit.

Ich sprang von meinem Stuhl auf und rief Frau Dengler zu mir. Bevor ich etwas sagen konnte, platzte sie mit der Neuigkeit heraus, dass der Bundeskanzler soeben den Bundespräsidenten gebeten hatte, Rudolf Scharping aus seinem Amt als Verteidigungsminister zu entlassen.

„Wäre er doch bloß Ministerpräsident in Rheinland-Pfalz geblieben. Dann wäre ihm das nicht passiert. Jetzt haben die ihn genauso gefeuert – wie mich bei der CoBa", klagte sie und die Verbitterung darüber war ihr immer noch anzumerken.

Aber was interessierte mich in diesem Augenblick ein Herr Scharping?

„Ich brauche Urlaub. Wie lange, weiß ich noch nicht. Fällt Ihnen etwas ein, wie – ab sofort, für unbestimmte Zeit – die Kanzlei ohne mich auskommen kann?"

„Was ist denn los?", wollte sie wissen.

„Später“, entgegnete ich schwungvoll, „erst die Arbeit, dann das Vergnügen!“

„Was würde denn geschehen, wenn Sie für mehrere Wochen überhaupt nicht erreichbar wären. So einfach von heute auf morgen – durch einen Unfall zum Beispiel – und Sie liegen im Koma, oder Sie werden entführt.“

„Na, ich danke für Ihre christlichen Wünsche. Aber im Ernst. Die Steuerberaterkammer würde fürs Erste einen Kollegen zur Wahrnehmung der standesrechtlichen Belange einsetzen. Es geht dabei hauptsächlich um die Unterschriften, die nur ich leisten darf. Vorausgesetzt natürlich, die Kammer würde davon erfahren.“

„Natürlich“, nickte Frau Dengler verstehend. „Wo werden Sie denn sein, in Ihrem Blitzurlaub?“

„Ich nehme an, kurz in Klagenfurt. Vielleicht muss ich auch für zwei oder drei Tage nach Spanien, ich weiß es nicht. Und sonst bin ich hier in der Umgebung. Weshalb fragen Sie?“

„Dann sind Sie doch nicht aus der Welt und immer wieder für einen Stapel unterschriftsreifer Unterlagen greifbar. Wenn es wirklich einmal nicht anders geht, schicke ich Ihnen die Sachen per Kurier. Mit UPS oder einem anderen Paketdienst.“ Frau Dengler hatte Recht.

„Aber, wenn es um Fachfragen und Verwaltungsentscheidungen geht? Hätten Sie auch da eine Idee?“

War ich wahnsinnig geworden, meine *Sekretärin* in derartigen Angelegenheiten zu konsultieren?

Mein Vater drehte sich bestimmt gerade im Grabe rum. Und viele meiner Kollegen würden mich ohne zu zögern für unzurechnungsfähig erklären lassen, wenn sie dieses Frage- und Antwortspiel mitbekämen. Ein Steuerberater gibt sich einer Mitarbeiterin gegenüber doch nicht eine derartige Blöße!

Aber Beatrice, fuhr es mir durch den Kopf, Beatrice würde sagen: „Na geht doch!“ „Na geht doch, Alter!“, hatte auch Horst gesagt.

„Ja, ich denke da an Dornhagen“, antwortete Frau Dengler, ohne groß zu überlegen.

„Wie bitte?“, entgegnete ich entgeistert, „ein Betriebsprüfer? Einer vom Finanzamt? Wissen Sie eigentlich, was Sie da sagen? Der darf das ja auch gar nicht!“

„Fragen kostet nichts.“ Sie ließ sich nicht entmutigen.

„Gut, dann holen Sie ihn mal her“, bat ich und fügte unsicher hinzu „und wenn Sie ihm vielleicht schon sagen könnten, worum es geht?“

Was dann vereinbart wurde, hätte ich noch vor wenigen Tagen in den Bereich der absurdesten Phantasie verwiesen: Dornhagen würde nach 16.15 Uhr, also in seiner Freizeit, bis mindestens 18.00 Uhr für die Beantwortung von Fragen und die Unterstützung bei fachlich schwierigen Aufgaben in der Kanzlei bleiben. Auch Abschlüsse würde er überprüfen. Er hatte die Bilanzbuchhalterprüfung mit Erfolg abgeschlossen und fühlte sich, wie er sagte, ohnehin fehl an seinem Arbeitsplatz. Er war so begeistert, dass er sich sogar bei mir für das Vertrauen bedankte.

Eine Bezahlung schloss er grundsätzlich aus, alleine schon wegen des Konfliktes, in den er mit seiner Dienstordnung geriet. Die Nebenbeschäftigung bei mir war natürlich nicht statthaft. Er wollte es daher wenigstens auf unentgeltlicher Basis machen, damit der Strick, den man ihm drehen könnte, falls im Amt etwas rauskäme, nicht zu dick würde. Eine Genehmigung für die Tätigkeit wollte er jedoch auch nicht beantragen, um nicht die Gefahr einer Ablehnung einzugehen.

„Und ab wann soll die Vereinbarung gelten?“, fragte er abschließend.

„Ab sofort!“ Und wieder wunderte ich mich über meine ebenso spontane, wie gedankenlose Reaktion.

„Weshalb eigentlich so plötzlich?“, wollte Frau Dengler es jetzt genau wissen.

„Ich will den Mörder von Horst Scheurer finden.“

Frau Dengler sah mich an, als ob ich ihr einen unsittlichen Antrag gemacht hätte. Sie schluckte die Bemerkung hinunter, die ihr offensichtlich spontan durch den Kopf ging. Ihr Gesichtsausdruck sagte etwas wie: „Ich habe ja schon immer gewusst, dass Steuerberater einen Schatten haben, aber dass es *so* schlimm ist, hätte ich nicht gedacht!“

Was allerdings heraus kam, war freundlich umformuliert: „Das kann doch wirklich nicht Ihre Aufgabe sein! Dafür gibt es schließlich die Kriminalpolizei. Und außerdem ...“

„... bin ich für derartige Abenteuer ungeeignet, vielleicht sogar schon zu alt. Sagen Sie es ruhig“, unterbrach ich sie schmunzelnd.

„Das habe ich nicht gesagt“, wehrte sie ab. „Ich frage mich nur, weshalb *Sie* das tun wollen und es nicht den Profis überlassen.“

Für einen kurzen Moment blickte ich mit zusammengepressten Lippen aus dem Fenster, bevor ich mich wieder Frau Dengler zuwandte: „Das bin ich meinem Freund schuldig.“ Dann fügte ich noch bedächtig hinzu: „Und mir auch!“

Während der ganzen Zeit hatte Dornhagen schweigend dabei gesessen und aufmerksam zugehört.

„Recht haben Sie, absolut Recht!“, platzte er plötzlich heraus. Er erschrak selbst vor seiner spontanen Heftigkeit und seiner Lautstärke.

„Herr Dornhagen!“, ereiferte sich Frau Dengler – und wieder einmal zeigten rote Flecken an ihrem Halsbereich, dass sie aufgeregt war, „jetzt fallen Sie mir auch noch in den Rücken. Gerade Sie müssten doch vernünftig sein, bei Ihrem Beruf, als Beamter!"

Er neigte sich ihr leicht entgegen. „Sie wissen, wer Giacomo Casanova war?"

„Natürlich", kam es zögerlich über ihre Lippen.

„Wissen Sie auch, was er in seinen Memoiren über die Vernunft schrieb?"

„Nein! Und wenn es eine Anzüglichkeit ist, will ich es auch nicht wissen."

Er ließ sich von Frau Dengler nicht in seinem ungewohnten Mitteilungsdrang bremsen: „ ‚Die Vernunft', schrieb Casanova, ‚ist des Herzens größte Feindin.' " Er nickte ihr Zustimmung heischend zu. „Und, liebe, sehr geehrte Frau Dengler, wenn Sie darin, dass man das Herz sprechen und entscheiden lassen sollte, eine Anzüglichkeit entdecken, lassen Sie es mich bitte wissen. Ich würde mich über das Outing Ihrer Phantasievorstellungen sehr freuen."

Das Gespräch nahm kurzzeitig eine Wendung, die mit meiner Angelegenheit kaum mehr etwas zu tun hatte, aber ich schaltete mich nicht ein und beobachtete amüsiert das Geplänkel – es knisterte doch tatsächlich zwischen den beiden! Amor verschoss einen wahren Pfeilhagel und sie schienen es nicht zu merken. Dornhagen zeigte sich auf einmal von einer Seite, die nicht nur mein Interesse weckte. Auch Frau Dengler sah ihn mit einem Gemisch aus Bewunderung und irritierender Hingabe an. Der Bursche hatte Humor, Bildung und Verve.

„Aber im Ernst, Herr Schäfer", wandte er sich mir wieder direkt zu, „tun Sie, was Sie für richtig halten. Ich kann Sie sehr gut verstehen. Konventionen, Konfliktscheu, Bequemlichkeit, die Angst vor Unbekanntem, das ist es doch! Deshalb geben wir uns immer wieder mit faulen Kompromissen zufrieden. Und hinterher ärgern wir uns darüber schwarz!"

Er war aufgestanden und hinter seinen Stuhl getreten. Dadurch vergrößerte er die Distanz und hatte uns nun beide im Blick. Er stützte sich auf die Rückenlehne.

„Geht mir doch ähnlich! Sie wissen doch auch, wie es bei uns im Amt zugeht: Bevormundungen, Anordnungen, Formulare, Einsparungen und und und. Einschränkungen! Täglich werden wir eingeschränkt!"

Er seufzte. „Entweder man arrangiert sich oder wird zum permanenten Störfaktor. Sich arrangieren heißt Frust, heißt schwindendes Engagement. Einige meiner Kollegen haben schon längst die 30-Stunden-Woche eingeführt, bloß die Amtsleitung hat das noch nicht mitbekommen", grinste er, wurde aber sofort wieder ernst.

„Die Kehrseite der Medaille ist, dass sich die Besten absetzen. Wie sehr habe ich ehemalige Kollegen bewundert, die den Absprung aus der bequemen und eigentlich sicheren Beamtenlaufbahn wagten. Das wollte ich auch und hatte doch immer wieder Gründe, die mich davon abhielten. Nur, keiner dieser Gründe hatte etwas mit mir zu tun – es waren Scheingründe, nichts als Ausreden!"

Er hatte sich wieder hingesetzt. „Aber es geht um Sie. Hier habe ich etwas für Sie. Sie können es behalten, ich habe noch eine Kopie davon zu Hause. Ich bin im Internet beim Surfen darauf gestoßen."

Während er dies sagte, zog er eine lederne, abgeschabte Brieftasche aus der Gesäßtasche seiner Hose und überreichte mir daraus ein gefaltetes Blatt Papier.

„Lesen Sie es sich nachher durch und Sie werden verstehen, weshalb ich Ihnen noch einmal nachdrücklich zustimme: Tun Sie, was Sie für richtig halten. Und wir beide", dabei drehte er sich zu Frau Dengler, „müssen ihn dabei unterstützen – oder?"

„Aber natürlich, gerne, wir beide ...", flüsterte sie hingerissen und hatte nicht die geringsten Probleme damit, dass sie innerhalb kürzester Zeit ihre Meinung mit einer eleganten Pirouette geändert hatte.

Beide waren nun übereinstimmend der Meinung, dass die Idee nicht nur gut sei, sondern bestärkten mich nochmals in meinem Vorhaben. Dass sie dabei mit gut gemeinten, aber realitätsfernen Ratschlägen nicht geizten, deren Fundstellen scheinbar in *Tatorten* oder *James-Bond-Filmen* zu suchen waren, fand ich dann allerdings etwas übertrieben und ich beendete das Gespräch.

Trotz der Zustimmung der zwei hatte ich das unbestimmte Gefühl, mich auf etwas einzulassen, das ich – wenn ich es einmal begonnen hätte – nicht mehr stoppen könnte und das mich letztendlich mehr als nur ein paar Tage Zeit kosten würde. Natürlich war ich auch unsicher, ob ich das Richtige tat und ob ich mir das überhaupt zutrauen könnte. Ich beruhigte mich schließlich damit, dass es eigentlich nur darum ging, Informationen zu sammeln und sodann eins und eins zusammenzuzählen. Darin war ich Profi. Das machte ich schließlich bereits seit mehr als 30 Jahren.

Mein Blick fiel auf das Papier, das Dornhagen mir gegeben hatte. Es lag immer noch vor mir auf meinem Tisch. Ich entfaltete es und las. Es war ein Text von Jorge Luis Borges, in dem der Schriftsteller aufgelistet hat, was er tun würde, wenn er sein Leben noch einmal leben könnte. Mehr Fehler wollte er machen, mehr riskieren, mehr genießen, mehr den Augenblick leben und sich der Freude und den Eindrücken seiner fünf Sinne hingeben. Der Text schloss mit den Worten:

„Aber sehen Sie ich bin 85 Jahre alt und weiß,
dass ich bald sterben werde."

Mein Blick löste sich von dem Papier und wanderte zu der Karte von La Palma. Ich starrte minutenlang darauf, bis die Konturen hinter einem Tränenschleier unscharf wurden.

Samstag, 20. Juli

VIII.

Am Samstag hielt ich es zu Hause nicht mehr aus. So kurz nach Horsts gewaltsamen Tod konnte ich nicht einfach zur Tagesordnung übergehen, auch wenn *mein* Leben weitergehen musste.

Das Weingut *Espenhof* in Flonheim gehört Wilfried und Heike Espenschied. Von ihnen beziehe ich einen Großteil meines Weines, seitdem ich nach Rheinhessen gezogen bin. Vor ein paar Monaten haben sie das Hotel mit dem Restaurant, das nun auch zu dem Weingut gehört, eröffnet. Das romantische Haus, das sich so harmonisch in die Landschaft einfügt, war früher die Poststation.

An diesem Wochenende feierten die Espenschieds ihr jährliches dreitägiges Hoffest mit musikalischer Unterhaltung, rheinhessischen Spezialitäten und natürlich Wein und Sekt. Es war ein wunderschöner warmer Sommerabend, der mich, meiner eigentlich gedrückten Stimmung zum Trotz, wie magisch nach draußen zog. Ich konnte nicht anders, als diesem Drang zu folgen und setzte ich mich gegen 20 Uhr in mein Auto, das wie von selbst den Weg nach Flonheim einschlug.

Die Fahrt führte mich vorbei an der Silhouette der Beller Kirche und dem daneben gelegenen Millionen Jahre alten Brandungskliff. Durch das geöffnete Schiebedach trug der laue Wind die Düfte der Landschaft zu mir. Es roch nach Heu und nach frischer, aufgebrochener Erde; kurzum, nach Sommer und prallem, deftigem Landleben.

Hinter Wendelsheim bog ich links ab und eine Minute später erblickte ich linker Hand auf halber Höhe im Weinberg den Flonheimer *Trullo*, eines der rätselhaften Baurelikte apulischer Gastarbeiter aus dem 18. Jahrhundert.

Als ich im Weingut eintraf, spielte die für diesen Abend engagierte Dixieband gerade eines meiner Lieblingsstücke: *Petit Fleur*, von Sidney Bechet. Der zarte, einschmeichelnde Klang der Klarinette nahm mich so gefangen, dass ich rückwärts ging und an einem der langen Tische, die im Hof aufgestellt waren, am Ende einer Sitzbank gedankenverloren Platz nahm. Ich war so fixiert auf die Musiker, dass ich die dort bereits Sitzenden gar nicht wahrnahm.

„Aber gerne“, hörte ich neben mir eine angenehme Frauenstimme, „nehmen Sie ruhig Platz.“

„Oh, Verzeihung, ich ...“, stammelte ich und drehte mich zu meiner Nachbarin um.

Eine äußerst attraktive rothaarige Frau Mitte vierzig grinste mich frech aus ihren strahlenden, grünen Augen an. „Wenn Sie jetzt auch noch rot werden“, sagte sie und neigte dabei ihren Kopf ein wenig zur Seite, „glaube ich Ihnen gerne, dass Sie ohne elterlichen Beistand Probleme mit den elementarsten Anstandsregeln haben.“

Zum Glück hatte mich Wilfried entdeckt, war zu uns an den Tisch getreten und begrüßte mich. Dadurch bewahrte er mich davor, irgendeine tölpelhafte Antwort abzusondern. Ich bestellte einen *Sauer Gespritzten*, wie die Weinschorle bei uns genannt wird, den ich, bis auf einen kleinen Rest, auf einen Zug leerte.

„Ey boah, würden meine Schüler jetzt sagen“, tönte es neben mir.“

„Wie bitte?“

„Das war eindeutig Überschreitung der gesetzlich zulässigen Trinkgeschwindigkeit“, lachte meine rothaarige Nachbarin. „Darauf trinken wir!“ Sie stieß mit mir an und berührte dabei wie zufällig meine Hand.

Das kann ja heiter werden, dachte ich. Ich hatte zwar keinerlei tiefer gehenden Ambitionen, aber gegen eine nette Unterhaltung hatte ich auch nichts einzuwenden. Sie war Mathematiklehrerin an einem der Gymnasien in Alzey, an dem früher auch mein Sohn Marius als Schüler gewesen war. Dieser Umstand und mein Beruf lieferten uns die Grundlage für eine launige Unterhaltung, die sich auf beiden Seiten aus einem schier unerschöpflichen Fundus von Vorurteilen bedienen konnte. Aber die Belastung der letzten Tage überdeckte diese kleine Zerstreuung. Deshalb verabschiedete ich mich nach etwa einer Stunde, ohne ein Wort der Erklärung. Mein jäher Aufbruch musste sie überraschen, aber sie schien auch enttäuscht zu sein, was mir irgendwie schmeichelte.

Während ich noch einmal kurz zu Wilfried ging, der einige Meter entfernt stand und nach dem Rechten sah, blickte sie mir nach und sah mich an, als ob sie sagen wollte: „Schade, es hat doch gefunkt. Das hätte mit uns beiden etwas werden können."

„Warum?", wollte Wilfried wissen und deutete mit einem kurzen Nicken in ihre Richtung. „Warum flüchtest du?"

„Bei mir hält es keine Frau aus. Ich schnarche", flachste ich.

„Männer müssen schnarchen, weil sie damit ihre Frauen vor den wilden Tieren beschützen", klärte mich Wilfried auf. „Die Sache mit Horst geht ganz schön an die Nieren, was?"

„Das ist mit ein Grund, weshalb ich jetzt gehe. Es war einfach alles zu viel."

„Verstehe. Er war übrigens im Februar mit zwei Österreichern hier, zu einer Weinprobe. Die waren vorletzte Woche von Dienstag auf Mittwoch noch einmal bei mir. Ohne Horst allerdings. Die beiden haben hier übernachtet, zu Abend gegessen und jeder hat noch zwei Kisten Chardonnay mitgenommen. Die Rechnung für den Wein ginge zu Lasten von Horst, sagten sie. Meinst du, das geht jetzt noch in Ordnung?"

Hasslacher und Brandner waren also vom 9. auf den 10. Juli hier gewesen, dachte ich irritiert und überlegte, was das wohl zu bedeuten hatte. Ich musste unbedingt nach Klagenfurt!

„Oder soll ich auf das Geld verzichten?", bot Wilfried an.

„Nein, das ist schon in Ordnung. Ich sorge dafür, dass du dein Geld bekommst. Versprochen! Aber ich muss jetzt. Gutes Gelingen wünsche ich dir noch."

Wilfried sah mich kopfschüttelnd an. Er spürte, dass mit mir nichts mehr in Ordnung war.

„Darius, du hast *mir* einmal gesagt, es gibt noch ein Leben vor dem Tod. Halt dich doch auch mal an deine eigenen Ratschläge! Ich muss aber jetzt zu den anderen Gästen. Da, nimm noch einen Dornfelder mit. Als Autofahrer hast du ja kaum etwas getrunken. Tschüs!", sagte er, drückte mir die Rotweinflasche in die Hand und verschwand im Getümmel an der Sektbar.

Er hat Recht, dachte ich bei der Heimfahrt. Ich musste etwas ändern. Es hat alles seine Zeit. Die Zeit des Schneckenhauses und immer nur für andere da zu sein ist vorbei! Hoffentlich denke ich morgen auch noch so.

Montag, der 22. Juli

IX.

Ich musste wissen, wie weit die Kripo inzwischen mit ihren Nachforschungen gekommen war. Hauptkommissar Koman war sofort für mich zu sprechen, als ich anrief. Ich erklärte ihm, dass ich für ein paar Tage ausspannen und verreisen würde und wissen wollte, ob er davor noch Fragen an mich hätte. Ich wusste nicht, ob er mich durchschaute. Es war mir auch egal.

„Das trifft sich gut, Herr Schäfer, ich habe gerade den Befund vom gerichtsmedizinischen Institut erhalten. Könnten Sie gleich bei mir in Alzey vorbeikommen?"

Sein Zimmer lag im oberen Stockwerk. Die Tür war leicht angelehnt, sodass ich seine Stimme bereits im Flur hören konnte. Er schien zu telefonieren.

„Ich brauche keine Telefonnummer, ich brauche einen Arsch, den ich an die Wand nageln kann!", fluchte er.

Ich trat ein, als er gerade den Hörer auf die Gabel knallte.

„Ich werde hier noch wahnsinnig. Wie soll man da richtig arbeiten? Formulare, Vorschriften, und jeder verschanzt sich hinter jedem. Getreu dem Motto: Wir sind zwar destruktiv, aber wir sprechen nicht darüber! ... Schauen Sie sich einmal hier um. Könnten *Sie* mit so etwas arbeiten?"

Ich erfasste auf den ersten Blick, was er meinte. Sein Büro war so ausgestattet, wie das meines Vaters in den 60er Jahren. Die IBM-Kugelkopfmaschine, die unter einem Fenster auf einem Schreibmaschinentisch mit rachitischen Beinen stand, war da noch das fortschrittlichste Ausstattungsteil. Der Kaffee allerdings, der mir angeboten wurde, war vorzüglich.

„Wie sieht es mit Ihrer Schweigepflicht aus?", kam Koman nun zur Sache.

Ich hob bedauernd die Arme und schüttelte den Kopf.

„Unter Umständen können Sie ja über Ihren Schatten springen, wenn Sie die Ergebnisse der Autopsie wissen." Dabei griff er nach dem Bericht auf seinem Schreibtisch.

„Der Notarzt, den Sie am Fundort der Leiche kennen lernten, lag übrigens mit seinem Ergebnis schon sehr gut. Ich lese Ihnen am besten die wesentlichen Details des Befundes vor."

Er griff nach seiner Brille und setzte sie auf. „Altersbedingte Weitsichtigkeit, sagt mein Augenarzt. Das muss man sich einmal vorstellen, noch nicht fünfzig und schon alt!

Also, hier steht: Hirnschädelberstung, Ruptierungen von Leber, Milz und Nieren, massive Einblutungen in den Organen, multiple Knochenbrüche, Mehretagenfrakturen der Wirbelsäule.

Im Blut und im Gewebe gibt es keine Hinweise auf Alkohol, Toxine, Amphetamine oder Halluzinogene." Koman hob den Kopf und erklärte: „Er war also weder betrunken noch high noch wurde er vergiftet". Dann wandte er sich wieder dem Schreiben der Gerichtsmedizin zu.

„Alternativen der Todesursache: Entweder „Steinigung" mit Todesfolge, danach ein Sturz aus 10 bis 20 Meter Höhe auf ebenes Gelände oder ein erster Sturz aus 10 bis 20 Meter Höhe in felsigem Gelände, Abhang oder Ähnlichem mit Todesfolge; danach ein weiterer Sturz aus 10 bis 20 Meter Höhe auf ebenes Gelände. Todeszeit: Sonntag, 14. Juli, 23.00 Uhr plus/minus 2 Stunden, also zwischen 21.00 und 1.00 Uhr. Fundort ist nicht Ort des Todeseintrittes. Haben Sie alles verstanden?"

„Das Wichtigste ja. Es war eindeutig Mord?"

„Das ist nicht gesagt. Er kann ohne weiteres durch einen Sturz aus großer Höhe Selbstmord begangen haben. Es kann sich aber auch um einen Unfall gehandelt haben, der vertuscht werden sollte."

Er fixierte mich über seine Lesebrille hinweg, als ob er von mir die Lösung des Rätsels erwartete. Ich wurde unruhig. Zum Glück fuhr er nach einer kurzen Pause fort.

„Danach hat ihn eine unbekannte Person, aus welchen Gründen auch immer, noch einmal, aber von einer anderen Stelle aus großer Höhe abstürzen lassen. Wir haben also keinen eindeutigen Anhaltspunkt für einen fremdverschuldeten Tod. Aber auch wenn Selbstmord oder Unfall nicht grundsätzlich auszuschließen sind, so sind sie aufgrund der Anzeichen eher unwahrscheinlich. Die Gerichtsmediziner lassen erfahrungsgemäß eine zu große Bandbreite an Eventualitäten zu. Vor allem, wenn es sich nicht um eindeutige Todesursachen, wie zum Beispiel eine Schussverletzung von hinten, handelt. Für mich ist es bis jetzt noch Mord, obwohl ich natürlich auch Unfall oder Selbstmord nicht ganz ausschließen kann."

Ich musste ihn auf dieser Mordschiene halten. Ich wollte nicht, dass Horsts Akte mit einem Stempel „Suizid" oder „Unfall – ungeklärt" versehen in den Archiven verstauben würde.

„Unfall kann ich mir kaum vorstellen, Herr Koman. Und Selbstmord erst recht nicht. Sie kannten Horst nicht! Das wäre niemals eine Lösung für ihn gewesen, falls er irgendwelche Probleme gehabt hätte. Und außerdem, in seinem Alter Selbstmord?", gab ich zu bedenken, „das machen doch meist nur liebeskranke, junge Menschen oder Einsame und Kranke."

„Dass die Selbstmordrate bei Jugendlichen so hoch sein soll, Herr Schäfer, ist ein Ammenmärchen. Das liegt daran, dass Jugendliche an normalen Todesursachen wesentlich seltener sterben als Ältere. Nein, die Statistiken sprechen da eine andere Sprache. Ich habe gerade kürzlich darüber gelesen. Von weniger als fünf pro 100.000 bei den unter 20-Jährigen steigt die Quote kontinuierlich auf fast 50 pro 100.000 bei den über 70-Jährigen. Hinzu kommen noch Schwerpunkte bei bestimmten Berufsgruppen. Ihre, Herr Schäfer, steht zum Beispiel in der Hitliste der Suizidgefährdeten an vorderster Stelle. Wussten Sie das?“

„Nein, das ist mir neu“, sagte ich betroffen, „aber ich kann es manchmal nachvollziehen.“

„Wie stand des denn um seine Ehe? Als Freund und auch noch als sein Steuerberater können Sie sich doch ein Bild davon machen!“

„Ja, was soll ich sagen“, druckste ich, durch die plötzliche Frage überrascht, herum.

„Jetzt kommen Sie mir bitte nicht wieder mit Ihrer Schweigepflicht, sonst flippe ich aus!“ Koman tippte zur Bekräftigung mehrmals mit einem Bleistift auf den medizinischen Befund. „Geben Sie Ihrem Herzen einen Stoß und opfern Sie nur dieses eine Mal Ihre Grundsätze!“, bat er nun schon fast flehentlich.

„Man muss auch einmal auf ein Opfer verzichten können – alter Wahlspruch meines Großvaters mütterlicherseits“, erwiderte ich.

„Gut“, seufzte er, „ dann gehen wir halt einen anderen Weg, fragen wir den *Freund*: War die Ehe gut oder schlecht? Gab es Verfehlungen, Krankheit, finanzielle Sorgen? Weshalb gibt es keine Kinder?“, leierte er herunter. „Mann, ich muss Ihnen doch nicht die Würmer einzeln aus der Nase ziehen! Der Herr straft mich schon genug mit Juristen und Winkeladvokaten, aber ihr Steuerberater seid ja offensichtlich auch nicht gerade viel besser. Wissen Sie, Herr Schäfer, was das ist: Einer von euch mit einem Zementblock an den Füßen 10 Meter unter Wasser?“

Ich sah ihn irritiert an.

„Ein guter Anfang ist das! Und jetzt bitte ich um Informationen!“ Er war ganz schön in Fahrt.

„Horst Scheurer war gesund, er hatte eine hübsche Frau, Sie haben sie ja gesehen. Bei beiden war es Liebe auf den ersten Blick. Das war auch mit ein Grund, weshalb Frau Scheurer keine Kinder wollte. Sie war immer der Meinung, dass Liebe nicht teilbar ist. Das war allerdings kein ausuferndes Thema zwischen uns. Sie sprach einmal vor vielen Jahren darüber.“

„Und weiter?“

„Was weiter?“

„Sorgen, finanzielle oder existenzielle Nöte?“, setzte er mir zu.

Ich sah ihn mit hochgezogenen Augenbrauen an.

„Gut, ich will keine Details, nur eine grobe, überschriftartige Aussage. Bitte!“

„Er hatte keine Sorgen, genügt das?“

Ich wunderte mich, wie leicht mir diese Lüge über meine Lippen kam, aber der Zweck heiligt bekanntermaßen die Mittel.

„Ich weiß nicht, ob das genügt. Das müssen ganz alleine Sie wissen und auch verantworten. Wo wollen Sie übrigens hin?“, fragte er unerwartet.

„Wie bitte?“

„Na, Sie sagten mir doch am Telefon, dass Sie für ein paar Tage verreisen wollen, ausspannen.“

„Ich weiß noch nicht genau. Spanien wahrscheinlich.“

„Spanien“, wunderte er sich, „weshalb gerade Spanien?“

„Weshalb nicht? Ich mag Spanien.“ Was sollte seine Frage?

„Wir haben einen Brief in der Hosentasche des Toten gefunden. Leider ohne Umschlag. Aber er ist in Spanisch geschrieben. Wir haben ihn übersetzen lassen. Die Anrede lautet lediglich *Señor*. Er muss also nicht unbedingt für Herrn Scheurer bestimmt gewesen sein. Andererseits, weshalb sollte er einen Brief bei sich tragen, der nicht für ihn war."

„Was stand denn drin?"

„Es ist schwer einzuordnen. Es ist die Rede vom Verrat einer langen Freundschaft und Ehrverletzung, die der Adressat begangen haben soll, und dem Hinweis, dass eine derartige Beleidigung nach den Gesetzen der Zigeuner gesühnt werden muss. Können Sie sich einen Reim darauf machen?"

„Kann ich den Brief einmal sehen?"

Koman schüttelte den Kopf: „Geht leider nicht, der ist im Labor."

„Herr Scheurer hatte eine kleine Finca auf La Palma. Er war aber seit einigen Jahren nicht mehr dort." Weshalb sollte ich das verschweigen, überlegte ich. Das stimmte schließlich, war unverfänglich und wäre sowieso schnell zu recherchieren. „Aber was das mit dem Brief auf sich hat, das kann ich Ihnen auch nicht sagen."

Ich konnte nur hoffen, dass Koman nicht merkte, wie unangenehm mir das Thema war, das ich rasch wechselte. „Haben Sie denn auch schon einen Bericht Ihrer Techniker?"

„Welche Techniker?"

„Wegen des Autos, die Bremsschläuche, Sie wissen ..."

„Ach so. Ja, Herr Richter hatte Recht. Es handelte sich tatsächlich um einen Marderverbiss. Ich hatte mir auch nicht allzu viel von der Untersuchung versprochen, aber schließlich muss ich allen Spuren nachgehen." Nach einem kurzen Schweigen nickte er mir zu: „Na gut, ich wünsche Ihnen ein paar angenehme Tage."

Wir verabschiedeten uns. Ich musste Koman aber vorher zusichern, ihn umgehend zu informieren, wenn mir noch etwas zur Sache einfiele.

Zu Hause nahm ich ein leeres Vokabelheft, das noch aus den Schulzeiten meiner Söhne herumlag, und schrieb auf, was sich bisher ereignet hatte. Ich wollte eine logische Folge vor Augen haben und nichts vergessen.

Datum		***Ereignisse***
Mi	*10. Juli*	*Horst erhält „Sarg" und E-Mail*
Do	*11. Juli*	*3.27 Uhr: Horst ruft mich an, Autounfall,* *8.00 Uhr: Horst fährt wieder nach Hause, mietet Auto, fährt Verbindlichkeiten beitreiben,* *ruft abends an*
Fr	*12. Juli*	*Horst unterwegs*
Sa	*13. Juli*	*versuche vergeblich Horst telefonisch zu erreichen*
So	*14. Juli*	*zwischen 21.00 und 1.00 Uhr Eintritt des Todes*
Mo	*15. Juli*	*Helen zurück aus Düsseldorf,* *ruft nachmittags an und fragt nach Horst*
Di	*16. Juli*	*Horst um 7.00 Uhr gefunden,* *Helen entbindet mich nicht von meiner Schweigepflicht*
Do	*18. Juli*	*Bei Helen, Unterlagen von Horst durchsucht;* *erfahren, dass Helen über finanzielle Probleme Bescheid wusste;* *Göllner kommt dazu*
Sa	*20. Juli*	*Von Wilfried erfahren, dass Hasslacher und Brandner vom 9. auf den 10. Juli bei ihm übernachtet haben*
Mo	*22. Juli*	*Bei Koman: anonymes Schreiben mit Drohung in Spanisch*

Gerichtsmediz. Institut Mainz:

Todesursache-Alternativen:

1. *„Steinigung" mit Todesfolge, danach Sturz aus 10 bis 20 Meter Höhe auf ebenes Gelände oder*
2. *erst Sturz aus 10 bis 20 Meter Höhe in felsigem Gelände, Abhang oder Ähnlichem mit Todesfolge; danach weiterer Sturz aus 10 bis 20 Meter Höhe auf ebenes Gelände.*

Todeszeit: Sonntag, 14. Juli, 23.00 Uhr plus/minus 2 Std.,
also zwischen 21.00 und 1.00 Uhr

Fundort ist nicht *Ort des Todeseintrittes!*

Ich hoffte, diesen Informationen bald weitere hinzufügen zu können. Bis jetzt jedenfalls ergab sich noch kein Hinweis auf den Tathergang und den oder die Täter.

Per Internet buchte ich bei Austrian Airlines für Mittwoch einen Flug nach Klagenfurt, der um 16.25 Uhr ab Frankfurt ging. Anschließend blätterte ich durch die Unterlagen, die ich aus Horsts Arbeitszimmer mitgenommen hatte, und rief die Telefonnummer an, die sich auf dem Schreiben der AVT an Horst befand.

Ich ließ mich mit Magister Rebner verbinden, stellte mich als der Steuerberater von Horst vor und bat um einen dringenden Termin für Donnerstag. Rebner wollte überhaupt nicht wissen, was der Grund für die Dringlichkeit war. Er wunderte sich offensichtlich auch nicht, dass ich nach Klagenfurt kommen würde. Ich sagte ihm, dass ich bereits am Vorabend in Klagenfurt sei und daher gerne einen Termin am Vormittag hätte. Wir vereinbarten, dass er mich um 9.00 Uhr am Hotel abholen sollte.

Meine Hunde brachte ich in eine Tierpension in Wöllstein. Normalerweise nimmt Beatrice sie zu sich, wenn ich einmal mehr als einen Tag weg bin. Aber ich wollte jeder Diskussion mit ihr aus dem Wege gehen und hatte ihr daher lieber nichts von meinem Vorhaben erzählt.

Mittwoch, 24. Juli

X.

Um 18.00 Uhr erreichte ich mit der OS 5300 Klagenfurt. Eine halbe Stunde später war ich im „Goldenen Brunnen“, einem Hotel in der Nähe der Altstadt. An der Rezeption war eine Nachricht von Magister Rebner für mich hinterlegt. *Er würde sich glücklich schätzen, mich zum Abendessen einladen zu können. Um 20.00 Uhr würden mich zwei Mitarbeiter abholen.*

Pünktlich war ich in der Vorhalle, wo schon zwei Männer auf mich warteten. Ich hätte beinahe laut losgelacht. Die beiden sahen aus, wie der missratene Versuch einer Synthese aus „Men in black“, dem Vergnügungsausschuss des Jahrestreffens Kärntner Bestattungsunternehmer und „Dick und Doof“.

In branchentypischer Uniformität waren sie in rabenschwarze Einheitsanzüge mit Westen gekleidet. Weiße Hemden mit „Botton-down-Kragen“ und dunkelblaue Krawatten, auf denen in goldenen Serifen „*AVT*“ gestickt war. Dazu trugen sie ebenso düstere, spiegelblank gewienerte, klobige Schuhe, wie sie heute zur Grundausstattung der Yuppieszene gehören. Im Bankenviertel in Frankfurt wären sie jedenfalls nicht aufgefallen.

Ihre fast kahl geschorenen Schädel hatten sie mit nach oben geschobenen Sonnenbrillen geziert. Selbst in ihren Bewegungen schienen sie gleichgeschaltet zu sein. Ergebnisse eines genetischen Klonexperimentes oder wenigstens eineiige Zwillinge hätte man vermuten können, wenn die somatischen Unterschiede nicht zu extrem ausgefallen wären.

„Hasslacher“, stellte sich der große Dicke vor und „Brandner“, der andere, der den *Doof* in diesem Rollenspiel darstellen konnte. Er war gut zwei Köpfe kleiner und erheblich schlanker als sein Kollege. Das waren sie also, die Anlagevermittlungsgenies, die Horst über den Tisch gezogen hatten.

Sie begrüßten mich freundlich, fast herzlich. Ich machte gute Miene zu bösem Spiel. Schließlich mussten sie ja wissen, wer ich war, und hatten sich bestimmt schon ihre Gedanken über meine Reise nach Klagenfurt gemacht. Sie führten mich zu einem schwarzen Volvo, um mich, wie sie erklärten, zu dem Restaurant zu bringen, in dem wir Magister Rebner treffen würden. Hasslacher fuhr und Brandner nahm hinter mir Platz. Er erzählte von Klagenfurt und dem Wörthersee, in dessen Richtung wir an der Stadthalle vorbei über den Viktringer Ring fuhren. Über Horst verlor keiner ein Wort.

Wir waren bald außerhalb Klagenfurts und kamen in eine normale Wohngegend mit Einfamilienhäusern. Ich wunderte mich, wo hier wohl ein Restaurant sein sollte. Mir wurde inzwischen doch etwas mulmig.

„Ist hier das Restaurant?“, fragte ich.

„Naa, hier ist eine Spezialunterkunft für Leit, de moana, uns bescheißen z'kenna“, kam es jetzt weniger freundlich von hinten. Brandners Schriftdeutsch war kurzfristig dem ortsüblichen Idiom gewichen.

Dann zog er mir blitzschnell einen Stoffbeutel über den Kopf und schnürte ihn so fest an meinem Hals zu, dass ich meinte ersticken zu müssen. Eine Gegenwehr erschien mir zu gefährlich.

Einige Augenblicke später spürte ich, dass Hasslacher von der Straße abgefahren war. Der Wagen hielt an, ich wurde unsanft herausgezerrt, einen kurzen Weg entlang- und dann eine Treppe hinuntergestoßen. Ich zählte fünf Stufen.

Zwei kräftige Hände drückten mich nach unten auf die Knie. Einer der beiden Männer hielt mir die Arme hinter meinem Rücken fest und bog sie nach oben, sodass ich mir bei einem Versuch, mich herauszuwinden, sofort die Gelenke ausgekugelt hätte. Dann erst befreite mich der andere von dem Stoffbeutel.

Grelles Neonlicht blendete mich kurz, bis ich erkennen konnte, dass ich mich auf dem beige gestrichenen Betonboden eines Vorratsraumes befand. Regale mit Konserven, Marmeladen- und Gurkengläsern standen an der Wand.

„Willkommen bei Familie ...“ setzte Hasslacher zu einer Begrüßung an, aber Brandner fuhr dazwischen.

„Hoit Goschen!“

Ich sollte nicht wissen, wo mich die beiden hingebracht hatten. Dieser Gedanke beruhigte mich etwas. Dann hatten sie also vor, mich später wieder laufen zu lassen. Aber, was hatten sie *jetzt* mit mir vor?

„Was soll das? Seid ihr verrückt?“, wagte ich einen Beginn der Konversation, die ja wohl kommen sollte.

„Was willst du hier? Weshalb willst du mit Rebner sprechen?“, fragte Brandner, der hinter mir stand.

„Das geht euch nichts an.“ Ich wunderte mich über meine Courage. Immerhin waren die beiden vielleicht Mörder.

Klatsch, hatte ich eine Ohrfeige von Dr. Hasslacher eingefangen, in die er sein ganzes Gewicht gelegt hatte. Und er hatte einiges hineinzulegen. Nur mit Mühe konnte ich auf den Knien mein Gleichgewicht halten. Mir brummte der Schädel, meine linke Wange brannte wie Feuer.

Ich überlegte fieberhaft, wie ich wieder heil aus dieser Situation kommen konnte. Humor und die eigene Vorstellungskraft, hatte ich einmal in einem Vortrag gehört, stellen einen Schutz gegen physische und psychische Gewalt dar. Ich werde euch so nennen, wie ihr für mich ausseht, ihr zwei Karikaturen!, war meine Lösung: *Dick* und *Doof*.

„Noch einmal, weshalb willst du mit Rebner sprechen?", drang die Stimme von *Dick* durch die Gedanken meiner Überlebensstrategie.

„Horst Scheurer ist tot", setzte ich an, kam aber nicht weiter.

„Der verscheißert uns, Heinzi", rief *Doof* aufgeregt.

Heinzi, dachte ich, der nennt den *Heinzi*. Da knallte schon die zweite Ohrfeige, dieses Mal auf meine rechte Wange und mit noch mehr Kraft. Ich konnte mich nicht mehr auf den Knien halten. *Doof* hielt meine Arme noch umklammert, sodass ich mich nicht abstützen konnte. Ich kippte zur Seite und schlug mit der linken Augenbraue auf der Kante eines der Vorratsregale auf. Ein stechender Schmerz durchfuhr mich. Ich spürte, wie Blut über mein Gesicht lief. Die Braue musste aufgeplatzt sein. Ich wünschte, dass der Klugscheißer von Referent, der die Überlebensstrategie *Humor und Vorstellungskraft* vorgetragen hatte, an meiner Stelle wäre. Schmerzen sind Schmerzen. Ganz gleich, ob einem *Dick* und *Doof* oder Brandner und Hasslacher eine Abreibung verpassen.

„Horst Scheurer tot! Das habt ihr euch fein ausgedacht!" Dick-Hasslachers Stimme überschlug sich. „Meint ihr, wir sind blöd? Wir haben ihm zwar ausgerichtet, dass die Sache erledigt ist, weil uns der Rebner dazu gezwungen hat. Aber du als sein Steuerberater wirst ihm schon die Geschichte mit dem Wechsel eingeredet haben. Alleine wäre der Scheurer da nie drauf gekommen. Also kriegen wir das Geld halt von dir."

Aus diesem Gebrabbel wurde ich nicht schlau. Außerdem spielte mein Kopf nicht mehr ganz mit, und ich starrte Dick verständnislos an.

„Wir wollen unser Geld. Und du wirst morgen beim Rebner klarstellen, dass du den Scheurer zum Wechselbetrug angestiftet hast!"

„Keinen Cent bekommt ihr!" Langsam wurde ich zornig. „Ich bin nur hier, um mit Rebner über Scheurers Tod zu sprechen. Vielleicht wart ihr das ja. Ich habe keine Angst vor euch. Schließlich weiß Rebner ja, wo ich bin, und die Kripo in Deutschland ist auch informiert."

Das war die Aufforderung für *Dick*, mir einen Fußtritt zu versetzen. Er traf mich in den Magen. Hätte ich die Wahl gehabt, wäre mir eine Ohrfeige lieber gewesen. Mir blieb die Luft weg und mir wurde speiübel. Bloß nicht, dachte ich. Ich will denen keine Show bieten. Ich schluckte mehrmals, dann ging es wieder.

„Deine deutschen Kieberer können uns mal", erklärte *Doof*. Er hatte inzwischen meine Arme losgelassen und sich ebenfalls vor mir aufgebaut. „Wenn es den Scheurer wirklich erwischt haben sollte, geschieht ihm das recht, der hat es nicht besser verdient." Und, als ob er seiner Bemerkung Nachdruck verleihen wollte, holte auch er jetzt zu einem Schlag aus.

Plötzlich schoss mir die heiße Wut in den Kopf. Ich überlegte nicht mehr, ich handelte – automatisch und ohne an eventuelle Konsequenzen zu denken. Ich bekam *Dick* am Fuß zu fassen, brachte ihn zu Fall, sprang auf und drosch auf *Doof* ein. Ein Schlag auf seine Nase ließ ihm in Sekundenschnelle Tränen in die Augen schießen. Er fuhr mit dem Ärmel seines weißen Hemdes, unter seiner Nase her und begutachtete fassungslos die blutige Bahn.

„Der hot mer die Nosen brochen!", stellte er jetzt im breitesten Dialekt heulend fest. „Heinzi, schau dir das an, mei scheene Nosen."

Bevor er aber zu einem Gegenschlag ausholen konnte, schlug ich erneut zu; wie besessen prügelte ich weiter auf ihn ein. Dann spürte ich einen Luftzug am Hinterkopf und sackte zusammen.

„Oarschloch", drang *Dicks* Stimme zu mir durch „depperts deitsches Oarschloch. Jetzt derlebst wos!"

„Schluss jetzt!", hörte ich eine fremde dritte Stimme, „hört sofort auf damit!"

„Der Rebner!", stöhnte Brandner.

Ich schien gerettet. Ich tat dem unbekannten Überlebens-Referenten Abbitte. Es hatte anscheinend doch funktioniert, ich konnte die beiden wieder bei ihrem richtigen Namen nennen.

„Habe ich mir's doch gedacht." Rebner half mir auf die Beine. „Diese zwei Volltrottel. Bitte entschuldigen Sie. Ich weiß nicht, was ich sagen soll." Er schüttelte den Kopf, dann erst stellte er sich vor: „Übrigens, mein Name ist Rebner. Wir hatten miteinander telefoniert. Ich bin der Chef dieser zwei Hornochsen."

„Woher wussten Sie, dass ...?" begann ich misstrauisch. Das Ganze schien mir ein abgekartetes Spiel zu sein.

„Dass ich Sie hier finden würde? Ich hatte versucht, Sie im Hotel telefonisch zu erreichen. Ich wollte lediglich wissen, ob Sie gut angekommen sind und unser morgiger Termin auch tatsächlich steht. Da sagte man mir, dass Sie von zwei Herren von der AVT abgeholt worden seien. Da war mir alles klar. Die zwei sind für jede schwachsinnige Handlung gut. Ich hatte Hasslacher und Brandner natürlich von unserem Telefonat erzählt. Was denke ich denn, dass die ..."

Er warf den beiden einen wütenden Blick zu und schüttelte verständnislos den Kopf. Sie standen jetzt mit hängenden Schultern da und sahen in ihrer schlichten Zerknirschung aus, wie jugendliche Unschuldsengel, die dem alten Engel Aloisius doch eigentlich nur die Harfe verstimmt hatten.

„Sie sind hier übrigens im Haus von Brandner. Ich habe mir schon gedacht, dass sie Sie hierher gebracht haben. Es ist nämlich sonst niemand im Haus. Seine Frau ist mit den Kindern zur Kur in Bad Ischgel."

Wir gingen nach oben in den Wohnbereich. Ich konnte mich waschen und meine Augenbraue mit einem Pflaster versorgen. Bei der Familie Brandner gab es sogar ein Klammerpflaster in der Hausapotheke.

„Meine Kinder sind rechte Rabauken", erklärte Brandner mit Stolz in der Stimme. „Da braucht man das." Seine Stimme hatte inzwischen einen näselnden Klang angenommen, und ich beobachtete mit stillem Vergnügen, dass sowohl die Schwellung als auch das blau-rote Farbenspiel seiner Nase zunahmen.

Später saßen wir, als ob nichts geschehen wäre, fast einträchtig im Wohnzimmer. Es fehlte nur noch ein Fußballspiel im Fernseher und die fröhliche Männerrunde wäre perfekt gewesen. Brandner hatte uns etwas zu trinken und zum Knabbern gebracht: einen trockenen *Grüner Veltliner* aus dem Burgenland, einen slowakischen Slibowitz und *Manner Schnitten*. Ich frotzelte, wie es mit einer Brotzeit mit Bauernbrot, Speck und Kren wäre, und wenige Minuten später bekam ich sie tatsächlich von Brandner serviert. Ich hatte den Eindruck, dass er damit sein schlechtes Gewissen ein wenig beruhigen wollte. Auch Hasslacher wollte in puncto Gastfreundschaft nicht zurückstehen und schenkte mir, kaum, dass mein Glas leer war, immer wieder ein. Im Laufe der nächsten Stunden verlor ich dabei etwas den Überblick.

Ich sah mich in der „guten Stube" um. Eiche rustikal, erfasste ich die Einrichtung. Das passt, dachte ich, und meine Vorurteilsschublade öffnete sich sperrangelweit: Ein Schlitzohr mit der Tendenz zu kriminellen Auswüchsen, der Gewalt nicht abgeneigt – und zu Hause der biedere Ehemann und Familienvater.

Rebner riss mich aus meiner misanthropischen Betrachtung über die „wahre Natur“ schlitzohriger Leithammel, die als geldgeile Anlageberaterwölfe mit ihrer durch Betrug erworbenen Beute den Lebensunterhalt der ihnen anvertrauten Schäfchen sicherten. Er sorgte dafür, dass Hasslacher und Brandner sich bei mir entschuldigten. Schmalztriefender Schmäh ergoss sich über mich und ich konnte schließlich nicht anders, als die Entschuldigung der beiden begossenen Pudel anzunehmen.

„Wissans, mir san ...“, setzte Brandner zu einer abschließenden Erklärung an und wechselte ins Schriftdeutsch „wir sind sonst nicht so, aber wir dachten halt ..., die Sache mit dem Wechsel ..., und das ist doch Betrug und ...“

Ich unterbrach sein Gestammel. „Lassen Sie es gut sein. Wir können jetzt ohnehin nichts mehr ändern. Ich möchte aber, dass Sie alle drei“, und dabei blickte ich vor allem Rebner an, „meine Fragen wahrheitsgemäß beantworten. Der Verdacht, den ich habe, ist an sich schwer wiegend genug!“

Rebner sicherte mir volle Unterstützung zu und ich erklärte zunächst die Hintergründe meines Fluges nach Klagenfurt.

„Wir bedauern zutiefst, was da in Deutschland geschehen ist, und ich habe absolutes Verständnis dafür, dass Sie aufgrund der Geschehnisse meine Mitarbeiter verdächtigen.“ Rebner blickte die beiden wieder zornerfüllt an, was nicht ohne duckmäuserische Reaktion blieb. Er schien seine Truppe letztlich gut im Griff zu haben. Um so mehr misstraute ich dem momentanen Frieden.

Während er weitersprach, beobachtetet ich ihn etwas genauer: Graues, leicht gewelltes volles Haar, drahtige Figur, das Alter von cirka 50 Jahren, ein Anzug, der gut und gerne seine 1000 Euro gekostet haben musste, deuteten auf den erfolgreichen Manager hin. Was mir positiv auffiel, war, dass er auf die üblichen Accessoires verzichtete: Goldkettchen und die Rolex mit Brillantenarmband suchte man bei ihm vergebens. Er vermittelte mir irgendwie glaubwürdig den Eindruck des studierten Diplomkaufmannes, der gelernt hatte, mit den Wölfen zu heulen, und dabei versuchte, noch einen halbwegs integren Weg zu gehen.

„Schauen Sie", unterbrach er mich in meinen Überlegungen, „wir haben einen harten Job und außerdem unüberschaubare und bunt schillernde Konkurrenz. Wir haben es mit Klienten zu tun, die in guten Zeiten dem Fiskus und in schlechten Zeiten dem Markt ein Schnippchen schlagen wollen. Die suchen absolute Anlagesicherheit, hohe Renditen und Steuervorteile. Und das alles auf einmal. Sie und wir wissen, dass es diese Supertraumrenditen ohne Risiko nicht gibt. Aber was wollen wir machen?"

„Seriös bleiben, aufklären, ganz einfach!", beantwortete ich seine wohl eher rhetorische Frage.

„Herr Schäfer", fast väterlich kam seine Antwort, „die Anleger wollen es doch gar nicht anders. Sie bekommen es ja auch im Großen vorgemacht. Es zählt doch heute nur noch der kurzfristige und schnelle Erfolg. Das ist eben unsere Leistungsgesellschaft! Manager von großen Unternehmen denken nicht mehr an Unternehmenskultur und -ethik, geschweige denn an Spaß bei der Arbeit. Sie denken an Shareholder-Value. Mehr Schein als Sein. Hauptsache, die Aktien steigen. Und wer nicht mitmacht und nicht angepasst funktioniert, wird eliminiert. Mir persönlich gefällt diese Entwicklung ja auch keineswegs."

„Ich habe es aber mit normalen Menschen zu tun, die ihr Geld sauer verdient haben und von Ihren Herren mit Ihrer Zustimmung unter dem Deckmantel einer seriösen Firma abgezockt werden“, wehrte ich mich. „Da ziehen Ihre Beispiele nicht.“

Rebner war argumentativ gewappnet. An diese Art von Angriffen war er offensichtlich gewöhnt.

„Und was, bitte sehr“, entgegnete er, „machen Sie mit einem Ihrer ‚normalen‘ Mandanten, der partout eine GesmbH gründen will, obwohl es steuerlich, betriebswirtschaftlich und auch marketingmäßig absolut unsinnig ist? Er will es, weil ihm irgendwer den Floh ins Ohr gesetzt hat, obwohl es für ihn teurer kommt, da Sie zudem ein höheres Honorar kassieren können.“

„Müssen“, pflichtete ich ihm sogar noch bei, „aber trotzdem, ich würde ihm davon abraten.“

„Und wenn er dann den Berater wechselt? Wenn Sie damit rechnen müssen, dass er erzählt, Sie hätten keine Ahnung von der Betreuung einer GesmbH?“

„Dann kann ich immer noch ruhig schlafen!“

„Fein“, erwiderte er, „aber was machen Sie, wenn sich mehr als 80 Prozent Ihrer Klientel aus derart Verblendeten rekrutiert!? Dann ist es aus mit dem ruhigen Schlaf. Dann geht es nämlich an Ihre eigene unternehmerische Substanz!“

Obwohl es mir fast schon abartig vorkam, musste ich ihm Recht geben. Des Menschen Wille ist sein Himmelreich, dachte ich.

Aber ich antwortete Rebner nicht. Das war auch nicht notwendig. Als ob er meine Gedanken zu ahnen schien, fuhr er fort: „Sehen Sie, so *ähneln* sich zumindest die Zwänge, denen wir beide ausgesetzt sind, Herr Schäfer. Mit dem wesentlichen Unterschied, dass Sie mit erheblich redlicheren Mitteln arbeiten können. Ich beneide Sie übrigens darum! Ich will ja auch gar nicht, dass Sie uns mögen. Aber eine etwas differenziertere Beurteilung wäre gar nicht schlecht.

Doch zurück zu dem Grund Ihrer Reise nach Klagenfurt: Mit dem Ableben von Herrn Scheurer kann keiner von uns etwas zu tun haben", versicherte Rebner.

Er erklärte dann im Weiteren, dass er Brandner und Hasslacher schon vor Tagen abgemahnt und „bestraft" hatte, als er von der Geschichte mit Horsts Wechsel erfahren hatte. Hasslacher hatte sich in seiner Dummheit damit in der Cafeteria gebrüstet und ein Kollege hatte es Magister Rebner hinterbracht. Sie mussten jeder 5.000 Euro in eine eigens für derartige Verfehlungen eingerichtete Kasse zahlen, deren Inhalt zum Ende des Jahres karitativen Zwecken zugeführt wurde – natürlich mit werbeträchtiger Ausschlachtung in der Presse. Zusätzlich mussten sie ohne Bezahlung an zwei Wochenenden Statistiken ausarbeiten.

Die AVT war zwar nicht gerade das, was man als seriös bezeichnen konnte, aber Rebner zog ganz offensichtlich in dem Moment die Zügel an, wo bestimmte Grenzen überschritten wurden. Und das war bei Horst geschehen. Er hatte Hasslacher und Brandner aufgefordert, die Drohungen gegenüber Horst einzustellen und ihm mitzuteilen, dass die Sache erledigt sei. Sie hatten ihn auch am Freitag vor seinem Tod angerufen, die Nachricht aber nur auf den Anrufbeantworter sprechen können, da niemand das Telefon abgenommen hatte.

Der Aufenthalt vom 9. auf 10. Juli bei Bernhard Eichinger in Flonheim hatte auch einen nachvollzichbaren und beweisbaren Hintergrund. Hasslacher und Brandner waren auf einem Fachsymposium für europäische Finanzmakler in Frankfurt gewesen und hatten die Möglichkeit genutzt, das Plastikskelett in Horsts Briefkasten zu deponieren und auch gleich in der Nähe zu übernachten. Sie hatten ja nichts befürchten müssen, selbst wenn Horst sie zufällig gesehen hätte.

„Ein Alibi zur Tatzeit haben Herr Doktor Hasslacher und Herr Brandner ebenfalls." Zum ersten Mal nannte er beide „Herr" und mit dem Titel, als wollte er ihre Integrität in diesem Fall unterstreichen. Magister Rebner bestätigte, dass beide am Sonntag bis gegen Abend im Büro gewesen waren und über ihrer „Strafarbeit" gesessen hatten.

„Und das können die Herren auch nachweisen?", hakte ich an dieser Stelle nach.

„Natürlich", schaltete sich Brandner eifrig ein, „wir haben eine Zeiterfassung."

„Da gibt es eine Auflistung", ergänzte Hasslacher.

„Ich lasse Ihnen den betreffenden Zeitraum ausdrucken und Ihnen zufaxen. Ist das in Ordnung?", fragte Rebner.

„Aber so etwas lässt sich manipulieren", gab ich zu bedenken.

„Alles lässt sich manipulieren", seufzte er. „Das ist mit ein Grund, weshalb in der Geschäftswelt wieder mehr auf persönliches Vertauen, statt auf Verträge und EDV-Systeme gesetzt werden sollte. Aber Sie können es gerne überprüfen lassen. Ich gebe Ihnen die Adresse unserer EDV-Firma, die unser Zeitsystem betreut. Mehr kann ich wohl kaum tun."

Ich musste es momentan dabei belassen, obwohl meine Zweifel immer noch nicht komplett ausgeräumt waren. Mein Verstand sagte: „Vorsicht!" Der Bauch sagte: „Die sind sauber, zumindest, was Horst betrifft!"

Es war inzwischen Tag geworden. Ich hatte mich insoweit an Brandner gerächt, dass ich kräftig mitgeholfen hatte, seine Wein- und Slibowitzvorräte drastisch zu dezimieren. An Schlaf war nicht mehr zu denken. Daher fuhren mich alle drei zum Hotel, um mein Gepäck abzuholen, und dann zum Flughafen. In dem Abschied lag fast ein Anflug von Herzlichkeit.

Donnerstag, 25. Juli

XI.

Ich bekam einen Platz in der Frühmaschine nach Frankfurt, wo ich um kurz nach 8.00 Uhr landete.

Während des Fluges dachte ich noch einmal über mein Erlebnis von gestern nach. Ich hatte mich absolut blauäugig in eine Sache gestürzt, die mir aus den Fingern geglitten war. Noch einmal sollte mir so etwas nicht passieren, schwor ich mir. So fand ich niemals Horsts Mörder, höchstens meinen eigenen.

Ich klappte meine Sitzlehne zurück und schloss die Augen. Horst, wie lange kannte ich ihn eigentlich schon?

Erinnerungen besitzen eine eigene Vitalität. Sie sind plötzlich da. Sie warten nicht darauf, bis man „Herein!" ruft. Sie klopfen nicht einmal an. Überfallartig erscheinen sie plötzlich aus dem Nichts. Auch während eines Fluges von Klagenfurt nach Frankfurt.

Kurz vor Weihnachten 1969 hatte ich meine Grundausbildung bei der Bundeswehr beendet und war spät nachts in der Kaserne, die zum Fliegerhorst des Jagbombergeschwaders 41 gehörte, in Bad Sobernheim eingetroffen. Dort sollte für etwa ein Jahr mein zukünftiger Einsatzort sein.

Das „branchentypische" Empfangskomitee bestand aus einem übermüdeten Soldaten an der Wache, der mir mürrisch den Weg zu meiner Staffel wies, und dem sich dort langweilenden Unteroffizier vom Dienst. Der entnahm einem Spind Bettwäsche, drückte sie mir in die Hand und ging mir zu einem Schlafraum voraus, in dem schon drei der vier Betten belegt waren. Die Frage nach meiner Schlafstatt stellte sich also gar nicht.

„Nur für heute Nacht“, flüsterte der UvD. „Der, dem das Bett eigentlich gehört, ist in Memmingen auf einem Funkerlehrgang. Morgen kommen noch andere Neulinge, da verteilt der Spieß dann die Stuben. Wecken ist um 6.00 Uhr, die Kantine ist zwei Block weiter nach unten.“

Dabei wurde er immer lauter, zur hellen Freude eines der drei Schläfer, der sich dann auch sofort ungehemmt beschwerte. Davon wachten wiederum die zwei anderen auf und beschuldigten ihn – der UvD hatte inzwischen den Raum verlassen – und mich der Ruhestörung. Allerdings in einem Jargon, wie er nicht nur in einem Priesterseminar fehl am Platz gewesen wäre.

Der zuerst Geweckte verteidigte sich im breitesten Ruhrpottdialekt, wies mir, dem „Jungspund“ die alleinige Schuld zu und verschob die weitere Auseinandersetzung wegen der vorgerückten Stunde auf den nächsten Tag. Mit einer pointiert gesetzten Blähung, die er mit einem genüsslichen Schmatzen begleitete, drehte er sich um und schlief wieder ein.

Ich hatte inzwischen stillschweigend mein Bett gemacht, das Licht gelöscht und mich hingelegt. Lediglich meine Stiefel hatte ich ausgezogen. Den Drillich behielt ich an. Ich war einfach zu müde, um in den unergründlichen Tiefen meines Seesackes nach meinem Schlafanzug zu suchen.

Ich erwachte davon, dass mich jemand an den Zehen zog. Das Licht war wieder an, sodass ich diesen Jemand, der meine Zehen malträtierte, ebenso schlaftrunken wie verunsichert mustern konnte.

Etwa zwei Zentner Obergefreiter, verteilt auf 1,95 Meter und umhüllt von der blauen Ausgehuniform der Luftwaffe (das Schiffchen saß schräg in die Stirn gezogen auf dem Kopf), hätten mich eigentlich angstzitternd meine Bettdecke blitzschnell über den Kopf ziehen lassen müssen, wenn mich nicht zwei Dinge davon abgehalten hätten: Erstens, ein physikalisches Problem – ich lag auf und nicht unter der Decke – und zweitens ein emotionales Problem – sein Gesicht; es strahlte so viel offene Herzlichkeit aus, die mich sofort für ihn einnahm. Seine fröhlichen, hellblauen Augen, die trotz seiner Jugend von Lachfalten umgeben waren, und sein Lächeln, das ihm durch die ohnehin von Mutter Natur leicht nach oben gezogenen Mundwinkel stets zu eigen war, prägten sich sofort ein. Trotzdem musste er mich nicht wecken, fand ich.

„Hast du Probleme?", fragte ich.

„Nein, aber du gleich". Er versuchte zornig auszusehen, was ihm natürlich aufgrund seiner Physiognomie gründlich misslang.

Am liebsten hätte ich lauthals gelacht, aber ich wollte die Angelegenheit nicht unbedingt eskalieren lassen. Auch ein Braunbär sieht nett und putzig aus, dennoch möchte ich mich mit keinem anlegen.

„He, was soll das, was willst du?", versuchte ich herauszufinden.

Inzwischen waren die anderen drei wieder wach geworden, aber Hilfe konnte ich von dort nicht erwarten. Im Gegenteil, sie saßen nun schweigend und aufrecht in ihren Betten und betrachteten die weitere Entwicklung mit dem gleichen voyeuristischen Interesse, mit dem der Plebs im alten Rom die Gladiatorenkämpfer begafft haben musste.

„Ich will in mein Bett", sagte der Grinsbär nun leicht gequält.

„Dann geh doch, aber lass vorher meinen Zeh los". Erst jetzt merkte er, dass er immer noch im Takt seines Sprechrhythmus' an meiner Socke zupfte. Er zog sofort seine Hand zurück.

„Geht nicht!“, zischte er.

„Weshalb nicht?“, zischte ich zurück.

„Du liegst drin.“

Seitdem waren wir ein unzertrennliches Gespann. Es entwickelte sich eine Freundschaft, die ihresgleichen suchte. Wir konnten über alles reden, ohne die geringste Befürchtung haben zu müssen, dass diese Offenheit missbraucht werden könnte. Manchmal hatte ich den Eindruck, dass Beatrice auf diese besondere Form der Vertrautheit eifersüchtig war. Ab und zu ließ sie eine diesbezügliche Bemerkung fallen, ohne allerdings jemals konkret zu werden. Ich nahm das auch nie so ernst und hinterfragte es daher nicht. Zwischen Horst und mir bestand jedenfalls eine Freundschaft, die nur durch Gewalt, durch seinen Tod beendet werden konnte.

Wieder in Bernheim angekommen, ging ich die weiteren Nachforschungen bewusster und bedachter an.

Brandner und Hasslacher schieden vorläufig als Täter aus. Also, folgerte ich, musste ich Estrella und ihre Familie unter die Lupe nehmen. Mir fielen schlagartig wieder die Worte aus dem letzten Telefonat ein, das Horst und ich drei Tage vor seinem Tod geführt hatten. Ich hatte es bisher nicht als so wichtig erachtet, da für mich die beiden Österreicher in diesem Spiel die absolut erste Adresse waren:

„Ich muss übrigens noch wegen einer anderen Sache mit dir reden ... das muss ich mir dir persönlich besprechen ... das ist nichts für's Telefon ... ich bin mir bei dieser Angelegenheit auch noch nicht so im Klaren, wie ich reagieren soll ... ich werde zu gegebener Zeit mit dir darüber sprechen ... dort, wo alles angefangen hat, auf La Palma.“

Dort hatten wir Estrella und ihren Vater 1982 kennen gelernt. Horst hatte sich dann immer wieder einmal mit Estrella über die Möglichkeit unterhalten, eine Tournee durch den deutschsprachigen Raum zu managen.

Horst könnte aufgrund des Briefes, den Koman mir in Auszügen geschildert hatte, Kontakt mit der Familie Martinéz aufgenommen haben. Unter Umständen hatte es Streit und massivere Drohungen gegeben.

Ich tappte noch mehr im Ungewissen, als bei Hasslacher und Brandner. Ich musste mit Estrella sprechen – persönlich. Das Problem war nur, dass ich keine Adresse, geschweige denn eine Telefonnummer hatte. Die Kommunikation mit Estrella war stets über Horst gelaufen. In seinen Unterlagen hatte ich leider keinen Hinweis gefunden, wie und wo ich sie erreichen konnte.

Der einzige Anhaltspunkt, den ich hatte, war der, dass Don Jorge mit seiner Flamencotruppe, wenn sie nicht gerade auf Tournee durch die spanischen Fremdenverkehrsmetropolen war, in einem der Folklorelokale in Sevilla auftrat. Ich musste also dorthin, auch wenn die Chance, Estrella ausfindig zu machen, recht gering war. Aber ich dachte mir: Auch wenn ich sie selbst nicht in Sevilla anträfe, könnte mir doch gewiss ein Mitglied einer der anderen Tanzgruppen einen Fingerzeig geben, wo die Familie Martinéz zu finden sei. Man kannte sich untereinander. Das wusste ich von Estrella.

Montag, 29. Juli

XII.

Horsts Beerdigung war für den 29. angesetzt. Die Staatsanwaltschaft hatte Helen drei Tage zuvor darüber informiert, dass der Leichnam freigegeben war.

In aller Stille wurde Horst in Bad Kreuznach auf dem Friedhof an der Mannheimer Straße beigesetzt. Die kleine Trauergemeinde bildeten Helen, Beatrice, der Pfarrer und ich. Helen wollte es so und auch Beatrice und ich fanden es angemessen. Alles andere wäre in Sensationsrummel ausgeartet. Die Regionalzeitungen spekulierten ohnehin schon genug.

Beatrice, die während der letzten Tage von sich aus ebensowenig den Kontakt mit mir suchte wie seit ihrem Auszug, hielt Helen liebevoll untergehakt. Beide hatten ihre Augen hinter dunklen Brillen verborgen. Sie wirkten wie zwei Schwestern. Unsere Trennung hatte schließlich an ihrer Freundschaft nichts geändert. Ich blieb etwas im Hintergrund, da ich mir irgendwie wie das fünfte Rad am Wagen vorkam.

Die Rede, die der Pfarrer am offenen Grab hielt, hörte ich nur bruchstückhaft. Ich empfand es allerdings nicht als pietätlos, dass sie mich nicht interessierte. Ich kannte Horst so gut wie kaum ein anderer, da musste ich mir nicht noch den pathetischen Sermon eines Fremden über ihn anhören. Zumal nach meiner Ansicht bei kaum einer Gelegenheit so viel gelogen wird, wie bei Beerdigungen. „Leichenpredigt, Lügenpredigt“, sagt ein altes Sprichwort. Mir drängt sich dabei immer der Eindruck auf, dass nur unfehlbare und gute Menschen das Zeitliche zu segnen pflegen. Ich frage mich nur, wo dann die anderen wohl abbleiben.

Ich hing meinen eigenen Gedanken nach, während ich Beatrice neben Helen stehen sah. Ein Friedhof ist ein Ort, der einen Überlegungen anstellen lässt, die in der Hektik des Alltages nicht oder nicht so aufkommen. Wie Beatrice wohl einmal meinen Tod aufnehmen würde? Ob sie es dann vielleicht doch bereuen würde, sich von mir getrennt zu haben? Wie war das eigentlich mit unserer endgültigen Trennung gewesen? Hätte ich nicht doch das Rad umdrehen können?

An viele unserer Streitigkeiten erinnerte ich mich nicht mehr, aber die entscheidende Auseinandersetzung drängte sich während der Zeremonie an Horsts Grab in mein Bewusstsein:

Wieder einmal hatte mir Beatrice vorgeworfen, eine Verabredung mit ihr nicht eingehalten zu haben. Ich konnte natürlich wie immer einen triftigen Grund vorbringen. Und irgendwie war das auch nicht gelogen. Ich glaubte an meine Ausflüchte, wie ein erfolgreicher Politiker an die hohlen Phrasen, die er drischt.

„Darius", sagte Beatrice damals ganz ruhig, mit demselben Tonfall, mit dem sie „schlaf gut" sagte, „ich kann und ich mag auch nicht mehr. Wir werden die Scheidung einreichen."

Sie sagte nicht, „ich will", sondern „wir werden". Erst da wurde mir schlagartig klar, dass ich sie und meine Söhne verloren hatte. Dass sie im Plural sprach zeigte mir, dass Beatrice für uns alle vier eine unumstößliche, endgültige Entscheidung getroffen hatte. Gegen unsere Gemeinsamkeit, weil ich zu keiner konsequenten Entscheidung für uns fähig gewesen war.

„Und wo und wie wollt ihr leben?", fragte ich nahezu mechanisch mit der frostigen Nüchternheit eines Steuerberaters, der von einem überschuldeten Mandanten wissen wollte, wie er eine geplante Investition zu finanzieren gedenke.

„Das ist alles bereits geklärt. Wir werden nach Wiesbaden ziehen, in das Haus, das mir meine Eltern hinterlassen haben.

Die Mieter wissen Bescheid. Und auch finanziell", jetzt nahm ihre Stimme einen fast schon herablassenden Ton an, „benötige ich nichts von dir. Ich möchte auch nicht, dass du jemals unseren Söhnen etwas ohne Absprache mit mir zusteckst."

„Wovon wollt ihr denn leben?"

„Falls es dir in deiner kleinen beschränkten Welt, bestehend aus Kanzlei und Horst, nicht entgangen sein sollte, weißt du, dass ich seit Jahren immer wieder redaktionelle Beiträge für den Südwestfunk geschrieben habe. Die stellen ihre Programmstruktur um und haben mir in diesem Rahmen einen Vollzeitarbeitsplatz in der Landesredaktion Mainz angeboten. Ich werde wieder in meinem erlernten Beruf als Journalistin arbeiten. Textbeiträge, kurze Interviews, vielleicht sogar eine eigene Sendereihe. Sonst noch Fragen?"

Ich war perplex. Alles war vorbereitet und ich hatte nichts davon bemerkt.

„Und dass ich dich brauche, dass ich trotz unserer Differenzen gerne mit dir zusammen bin ..."

„Du brauchst mich nicht, du hast Horst!" Da schwang wieder diese merkwürdige und irritierende Eifersucht mit. Immer mal wieder hatte Beatrice solche Andeutungen gemacht, aber ich war niemals darauf eingegangen. Vielleicht, weil sie irgendwie Recht hatte.

„Und wie gerne du mit mir zusammen bist", fuhr sie fort, „merke ich immer dann, wenn deine Arbeit, deine Kanzlei und deine Mandanten grundsätzlich Priorität besitzen. Wie oft habe ich in den letzten Jahren wegen der Kanzlei zurückstecken müssen. Von deinen Söhnen ganz zu schweigen.

Und wofür? Für Wohlstand? Darauf pfeife ich! Außerdem, rechne dir doch einmal deinen Stundenlohn aus und vergleich ihn mit dem eines Angestellten, der seine vertraglich vereinbarten Arbeitsstunden absitzt!"

Ich versuchte noch einmal das an sich Unmögliche und sagte leise: „Aber Beatrice, ich liebe dich doch."

Anstatt zu antworten ging sie zur Stereoanlage und startete eine CD. Wie gebannt hörte ich einem Duett aus dem Musical *Elisabeth* zu, das von Franz Joseph und der Kaiserin *Sissi* gesungen wird. Ich habe es seitdem in selbstquälender Manier so oft gehört, dass ich die Passagen, die mir Beatrice statt einer Antwort vorspielte, inzwischen auswendig kannte. Am Ende der betreffenden Szene, wo Kaiser Franz-Joseph zum wiederholten Mal vergeblich versucht, Sissi zu sich zurückzuholen, singt er: „*Versteh' mich ... Ich brauch dich ... Ich lieb' dich*", und fragt nach den Gründen, warum er und Sissi allein sein müssen. Elisabeth aber entgegnet ihm: „*Begreif doch: Was nicht sein kann, kann nicht sein.*"

Beatrice stellte die CD ab und wiederholte mit schmerzlicher Traurigkeit in ihrer Stimme: „Darius, begreif endlich: Was nicht sein kann, kann nicht sein. Unser Traum ist geplatzt wie eine Seifenblase.

Du bist nicht mehr der, den ich einmal geheiratet habe: Ein Mann voller Spontaneität und Ideen, voller Zärtlichkeit und Zeit für Gefühle. Du bist intelligent, aber nutzt diese Begabung sehr einseitig. Was nützt dir dein hoher IQ, wenn du andererseits ein emotionaler Trottel bist? Du bist ein zahlengläubiger, papierverstaubter, klientengesteuerter Paragraphenreiter geworden. Und dabei bist du schlimmer als dein Vater es je war. So, wie du es nie sein wolltest.

Du hattest die Chance, mit mir und deinen Söhnen zu leben. Du hast dich gegen uns für deinen Beruf entschieden."

Ich war fassungslos und stammelte: „Aber irgendwann einmal ..."

„Irgendwann? So heißen die Züge, die schon abgefahren sind, wenn du einsteigen willst."

Beatrice hatte Recht. Sie ging, still, ohne Streit, wie durch Tod. Wir trennten uns gütlich; unsere Söhne blieben bei ihr. Mir war damals alles egal. Nur endlich wieder Ruhe, keinen Streit, kein schlechtes Gewissen. Aber diese Ruhe war nur von kurzer Dauer, bis ich erkannte, wie hoch mein Preis dafür war. Der Preis für meine Konfliktscheu und Entscheidungsunfähigkeit. Dass ich es nie anders gelernt hatte, war nur ein schwacher Trost. Ich hatte versagt, also stürzte ich mich, um mich zu betäuben, in noch mehr Arbeit. Zur Freude meiner Mitarbeiter und der Mandanten.

Die abschließenden Worte des Pfarrers drangen wie aus der Ferne in mein Bewusstsein und brachten mich zurück in die Gegenwart. Ich hatte gar nicht mitbekommen, dass sich die Zeremonie ihrem Ende zuneigte.

„... sollst du werden. Erde zu Erde, Asche zu Asche, Staub zu Staub." Das begleitende Prasseln der auf den Sargdeckel geworfenen Erde besiegelte hörbar den endgültigen Abschied. Jeder einzelne Ton schmerzte. Ab jetzt war Horst nur noch Erinnerung.

Einzig Beatrice kam auf mich zu und reichte mir eine kleine Schaufel. Ich verharrte noch einen Moment an Horsts Grab und murmelte: „Machs gut, Alter. Halt mir einen Platz frei. Wir sehen uns wieder." In diesem Moment wünschte ich das nicht nur, ich glaubte es auch.

Wir verabschiedeten uns von Helen, die darauf bestand, alleine nach Hause zu gehen, und Beatrice nahm meine Einladung in das kleine Café gegenüber dem Hauptportal des Friedhofs an. Dort weihte ich sie in meine Recherchen über Horsts Tod ein.

Während meiner Ausführungen schien sie mich unverwandt anzublicken. Ich konnte allerdings ihre Augen nicht sehen, da sie die Sonnenbrille nicht abgenommen hatte. Das irritierte mich mehr als ihr Schweigen, weil ich ihre Reaktion, an der mir sehr gelegen war, ohne Blickkontakt nicht einschätzen konnte.

„Was hältst du davon, jetzt sag schon?", fragte ich und ärgerte mich sofort über meinen herausfordernden, leicht aggressiven Ton.

„Seit wann fragst du *mich*, was du tun sollst? Damit hast du doch vor Jahren aufgehört. Beziehst du mich jetzt wieder in deine Welt mit ein, weil der, mit dem du alles geteilt hast, nicht mehr da ist? Soll ich jetzt seine Rolle übernehmen oder was stellst du dir vor?"

Ich hörte deutlich die Verletzungen heraus, die wohl auch mit zu unserer Trennung beigetragen hatten. Aber ich ging, einer ebenso alten wie unseligen Gewohnheit treu bleibend, nicht darauf ein.

„Bitte, Beatrice, ich bin unsicher, ob ich das Richtige tue."

„Du willst also wirklich meine Meinung dazu hören?"

„Natürlich!"

„Gut, dann sage ich dir in zwei Sätzen, was ich davon halte. Aber keine weitere Diskussion, ich möchte dann nach Hause." Ich nickte zustimmend.

„Lass die Finger davon, Darius, du könntest sie dir verbrennen. Du wühlst unter Umständen Sachen auf, die du besser ruhen lassen solltest."

Während des letzten Satzes war sie bereits aufgestanden, um sich zu mir hinunterzubeugen und sich mit einem Kuss auf die Wange zu verabschieden. Bevor sie aus der Tür trat, drehte sie sich noch einmal um.

„Aber wie ich dich kenne", erklärte sie mit gerunzelter Stirn, „machst du ja doch, was du willst. Wenn ich dir helfen kann, lass es mich wissen. Ich nehme dir auch gerne für einige Tage die Hunde ab." Und dann setzte sie das unverschämte Grinsen auf, das stets eine ihrer gefürchteten scharfzüngigen Bemerkungen einleitete: „Die vermisse ich nämlich. Im Gegensatz zu dir."

Sie ging aus dem Café und ließ mich mit mehr Zweifeln als zuvor zurück.

Dienstag, 30. Juli

XIII.

Ich hatte schließlich meine Bedenken doch über Bord geworfen und telefonisch ein Einzelzimmer im Hotel *Becquer* reserviert, das ich von früheren Sevillabesuchen aus freudigerem Anlass kannte und schätzte. Es liegt in der *Calle Reyes Católicos*, zentral zwischen der Brücke, die auf die linke Seite des Guadalquivir nach *Triana* führt, und dem Zentrum. In wenigen Minuten kann man zu Fuß zu den meisten Sehenswürdigkeiten und Einkaufstraßen gelangen. Dafür muss man allerdings den nächtlichen Geräuschpegel der andalusischen Metropole akzeptieren. Die Diskotheken sind erst nach Mitternacht belebt und schließen oftmals nicht vor den frühen Morgenstunden. In den Sommermonaten ist es bei Tagestemperaturen von teilweise über 40 Grad Celsius in den Bars und auf den Terrassen erst in den Nachtstunden auszuhalten. Gegen drei bis vier Uhr legt sich der Lärm, um dann drei Stunden später wieder von dem des Berufsverkehrs abgelöst zu werden.

Über das Internet fand ich noch einen Platz in der LH 5378, die um 8.35 Uhr von Frankfurt nach Basel flog. Von dort aus nahm ich die ER4 der Swiss Air. Wir hatten Rückenwind, sodass wir zehn Minuten vor der geplanten Zeit um 12:25 Uhr in Sevilla landeten. Ich war nach dem Abheben vom Euroflughafen Basel erschöpft eingeschlafen und erst wieder durch das Rumpeln bei der Landung auf dem *Aeropuerto Nacíonal de San Pablo* aufgewacht. Da ich nur Handgepäck bei mir führte, konnte ich sofort zum Ausgang.

Als ich das Flughafengebäude verließ, schlug mir eine erbarmungslose Hitze entgegen. Der Pilot hatte uns zwar kurz vor der Landung auf 39 Grad vorbereitet, allerdings von 39 Grad zu hören und sie zu erleben ist ein Unterschied. Ich hatte Frankfurt bei 12 Grad verlassen und mich seitdem in klimatisierten Bereichen aufgehalten.

Schweißgebadet nahm ich eine Taxe, die mich in etwa 20 Minuten über die autobahnähnlich ausgebaute Nationalstraße IV in mein Hotel brachte.

Beim Einchecken ließ ich mir für den gleichen Abend für die drei in Frage kommenden Flamencolokale, *El Arenal*, *Los Gallos* und *La otra Sevillana*, Eintrittskarten reservieren. Zur Sicherheit jeweils für die Vorstellungen um 21.00 Uhr und um 23.30 Uhr. Der Portier händigte mir die Reservierungsbestätigungen zu einem Preis von insgesamt 120 Euro aus, ohne eine Miene wegen meines absonderlichen Buchungsverhaltens zu verziehen.

Nach einer Dusche, deren erfrischende Wirkung bereits innerhalb weniger Minuten *verdunstet* war, zog ich leichte Jeans und ein Polohemd an.

Bis zu meinen abendlichen Recherchen war noch Zeit, und ich verließ das Hotel in Richtung *Calle O' Donell*, um noch ein wenig durch das *Centro* zu bummeln. Außerdem hatte ich Hunger. Hätte ich gewusst, was mir in Sevilla noch bevorstand, wäre mir der Appetit bestimmt vergangen, so aber schlenderte ich relativ unbeschwert bis zum nördlichen Ende der *Calle Sierpes*, deren Geschäfte wegen der *Siesta* erst wieder gegen 17.00 Uhr öffneten. Dort nahm ich an einem der freien Tische des Café *La Campana* Platz und bestellte einen Milchkaffee und eines der typischen knusprigen Sandwichs, belegt mit würzigem, luftgetrocknetem, hauchdünn geschnittenem Schinken. Während ich selbstzufrieden mein *bocadillo con jamón serrano* kaute, beobachtete ich schläfrig blinzelnd die vorbeiflanierenden Menschen. Bettler, Schuhputzer, Straßensänger, Geschäftsleute, Losverkäufer und eine auffallend große Anzahl der nationalen und städtischen Polizei eilten geschäftig an mir vorbei.

Etwa 20 Meter entfernt zog plötzlich eine wohl proportionierte, attraktive blonde Frau in einem dunkelblauen Kostüm meine Aufmerksamkeit auf sich. Mit einem Schlag war ich hell wach: Estrella? War das nicht Estrella?! Sie blickte zu mir herüber und ich meinte, auf die Entfernung ein Erkennen in ihren Augen aufblitzen zu sehen. Ich überlegte, hinter ihr herzueilen, hatte jedoch noch nicht bezahlt und mir war nicht im geringsten daran gelegen, von einem der überall präsenten Polizisten wegen Zechprellerei abgeführt zu werden. Außerdem erschien mir ein derartiger Zufall in einer Stadt mit annähernd 700.000 Einwohnern zu unwahrscheinlich. Bestimmt eine Verwechslung, war ich mir schließlich sicher, zumal ich sie schon seit einigen Jahren nicht mehr gesehen hatte. Im übrigen war sie bereits meinem Blickfeld entschwunden.

Ich ging zurück in mein Hotel. Als ich dort ankam, um mich bis gegen 20.30 Uhr hinzulegen, hatte ich den Vorfall bereits vergessen.

Mit der Taxe fuhr ich zuerst ins *El Arenal*, in der *Calle Rodo*, wo ich etwa 15 Minuten vor Beginn der Vorstellung eintraf. Das Licht war bereits gedämpft. Kerzen auf den Tischen beleuchteten den rechteckigen Raum des Restaurants. An der Kopfseite war die Bühne zu erkennen. Es gab keinen Vorhang. Die spärliche Kulisse bestand aus vier Stühlen, die nebeneinander im Hintergrund aufgestellt waren. An dem jeweils äußeren lehnten zwei großbauchige Gitarren. Zur Einstimmung des Publikums wurde eine CD gespielt. Aus den Lautsprechern tönte der mitreißende und rhythmische Klang einer *Bulería* der Gruppe *Triana Pura*.

Ich kannte diese sechs älteren und vergnügten Herrschaften aus einem Konzert, das Horst, Helen und ich vor mehreren Jahren mit Estrella bei unserem letzten gemeinsamen Aufenthalt in Sevilla besucht hatten. Ohne Estrellas Einladung hätten wir niemals Zugang zu dieser ursprünglichen Form der ortstypischen *Sevillana* gefunden, die weniger aus Tanz, als aus Gesang, Gitarre und Klatschen besteht. Die Bulería ist nur eine von verschiedenen Ausdrucksformen, die von *kundigem* Publikum stets mit eruptiven Begeisterungsrufen begleitet wird.

Das Lokal war schnell bis auf den letzten Platz gefüllt. Holländische, englische und deutsche Sprachfetzen verrieten, aus welchen Ländern sich die Mehrzahl der erwartungsfrohen Zuschauer rekrutierte. Spanisch hörte man kaum, nicht einmal von den *camareros*, den Kellnern.

Das Servicepersonal in diesen Touristenlokalen versteht und spricht Englisch und Deutsch recht gut. Zumindest so lange, bis man etwas von ihnen möchte, was ihnen ungelegen kommt. Dann werden sie oft seltsam schwerhörig und beherrschen nicht nur die Fremdsprache nicht mehr, sondern auch ihre Muttersprache nur noch bei Einheimischen. Ungelegene Bitten oder Fragen, denen das Idiom des *extranjeros*, des Ausländers, anhaftet, werden dann häufig mit einem ebenso freundlichen wie bestimmten: „*Lo siento mucho, pero no entiendo* (ich bedauere sehr, aber ich verstehe nicht)“, quittiert.

Das Programm begann mit 20-minütiger Verspätung. Vorher sollten erst einmal alle Gäste ihre Bestellungen aufgegeben haben. Etwa zehn Minuten später wusste ich, dass es sich bei den Akteuren nicht um die Familie Martinéz handeln konnte. Ich ließ mich als nächstes zum *Los Gallos* an der *Plaza de Santa Cruz* fahren, das ich mit dem gleichen negativen Ergebnis verließ.

In keinem der beiden Lokale hatte ich die Möglichkeit, eine der Tänzerinnen oder einen der Tänzer zu sprechen, um sie nach dem Aufenthalt der Familie Martinéz zu fragen. Ich hätte jeweils bis zum Ende der Show warten müssen. Das dauerte mir jedoch zu lange. Zur Not, dachte ich, könnte ich das immer noch zu einem späteren Zeitpunkt oder morgen Abend machen. Die Versuche, einen der *camareros* nach der Martinéz Familie zu fragen, erwiesen sich als wenig erfolgreich. Entweder waren sie zu beschäftigt oder sie konnten mir angeblich keine Auskunft geben. Estrella, Don Jorge und die weiteren Mitglieder der Flamencofamilie sind seit vielen Jahren eine Institution, sodass ich eher davon ausgehen konnte, sie wollten meine Frage nicht beantworten.

Das *La otra Sevillana* in der Nähe des Museums *de bellas Artes* erreichte ich, als die erste Show gerade beendet war und die Akteure eine kurze Pause hatten. Ich huschte zwischen den das Lokal verlassenden Besuchern ins Innere. Von den Kellnern interessierte sich niemand für mich. Sie waren zu sehr damit beschäftigt, die Tische für die zweite Abendvorstellung herzurichten. Außerdem war der etwa 70 Quadratmeter große Raum auch in der Pause lediglich von Kerzen, die auf den Tischen standen, spärlich beleuchtet.

Rechts neben der Bühne, am Ende Raumes, konnte ich eine schmale Tür ausmachen. Dahinter vermutete ich die Umkleideräume. Ich war nur noch wenige Schritte von der Tür entfernt, als sie sich öffnete. Einer der Flamencotänzer in seinem traditionellen Kostüm, trat heraus. Er überragte mich um Kopfeslänge und hätte auch ansonsten besser in eine Catcher-Show gepasst. Ich fragte mich, wie sein hautenger Anzug die Tanzbewegungen aushielt, ohne dass die Nähte platzten.

In barschem Ton wies der Hüne mich darauf hin, dass der Ausgang auf der anderen Seite sei. Als ich ihm antwortete, dass ich auf der Suche nach Estrella Martínez sei, musste er an meiner Aussprache erkennen, dass ich Deutscher, zumindest Ausländer war. Einen flüchtigen Augenblick lang dachte ich, er wüsste, wer ich sei. Dann jedoch stupste er mir mit dem Finger schmerzhaft an die Brust, wobei er mit rauer Stimme hervorstieß: „Estoy fresco, estoy pez (keine Ahnung, keinen Schimmer)." Mit einem nachgeschobenen „desaparece, en seguida (verschwinde, sofort)", drehte er mich um und schubste mich vor sich her, dem Ausgang zu. Plötzlich hörte ich hinter uns eine vertraute Frauenstimme: „Ramón, tonto, basta ya! (Du Dummkopf, hör auf damit!)"

Wir drehten uns um. Es war Estrella, die ebenfalls durch die Bühnentür gekommen war. Trotz der diffusen Beleuchtung und obwohl sie ihre naturblonden Haare unter einer schwarzen Perücke versteckte, erkannte ich sie sofort. In ihrem grellroten Flamencokostüm, das ihre weiblichen Konturen wie eine zweite Haut umhüllte, sah sie atemberaubend aus. Sie war die Inkarnation der heißblütigen und leidenschaftlichen Spanierin. Jede durchgestylte, geschminkte und aufwendig ausgeleuchtete Titelbildschönheit verblasste gegen ihre reale Erscheinung. Estrella bemerkte meine Bewunderung für sie und lächelte geschmeichelt. Ramón war mein faszinierter Blick ebenfalls nicht entgangen, seine Reaktion war aber eher mit der eines Stieres in der Arena, der den Torero taxierte, zu vergleichen.

„Das ist Darius und nicht Horst", erklärte Estrella auf spanisch, eilte auf mich zu und umarmte mich. Dann stellte sie mir den Catcher vor: „Das mein Bruder Ramón. Guter Tänzer, aber ab und zu ein *bruto*, ein grober Kerl. Er nicht meint ernst."

Ich hoffte, ihm nie zu begegnen, wenn er es einmal „ernst meinte". Ramón stand jetzt etwas abseits und betrachtete mich wie ein Kind, dem man sein Spielzeug weggenommen hatte und das auf die Möglichkeit zur Revanche lauerte. Dann schien er sich wieder auf seine Machorolle zu besinnen und zog ein Stilett hervor, mit dem er sich provokativ die Fingernägel reinigte. Ich kam mir vor wie in einem schlechten Kriminalfilm aus den 60ern. Ramón hätte ohne weiteres Bösewichte, wie sie Klaus Kinski gespielt hatte, geben können.

„Was du machen in Sevilla?", riss mich Estrella aus meiner cineastischen Betrachtung.

„Ich suche dich, wegen Horst."

Ihre Miene verdüsterte sich. „Ich nichts mehr will wissen von ihm. Er uns betrogen und Ehre verletzt. Familia ihn wird bestrafen, muss bestrafen, um Ehre wieder herzustellen."

Entweder wusste sie nichts von Horsts Tod oder sie machte mir etwas vor. Bevor ich weiter forschen konnte, blickte sie auf ihre Armbanduhr.

„Ich muss zurück, wir gleich haben *proxima escena*, nächsten Auftritt. Wir aber müssen reden. In welchem Hotel du sein?"

„Im *Becquer*, in der *Calle Reyes Católicos.*"

„Muy bien", nickte sie. „Ich wohne in der Nähe, auf andere Seite von Fluss, in *Triana*. Wir uns treffen morgen Abend um sechs Uhr vor *Kiosko de las Flores*, si? Du nur gehen fünf Minuten von Hotel, über *Puente Triana*, wie wir sagen. Sie eigentlich richtig heißt *Puente Isabel II.* Nach der Brücke *Kiosko* ist sofort links unten an *Plaza del Altozano*. Dann wir können sprechen. Ich habe dann Zeit bis neun Uhr. Ist gut?"

„Ja", sagte ich leicht verstört. Irgendwie lief mir das zu glatt. Andererseits wusste ich nicht, was ich erwartete, wohl kaum, dass sie weinend zusammenbrach und mir gestand, dass Don Jorge, Ramón oder wer auch immer aus ihrer Familie Horst umgebracht hatten. „Morgen um sechs", bestätigte ich. Ich wollte mich noch freundschaftlich von ihr verabschieden, aber

Ramón hatte sie schon am Arm gefasst, um mit ihr hinter der Bühnentür zu verschwinden, nicht ohne mir einen wütenden Blick über die Schulter zuzuwerfen.

Wie konnte ich für eine Frau, die möglicherweise eine Mörderin oder Mitwisserin war, so viel Sympathie empfinden? Ich war in meinen Gefühlen hin- und hergerissen.

Ich fuhr zurück zu meinem Hotel. Da ich aber noch nicht müde war, ging ich an die Bar und bestellte einen *Lepanto*. Ich trinke normalerweise keine Schnäpse, Cognac oder ähnliche harte Sachen, aber in Spanien kann ich den weichen Brandys einfach nicht widerstehen. Und seitdem ich vor einigen Jahren mit Beatrice die *Bodega Gonzales Byass* besichtigt und dort diesen aromatischen und sanften Brandy kennen gelernt hatte, war ich begeistert von diesem Weinbrand aus *Jerez*. Vielleicht liegt es aber auch daran, dass er alte Erinnerungen in mir wach hielt.

Außer mir saß am anderen Ende der Theke noch ein Gast. Das hellblonde, kleine, schwergewichtige Männchen in kurzen Hosen entpuppte sich als ebenso einsamer wie kontaktfreudiger Holländer, der sich von seiner Reisegruppe abgesetzt hatte, weil die ihm „zu viel Touristenstress" machten, wie er sagte. Die Schilderungen dessen, was er bisher auf der Bustour mit seinen Landsleuten erlebt hatte, erheiterten ihn ungemein. Er untermalte sie mit einem derart dröhnenden Lachen, dass der Barkeeper immer wieder hinter sich nach den Spirituosenflaschen schielte, um sich zu vergewissern, ob sie noch sicher im Regal standen. Von Geschichte zu Geschichte rutschten wir näher aufeinander zu und von Brandy zu Brandy fanden wir uns gegenseitig immer netter. Das Trinken auf du und du gegen halb zwei Uhr nachts war einfach die unausweichliche, logische Konsequenz. Von der weiteren

Entwicklung weiß ich nur noch, dass wir die deutsch-holländische Freundschaft besiegelten, vor allem, weil der *Kaaskopp*, wie ich ihn nennen durfte, mir versicherte, die Ausreise holländischer Wohnwagengespanne zu kontingentieren – vorausgesetzt er hätte irgendwann einmal in Den Haag etwas zu sagen. Damit ich ihm gegebenenfalls ein Dankesschreiben zukommen lassen könnte, übergab er mir seine Visitenkarte, die ich nach einem flüchtigen Blick auf seinen Namen in meine Geldbörse steckte. Er hieß Willem van Wensen. Was für ein klangvoller Name! Ich schämte mich fast, als ich ihm meinen nannte.

Der spanische Barkeeper mischte sich ebenfalls ein, indem er seinerseits die Euroumstellung wieder rückgängig machen wollte. Das wiederum hatte eine tief schürfende Diskussion über Preistreiberei in Verbindung mit der Einführung der gemeinsamen Währung zur Folge. Wie lange wir auf diese Weise die Geschicke der europäischen Staatengemeinschaft noch beeinflussten, ist aus meinem Gedächtnis verschwunden.

Als ich am nächsten Tag gegen Mittag erwachte, war in meinem Kopf ohnehin nur noch Platz für bohrende Schmerzen. Nach einer Flasche Mineralwasser und drei Aspirin schlief ich noch einmal für mehrere Stunden ein.

Gegen 17.00 Uhr war ich fit; Appetit und Lebensgeister hatten sich wieder eingestellt und ich schwor mir, für die nächsten Jahre jedem einsamen Holländer aus dem Weg zu gehen.

Mittwoch, der 31. Juli

XIV.

Auf die Minute pünktlich trafen wir fast gleichzeitig am vereinbarten Treffpunkt ein. Estrella hatte, ebenso wie ich, noch nicht zu Abend gegessen, sodass wir uns an einen Tisch auf der Terrasse des *Kiosko de las Flores* setzten. Wir bestellten eine Platte mit frittierten *pescaitos*, kleinen Fischen, und natürlich den obligatorischen Rotwein. Eine hübsche Frau, ein gutes Essen, vor uns der Blick über den Fluss auf Sevilla – es gäbe kaum etwas Romantischeres, wenn da nicht der Grund unseres Zusammentreffens gewesen wäre. Estrella beendete unser anfänglich belangloses Geplänkel, indem sie daran erinnerte, wie lange wir uns schon kannten.

Es war genau 20 Jahre her, dass Don Jorge mit seiner Truppe während einer Tournee auch auf La Palma auftrat. Estrella und er wohnten damals auf der Finca von Horst. Durch ein Versehen des Agenten waren Termine durcheinander geraten. Als Horst und ich zu einem Kurzurlaub dort eintrafen, war das Haus noch für zwei Tage von den Martinéz angemietet. Wir zogen solange in ein Hotel, freundeten uns aber mit den Flamencotänzern an. Danach trafen wir uns zu den unterschiedlichsten Gelegenheiten immer einmal wieder. Dabei lernten Estrella und unsere Frauen sich ebenfalls kennen. Ein Vorteil war, dass sie in der Schule Deutsch gelernt und die Sprache bei einem Aufenthalt als Au-pair-Mädchen in einer Familie in Köln perfektioniert hatte. Auch wenn ihre Satzstellung manchmal etwas Drolliges an sich hatte, ich wäre froh gewesen, wenn meine Spanischkenntnisse nur halb so gut gewesen wären.

„Du sehen, wir uns kennen sehr lange. Wir immer gute Freunde, auch wenn mehrere Jahre nicht gesehen. Aber was Horst gemacht, ist unverzeihbar, er Freundschaft missbraucht!"

„Unverzeihlich, nicht unverzeihbar", verbesserte ich, was sonst nicht meine Art war.

Estrella war sensibel und intelligent genug, um zu erkennen, dass etwas zwischen uns stand.

„Darius, was ist?"

„Du weißt es wirklich nicht?" Ich blickte sie forschend an. Aber sie hielt meinem Blick mit der ihr eigenen Natürlichkeit stand. Sie wusste wirklich nichts!

„Horst ist tot, ermordet."

„Horst muerto, asesinato? No, no, es imposible", flüsterte sie fassungslos und setzte mit einem lauten Geräusch ihr Glas ab, das sie spielerisch zwischen ihren Handflächen gedreht hatte. „Quando, quien?"

„Am Sonntag vor zwei Wochen. Der Mörder ist noch unbekannt", beantwortete ich mit einer merkwürdigen Ruhe ihre Fragen.

Sie richtete sich auf. „Jetzt ich verstehe. Du denken – wir?"

Ich zuckte mit den Schultern.

„Darius, doch nicht wir! Wir sind zwar Gitanos, Zigeuner, unsere Vorfahren waren Romas. Ich weiß, das ist eine garantía für viele Vorurteile. Auch hier in Sevilla. Wir haben unsere eigenen Gesetze *und* unsere Ehre, aber Mord ist auch bei uns Mord."

Estrella sprach auf einmal ganz besonnen. Ihr Deutsch war ohne Makel. Jetzt dachte sie in Ihrer Muttersprache und übersetzte bewusst. Dabei griff sie über den Tisch und legte ihre Hände sanft auf meine. Diese zärtliche Geste tat so gut. Mir traten Tränen in die Augen. Wie lange hatte ich schon eine solche körperliche Berührung vermisst. Wie kaputt ich doch war! Ich schluckte und versuchte, meiner Stimme einen festen Klang zu geben.

„Hast du Horst einen anonymen Brief geschrieben und mit Konsequenzen gedroht, wenn er das Geld nicht zurückzahlt?"

„Si, er sollen wissen, wie ernst die Sache ist. Aber niemals drohen mit Mord oder auch nur denken daran!"

„Und weshalb dann anonym?"

Estrella schüttelte den Kopf: „Ich habe gemacht ohne *remitente*, ohne Absender, damit meine Familia nicht erfährt davon. Falls Brief nicht kommt an in Deutschland, sollte nicht zurückkommen können zu uns. Weiß Polizei in Deutschland, dass Brief von mir?"

„Nein. Und ich werde auch nichts sagen."

„Gracias. Wann ist Beerdigung?"

„Die war vorgestern. Nur Helen, Beatrice und ich."

„Bitte sag Helen, ich denke an sie und bin traurig mit ihr." Dann wechselte sie das Thema. „Was ist mit Beatrice und dir? Keine Chance mehr, dass ihr nach die getrennte años wieder beginnt neu?"

„Nada mas, nichts mehr, acabado, fin", versuchte ich der Antwort eine Drehung ins Scherzhafte zu verleihen.

„Tut weh?"

„Geht schon."

„Was eigentlich hat Horst gesagt zu eurer Trennung. Ich weiß von ihm, von Telefonat, aber ohne Kommentar."

Ich lächelte etwas schwermütig. „Er hat während der letzten Jahre immer wieder versucht mich aufzumuntern. Ich wollte es anfangs nicht wahrhaben, dass Beatrice und meine Söhne nicht mehr da waren ... Habe immer gedacht, das renkt sich wieder ein. Habe mich dauernd gefragt: Warum nur?"

„Aber Horst hat nicht zugelassen, dass du Trubsal bläst?"

„Ü, nicht u. Trübsal, Estrella. Aber du hast Recht. Er hat mich dazu gebracht, in die Zukunft zu sehen. Und obwohl es schwer war, begann ich zu überlegen, was ich der neuen Situation abgewinnen kann."

„Vielleicht neue *mujer*, neue Frau. Gibt genug." Sie lächelte vieldeutig.

„Und was macht die Liebe bei dir?", wich ich aus.

„Ich noch immer warte auf meinen Geschichtenprinz."

Ich musste lachen und Estrella stimmte mit ein, als ich ihr den Grund dafür erklärte.

Es wurde Zeit für Estrella. Ich brachte sie zum Bus, der auch gleich kam. Wir verabschiedeten uns herzlich, sie stieg ein und ich sah ihr noch nach, wie sie aus dem Rückfenster blickend auf der Brücke in der Richtung verschwand, in die auch ich bald gehen wollte. Aber es war früh am Abend und so spazierte ich noch ein wenig durch die belebten Straßen von Triana.

Es war vielleicht eine halbe Stunde vergangen, da hielt neben mir ein Mercedes älterer Bauart. Das Fenster wurde heruntergekurbelt und ... Ramón sprach mich an: „Señor Darius, Estrella, bitte kommen Sie mit, schnell!", bat er aufgeregt.

Was konnte da passiert sein? Ich hatte sie doch zum Bus begleitet.

Ramón hatte inzwischen von der Fahrerseite aus die Beifahrertür geöffnet. Ich stieg ein, zog die Tür zu und erhielt im selben Moment einen mörderischen Schlag in den Magen, in den Estrellas Bruder die ganze Wucht seiner Körperdrehung gelegt hatte und der mir wie ein Blitz durch den ganzen Leib fuhr. Wo kam der Vorschlaghammer her?, fragte ich mich, schnappte nach Luft und war unfähig, mich zu bewegen. Als nächstes landete eine Handkante an meiner linken Halsschlagader. Dann bekam ich nichts mehr mit.

Ein langer, gekachelter Gang, mit einem Licht, so hell, dass es in den Augen weh tat, war das Erste, was ich nach dem Erwachen wieder registrierte. Wo war ich? In der Pathologie in Mainz? Aber wo kamen dann die schönen Blumen auf den Kacheln her? Aus der Ferne hörte ich das Hupen von Autos, ein Moped fuhr laut knatternd vorbei. Musikfetzen drangen von weiter Ferne her an mein Ohr – andalusische Gitarrenklänge.

Ich bewegte meinen Kopf. Mein Genick schmerzte. In meinem Magen schienen sich alle Qualen dieser Welt vereinigt zu haben. Ich sah eine Treppe, die nach oben führte und erkannte, dass ich auf einem kalten, gefliesten Boden lag. Ich befand mich am hinteren Ende des Flures eines Wohnhauses. Mit zittrigen Knien erhob ich mich, indem ich mich an der Wand hochtastete.

„Das wird auch Zeit“, sagte eine raue Stimme auf Spanisch. Eine Stimme die mir irgendwoher bekannt vorkam. Ramón, fuhr es mir durch den Kopf. Ich drehte mich in die Richtung, aus der die Stimme kam. Estrellas Bruder strahlte mich an.

„Gefällt es dir?“, fragte er.

Ich hätte besser geschwiegen, aber das fiel mir schon immer schwer. „Ist das deine Art, deine Zuneigung zu gestehen? Aber ich stehe nicht auf Männer!“, radebrechte ich unter Schmerzen. Mein Spanisch war in diesem Fall leider zu gut, denn er hatte mich verstanden. Und einen Spanier zu verdächtigen, dass er ein *marica*, ein Schwuler, sei, kommt der Bitte nach einer freigebigen Portion Prügel gleich.

„Genau“, jubelte Ramón, „und jetzt zeige ich dir, wie *sehr* ich dich mag.“ Der Bursche war total übergeschnappt und in seinem Jähzorn unberechenbar. Als Beweis seiner Sympathie landete er einen gezielten Schlag auf mein linkes Auge. Hasslacher hätte sich bestimmt darüber gefreut, wenn er mitbekommen hätte, welche Würdigung sein Werk erfuhr. Die gerade geschlossene Wunde platzte sofort wieder auf. Ich knallte zurück gegen die Wand und rutschte an ihr hinunter. Mein Kopf schien nur noch aus schmerzempfindlichen Nervensträngen zu bestehen. Das Summen, das zuerst noch an einen Bienenstock erinnerte, verstärkte sich zum Dröhnen eines Flugzeugtriebwerkes beim Start.

„Fein gemacht, du Feigling“, stöhnte ich. Gleichzeitig verfluchte ich mich dafür, dass ich nicht endlich meine Klappe halten konnte. Ich musste ihn ablenken, in ein Gespräch verwickeln.

„Was ist, wenn ein Hausbewohner die Polizei verständigt?“, versuchte ich, an seine Vernunft zu appellieren.

„Du glaubst wohl auch, dass ich zurückgeblieben bin, wie mein Vater immer sagt? Ein guter Flamencotänzer, aber nichts im Kopf? Ich kenne Triana wie meine Westentasche. Das Haus steht seit zwei Jahren leer.“

Mein Gott, dachte ich, lass es nicht wahr sein! Der ist nicht nur jähzornig, sondern hat auch einen Knall. Ich befand mich in den Händen eines Psychopathen.

„Was soll das, Ramón? Was habe ich dir getan? Was erwartest du von mir?“, hörte ich mich fragen.

„Ob Señor Horst oder du. Ihr seid alle gleich. Wir wollen unser Geld zurück. Ihr habt uns betrogen und zum Gespött gemacht. Ihr habt unsere Ehre verletzt. Er ist in Deutschland, aber dich habe ich hier.“

„Und wie willst du auf diese Weise euer Geld wiederbekommen?“ Das Sprechen fiel mir schwer, aber ich wollte ihm das Gefühl von Sicherheit geben, ihm signalisieren, dass er ernst genommen wird.

Ramón stutzte kurz. Auf diese Frage wusste er keine Antwort. Aber er war schon zu weit gegangen, als dass das noch eine Rolle spielen konnte.

Ich lag noch immer schräg an die Wand des Hausflurs gelehnt, beide Arme zum Schutz vor mein Gesicht haltend. Meine Hose war durchfeuchtet, die Angst hatte mich zu Ramóns Entzücken die Kontrolle über meine Blase verlieren lassen. Mein Hemd war zerrissen und das linkes Auge brannte, da Blut aus meiner wieder aufgeplatzten Braue hineinfloss. Ich nahm nur noch schemenhaft wahr, was sich vor mir abspielte. Ramón tänzelte von links nach rechts, so wie ein nervöser Boxer, der darauf wartete, dass sein zu Boden gegangener Gegner sich wieder erhebt. Dazu schlug er kämpferisch mit der rechten Faust in seine linke Handfläche. Das klatschende Geräusch hallte in dem gekachelten Flur wider und verstärkte das Dröhnen in meinem Kopf. Ich wünschte, ich wäre 2.400 Kilometer entfernt von hier, zu Hause.

Ich versuchte mich zu erheben, befürchtete aber dann sofort den nächsten Schlag zu fangen und lehnte mich mit einem Seufzer wieder zurück, in der Hoffnung, dass er von mir abließe. Aber offensichtlich wollte er noch ein wenig seinen Spaß mit mir haben. Denn er stellte sich grinsend vor mir in Positur auf und lud mich, mit beiden Händen herausfordernd winkend, zur Fortsetzung des ungleichen Kampfes ein. Dabei stand er in seiner Machohaltung so breitbeinig da, dass ich einem inneren Drang folgend die deutliche Einladung einfach annehmen musste und ihm mit meiner rechten Schuhspitze einen herzhaften Tritt dorthin versetzte, wo ein Treffer einen Mann in der Regel voller Enthusiasmus und ungekünstelter Ekstase aufschreien lässt. Er jedoch presste die Lippen aufeinander und krümmte sich schweigend zusammen. Ich hatte noch nie jemanden so schnell die Gesichtsfarbe wechseln sehen. Das fahle Grün harmonierte apart mit seinen dunkelbraunen Augen, die sich ebenso flink mit Wasser füllten. „Wie ein Chamäleon", entfuhr es mir. Und während ich mich noch darüber wunderte, woher plötzlich meine Sprachkenntnisse aus dem Bereich der Fauna kamen, stürzte ich mich auf ihn und versetzte ihm einen Tritt in die Kniekehle, der ihn endgültig zu Boden gehen ließ.

Ich hasse Gewalt. Aber selbst der Friedfertigste hat seine Grenzen, und die waren bei mir überschritten. Hatte ich nicht bis zu meinem 45. Lebensjahr aktiv Judosport betrieben und dabei auch *faire* und *üble* Techniken der Selbstverteidigung trainiert? Im Bruchteil von Sekunden bestätigte sich das, was mir mein alter Jiu-Jitsu-Lehrer immer gesagte hatte: „Was du einmal richtig gelernt und verinnerlicht hast, vergisst du genauso wenig, wie das Fahrradfahren."

Mein nächster Tritt landete unterhalb der linken Kniescheibe des sich aufrappelnden Ramóns, die sich mit einem hässlichen Geräusch nach oben verschob. Er brüllte vor Schmerz und Zorn. Was, das konnte ich weder akustisch noch idiomatisch verstehen. Aber der Bursche war zäh und aufgrund seiner körperlichen Überlegenheit immer noch gefährlich. Humpelnd, die Hände wie ein Fußballspieler in der Freistoßmauer vor die Endstation meines ersten Trittes haltend, taumelte er auf mich zu. Dabei stieß er, für mich weiterhin unverständliche, Verwünschungen aus.

Plötzlich blitzte etwas in seiner Rechten auf: sein Messer! Jetzt hörte der Spaß auf. Ich überlegte, ob ich wegrennen sollte. Mit der verschobenen Kniescheibe und dem stechenden Schmerz in den Lenden konnte er mich bestimmt nicht einholen.

In diesem Moment brach in mir ein Damm. Eine mir bislang unbekannte Energie elektrisierte mich auf eine Weise, wie ich mir den wiederbelebenden Schock eines Defibrillators vorstellte. Wie ein menschlicher Körper unter dessen Stromstößen, so bäumte ich mich seelisch auf und lebte plötzlich ein neues, ein anderes Leben. Weshalb weglaufen, wenn mein Gefühl etwas ganz anderes sagte, wenn mir danach zumute war, die Erniedrigungen eines Ramón nicht einfach hinzunehmen?

Ich beobachtete ihn aus zusammengekniffenen Augen, meine Angst war verflogen. Er hielt das Messer so in der geschlossenen Faust, dass die Klinge aus der Öffnung zwischen Daumen und Zeigefinger nach links ragte. Ich konnte gerade noch folgern, dass der Stoß wahrscheinlich weder von oben noch von untern kommen würde, da holte er auch schon von der Seite aus. Ich blockte den Stoß, wie ich es vor mehreren Jahrzehnten immer wieder geübt hatte, mit beiden Handkanten ab. Gleichzeitig drehte ich mich mit einer Linksdrehung in ihn hinein. Mit meiner rechten Hand griff ich unter seinem messerbewaffneten Arm durch und fasste in meine Linke. Dadurch hatte ich einen festen Ring, der wie ein Hebel wirkte, um seinen Arm gebildet. Mit einem kraftvollen und schnellen Ruck nach hinten kugelte ich ihn aus. Gleichzeitig wurde Ramón nach unten gezogen und stürzte über mein rechtes Bein, das ich hinter seinem platziert hatte, zu Boden. Ein gelungener *O-Soto-Gari* und das nach über zehn Jahren!, fuhr es mir durch den Kopf. Das knackende Geräusch in seinem Schultergelenk, der scheppernde Aufschlag des Messers auf dem Kachelboden und Ramóns schriller Schmerzensschrei waren fast eins.

Schmerzgekrümmt lag Ramón auf den kalten Fliesen. Ein bereits angesetzter Handkantenschlag, den ich zum Abschluss noch gegen seine Halsschlagader führen wollte, erübrigte sich. Ich hob das Messer auf, schob die Klinge in einen Spalt unter einer Treppenstufe und brach sie ab. Dann tupfte ich mir mit einem Papiertaschentuch das Blut von der linken Gesichtshälfte. Dabei ließ ich Ramón keine Sekunde aus den Augen. Aber Kniekehle, Unterleib, Knie und Schulter – das war selbst für ihn zu viel. Er gab sich geschlagen.

„Policía o ambulancia?“, fragte ich schwer atmend, während ich mein Handy vor seinen Augen schwenkte.

Er sah mich mit flehenden Augen an: „No, no policía, pero ambulancia“, stöhnte er und fügte – für einen Spanier ungewöhnlich – ein „por favor (bitte)“ hinzu.

„Muy bien“, stimmte ich seiner Entscheidung zu, wählte die Notrufnummer 112 und hielt Ramón das Handy zum Sprechen vor den Mund. *„Pagés del Corro“*, stöhnte er den Straßennamen, nannte die Hausnummer und schilderte kurz seine Verletzungen. Dann nickte er mir zu. Ich steckte mein Handy ein und trat aus dem Hausflur in die warme, klare Nacht.

„Señor Darius“, rief er mir hinterher. Ich drehte mich noch einmal um. „Lo siento, estamos en paz (tut mir leid, wir sind quitt)“, beendete er unsere klägliche Begegnung mit schwacher Stimme. Der Schmerz schien seinen Verstand wieder aktiviert zu haben. Er war sich sehr wohl bewusst, dass ich ihn in diesem verlassenen Haus einfach hätte liegen lassen oder der Polizei hätte übergeben können.

Ich winkte ab und verschwand. Es war inzwischen 22.30 Uhr geworden. Über eine Stunde lang hatte mich Ramón durch die Mangel gedreht. Ich wollte weg sein, bevor die Ambulanz kam und dann doch noch Fragen stellte. Schließlich bin ich Ausländer, dachte ich. Und Ramón sollte lieber selbst erzählen, wie er zu den Verletzungen gekommen war. Ein Treppensturz wäre als Erklärung nicht schlecht. Er war wenigstens ein fairer Verlierer, fuhr es mir noch durch den Sinn. Auch das gehörte wohl zur Tradition der Familie Martinéz.

Da ich völlig orientierungslos war, schlug ich irgend eine Richtung ein. An der nächsten Ecke sah ich linker Hand am Ende der Querstraße die *Giralda* von der anderen Seite des *Guadal-*

quivir herüberleuchten. Jetzt wusste ich, welcher Weg zu meinem Hotel führte. Ich ging stromabwärts und genoss zu meiner Verwunderung, trotz meines gerade überstandenen, schmerzhaften und mein Gesicht entstellenden Abenteuers die Aussicht auf die angestrahlten Sehenswürdigkeiten und das pulsierende Leben am Ufer. Liebespärchen saßen in selbstvergessener Umarmung auf der Mauer entlang des Flusses und die Tische der Restaurants waren mit hungrigen und durstigen Menschen aller Nationalitäten bevölkert. Straßenhändler wieselten hin und her und priesen ihren glitzernden und billigen Tand mit gestenreichen Überzeugungskünsten an.

Obwohl ich aussehen musste wie der Archetypus aller Vogelscheuchen, hätte mich kaum jemand beachtet, wenn ich nicht in ein kurzes Selbstgespräch verfallen wäre.

Mir kam nämlich meine Situation wie eine Parabel vor: Typisch für meine Berufsauffassung, so erkannte ich, hatte ich den Kopf für einen Klienten hingehalten und wieder einmal die Prügel bezogen, die eigentlich für ihn gedacht waren. Selbst nach seinem Tod trug ich die Verantwortung für Horst, mit allen peinigenden Konsequenzen. Diesen Gedanken kommentierte ich gerade in dem Moment, als ich an einem jungen Paar vorbeiging, lautstark mit der Bemerkung: „Und du Kanaille sitzt jetzt auf deiner Wolke und lachst dir einen Ast darüber, dass es mich, statt deiner erwischt hat."

„Wie bitte?", meinte der Mann verdattert. Die beiden waren auch noch Deutsche.

„Kennst du den Penner?", fragte sie ihn, wobei sie mich angeekelt taxierte.

Ich eilte wortlos weiter und entzog mich einer Erklärung, die ohnehin sinnlos gewesen wäre. Ich verspürte eine unendliche Sehnsucht nach meinem Hotel, einer Dusche und einem

Bett. Über die *Puente Isabel II* gelangte ich wieder auf die rechte Flussseite und erreichte fünf Minuten später das *Becquer.*

Ich eilte an einer Gruppe Engländer vorbei, die sich in der Lobby gerade zum gemeinsamen Abmarsch formierten. Sie bestaunten mich, als wäre ich bereits eine Shownummer ihres Folkloreprogramms „Sevilla bei Nacht". Auch der Portier musterte mich leicht verstört, als ich meinen Schlüssel verlangte. Anstelle eines *Gracias* erklärte ich mein Aussehen mit dem Ratschlag: „Lassen Sie sich niemals von einem andalusischen Ehemann im Clinch mit seiner Frau überraschen!" Seinen ungläubigen Blick bekam ich gerade noch mit, eilte zum Aufzug und in mein Zimmer.

Es war keine Sekunde zu früh. Denn jetzt trafen mich die Nachwirkungen mit voller Wucht. Mir wurde schwarz vor den Augen. Ich zitterte am ganzen Körper und lehnte mich Halt suchend von innen an die Zimmertür. Mir wurde übel. Ich stürzte ins Bad und übergab mich in die Toilette. Danach und nach einer Dusche fühlte ich mich erheblich besser.

Vor einer Stunde noch hatte ich mich zurück nach Bernheim gesehnt, in die Geborgenheit meines Hauses. Jetzt entschied ich mich, noch einen Tag in Sevilla zu bleiben – einfach so als Tourist.

Irgendetwas hatte sich zum Guten verändert, als hätten die Prügel, die ich bezogen hatte, einen Schalter umgelegt oder ein eingerostetes Ventil losgeschlagen. Auch dieser Sache wollte ich auf die Spur kommen und die Veränderung nachhaltig konservieren.

Todmüde streckte ich mich splitternackt auf dem Laken meines Bettes aus und schlief trotz des Lärms der sevillanischen Sommernacht bei geöffnetem Fenster sofort ein. Gegen zwei Uhr nachts weckte mich das Telefon – Estrella.

„Darius, wie es dir gehen?"

„Eigentlich ganz gut, ich hatte schon schlechtere Tage, aber nicht in den Armen deiner Familie."

„Ich mich freuen, du noch haben deine Humor. Wir bis eben hatten Familienzusammenkunft. Ramón uns alles erzählt. Wir nicht wussten, was er vorhatte. *Padre General* hat zusammengerufen *toda la familia*. Ich mich bei dir von allen entschuldigen soll. *La familia* nichts mehr will haben von Geld, Horst uns schuldet. *Mi padre* sagen, wenn Geld für Ramón so wichtig, dass er *con muy mal genio atacar*, wie heißen in Deutsch?"

„Aus Jähzorn angreifen", übersetzte ich hoffentlich korrekt.

„Si, wenn Geld für Ramón so wichtig, dass er angreifen Freunde wie Darius, Geld ist schlecht, weil machen Menschen schlecht. *Mi padre* wollen von dem Geld nichts mehr wissen. Er Ramón bestrafen. Auch weil er gestern nicht war im *La otra Sevillana.* Papa musste auftreten für Ramón. War ganz schön aus Puste", kicherte sie.

„Dann heißt das, dass Ramóns Abschiedsgruß *estamos en paz* für uns alle gültig ist?", versicherte ich mich noch einmal.

„*Si, eso es*, so ist es."

„Sag Don Jorge, dass ich die Entschuldigung mit Erleichterung annehme. Und Ramón – ich finde, der ist bestraft genug. Wie geht es ihm eigentlich?"

„Er leiden, wie nur Männer können leiden, jammern, als ob er bekommen Zwillinge", lachte sie. „Kann nicht auftreten in unsere Show *probable*, wahrscheinlich, zwei Wochen." Dann verließ sie die Munterkeit wieder. „Darius, du fliegen nach Francoforte *mañana*?"

„Nein, ich bleibe noch einen Tag."

Ich bemerkte ihr Zögern und konnte mir gut vorstellen, welche Überwindung eine stolze, konservative Spanierin, wie sie es war, die nächste Frage kosten musste. Fast klang es wie ein Flehen:

„Wir uns treffen in *Café La Campana*, bitte?"

„*La Campana?*", ich stutzte. „Dann warst du das doch, vorgestern Nachmittag!?"

„Si, aber dich plötzlich sehen in Sevilla, waren eine *sorpresa*, eine Überraschung. Ich nicht wissen, was tun. Dann besser verschwinden. *Pero*, wir uns treffen *mañana*?"

Estrella, ist eine kluge und begehrenswerte Frau, dachte ich. Horst hätte jetzt gesagt: „Junge, überlege nicht lange, das Leben ist zu kurz. Und Beatrice ist nun mal Vergangenheit." Aber gerade mein Gefühl sagte: Nein, nicht solange ich mich nicht auch innerlich von Beatrice gelöst habe.

„Ich muss alleine sein, bitte versteh mich."

„*Qué lástima*, wie schade! Gott dich schütze, Darius." Sie hängte ein, ohne meine Antwort abzuwarten.

„Wenn es das Schicksal will, treffen wir uns wieder. Und wer weiß, dann ...", sagte ich nicht ohne eine Spur von Überzeugung. Aber Estrella konnte es ja nicht mehr hören. Ich legte langsam und behutsam den Hörer auf, drehte mich zur Seite und war kurz darauf wieder eingeschlafen.

Donnerstag, 1. August

XV.

Ich schlief wie ein Murmeltier, bis mich die Sonne gegen sieben Uhr in der Nase kitzelte. Eine lauwarme Dusche weckte meine Lebensgeister. Eines der Klammerpflaster, die ich mir nach meinem Abenteuer in Klagenfurt gekauft hatte, etwas Tönungscreme und frische Kleider verwischten die gröbsten ästhetischen Absonderlichkeiten. Dann war ich bereit für ein ausgiebiges Frühstück und einen Tag in Sevilla, ganz allein für mich.

Einige Stunden später saß ich mit müde gelaufenen Füßen im Freien an einem der Tische eines der vielen kleinen Lokale hinter der *Catedral de Santa Maria de la Sede*, deren Glockenturm *La Giralda* mir gestern Abend den Weg zurück zum Hotel gewiesen hatte. Bei einem *vino tinto*, Oliven und einem letzten *bocadillo con jamon serrano* ließ ich es mir gut gehen.

Leibliche Genüsse, verstärkt durch die beflügelnde Wirkung maßvoll genossenen Alkohols, ziehen oftmals Forderungen der Seele nach sich. Und so reflektierte ich, quasi als Seelenschmaus, die denkwürdigen Ereignisse des gestrigen Abends. Etwas hatte sich in mir dramatisch verändert. Ich hatte in einer brisanten Situation ungewohnt intuitiv gehandelt und damit meinem Unterbewusstsein gestattet, das Steuer zu übernehmen. Und es hatte das Geschehen nachhaltig so positiv beeinflusst, wie es mein Verstand mit der lächerlich kühlen Arithmetik und der Zeit verschwendenden Analytik des Steuerberaters niemals geschafft hätte. Klar, ich hatte innerhalb weniger Tage zum zweiten Mal eine gehörige Tracht Prügel einstecken müssen. Gleichzeitig fühlte ich mich aber so ausgeglichen wie lange nicht mehr.

Beatrice würde jetzt sagen: „Die Prügel waren längst überfällig – lerne daraus!" Ja, gerne, aber was? Zum Beispiel, dass ich mich inzwischen zum zweiten Mal gewehrt und selbst aus einer verfahrenen Situation befreit hatte? Also, schloss ich, bestimme *ich* auch in der Zukunft *selbst* und alleine, was gut oder nicht gut ist für mich – und niemand anders! Kein Mandant, kein Mitarbeiter, kein ... Es ist mein Leben! Und meine Gefühle gehören dazu, gehören zu mir. Ich will sie in der Zukunft nicht mehr verleugnen!

Beatrice! Ich rief sie an und erzählte ihr euphorisch von meinen Erkenntnissen, ohne allerdings die Auslöser zu erwähnen, das hatte Zeit. Sie hörte schweigend zu, bis ich fertig war.

„Darius", hörte ich ihre vertraute Stimme, „du platzt plötzlich in meinen Tagesablauf, ohne dich dafür zu interessieren, ob ich überhaupt Zeit und Muße habe, dir zuzuhören!"

„Jetzt bin ich endlich mal wieder spontan", maulte ich.

„Spontaneität sollte man nicht mit Rücksichtslosigkeit verwechseln. Aber trotzdem, ich finde deine Eingebung gut und ich wünsche dir von ganzem Herzen, dass du stark bleibst."

„Beatrice", rückte ich nun mit dem tatsächlichen Grund meines Anrufes heraus. Ich hatte ihn zuvor selbst nicht erkannt, „meinst du, wir könnten es unter diesen Umständen noch einmal ..."

Sie unterbrach mich und ihre Stimme klang fast zärtlich. „Sprich nicht weiter. Alles hat seine Zeit. Es gab eine Zeit vor dir und mit dir. Jetzt ist die Zeit nach dir. Wir können nichts mehr zurückdrehen. Es war schlimm genug, das zu tun, was ich tun musste. Es ging fast über meine Kraft. Ich hätte nie gedacht, dass ich dazu überhaupt fähig wäre, aber ich habe mein

Leben wieder im Griff. Und da ist kein Raum mehr für einen Darius Schäfer unter dem gleichen Dach mit mir. Du würdest mir letztlich auch nie verzeihen. Lass uns ehrliche und gute Freunde sein und bleiben. Und nicht nur im Interesse unserer Söhne, das wäre zu abgeschmackt."

Was hätte ich ihr denn zu verzeihen?

„Beatrice, wenn ich aber doch ..." setzte ich wieder an. Vergeblich, denn Sie unterbrach mich erneut.

„Ich kann nicht, frag nicht weshalb! Vergiss es! Es ist besser so!" Diesmal klang Ihre Stimme endgültig.

„Also nur Freunde?"

„Nein, nicht *nur*, sondern *wirkliche, echte* Freunde. Ich kann dir Horst nicht ersetzen, aber ich will an seiner Stelle wieder für dich da sein. Also, mach's gut. Ruf mich an, wenn du zurück in Bernheim bist. Tschüs."

Die eine, dachte ich, will mich nicht mehr und die andere will ich nicht, noch nicht. *Eso es*! Aber eine wirkliche Freundschaft mit Beatrice ist etwas ganz Besonderes. Und was hatte Horst als Letztes zu mir gesagt? „Etwas Besseres als den Tod findest du überall."

Doch meine Aufgabe war noch nicht beendet. Ich musste noch den oder die Mörder von Horst finden. Hasslacher und Brandner waren es nicht, Estrellas Familie auch nicht. Blieb eigentlich nur noch ... nein, das konnte doch nicht sein. Mein Verstand fand Gründe über Gründe, weshalb ich mit meinem aufkeimenden Verdacht falsch liegen musste. Aber meine Intuition war endlich aus ihrem Karzer befreit worden. Der *Chor der Gefangenen* aus Beethovens *Fidelio* kam mir in den Sinn. So wie aus den Gefängnisgewölben des Gouverneurs Don Pizarro mehr und mehr der grauen Gestalten unaufhaltsam nach jahrelanger Folter und Dunkelhaft, abgemagert und fast erblindet, an das wärmende und gleißende Sonnenlicht strömen, so ließen sich meine Emotionen nicht mehr unterdrücken. Und mein Gefühl sagte mir, dass ich schon die ganze Zeit wusste, wer Horst umgebracht haben musste. Ich hatte es nur nicht wahrhaben wollen.

Was mir zum Beweis fehlte, waren nur noch das Motiv und der Tathergang. Also, eigentlich alles, was notwendig ist, um einen Mord aufzuklären – oder?

Freitag, der 2. August

XVI.

Ich hatte Sevilla um 7.30 Uhr verlassen und war mit der Iberia über Barcelona gegen 12.30 Uhr in Frankfurt gelandet. Mit dem Auto, das ich am Flughafen abgestellt hatte, war ich um diese Tageszeit in 40 Minuten wieder zu Hause in Bernheim.

Es schien mir, als sei ich mehrere Wochen und nicht nur ein paar Tage fort gewesen. Überhaupt hatte ich in den letzten zehn Tagen mehr erlebt und vor allen Dingen intensiver gelebt, als in Jahrzehnten meiner Bürotätigkeit. Ich schien mich bisher in einer eigenen, speziellen Berufswelt aufgehalten zu haben, in einem bürokratischen Universum, das aus Kästchen bestand, in die alles eingeordnet werden konnte. Sie waren ordentlich mit Inhaltsschildern versehen: Auf dem einen stand AO, auf einem anderen BiRiLiG oder StBerG oder Kontenrahmen SKR 04 oder § 26 EStG oder ... oder ... Und kam einmal etwas Unbekanntes, für das noch kein Kästchen existierte, wurde ich unruhig, weil ja in meiner geordneten Welt nicht sein konnte, was nicht sein durfte. Mein mentales Gleichgewicht war erst dann wieder hergestellt, wenn ich ein neues Kästchen angelegt hatte. Dort deponierte ich das bis dato Unbekannte, wo es einen dauerhaften Platz in meinem Universum hatte. So einfach schien das zu sein. Und dennoch war die Ruhe trügerisch, denn diese vorurteilsbehaftete Kästchenwelt hatte mit der tatsächlichen nicht allzu viel zu tun. Das hatte ich ja nun recht schmerzhaft erfahren müssen.

Beatrice hatte die Hunde, die sie während meiner Abwesenheit zu sich genommen hatte, bereits abgeliefert. Doch sie war schon wieder weggefahren, als ich nach Hause kam. Ich hätte gerne mit ihr gesprochen, um ihr einige Fragen zu stellen. Aber vielleicht war es auch ganz gut so.

Ich ging kurz ins Büro und freute mich darüber, dass ich sofort wieder herauskomplimentiert wurde.

„Chef", baute sich Frau Dengler vor mir auf und stemmte ihre Fäuste in ihre drallen Hüften, „Ihr Urlaub ist noch nicht zu Ende!" Mit einem Augenzwinkern fügte sie hinzu: „Ich kann mir aber vorstellen, dass Sie wissen wollen, ob alles in Ordnung ist. Also, es ist alles paletti, Sie können mir glauben."

„Und Herr Dornhagen? Kommt ihr und die Mandanten klar mit ihm und er mit euch?"

„Bestens. Mit Carlo, also mit Herrn Dornhagen", korrigierte sie sich schnell, „könnte es nicht besser gehen."

„So, so, mit Carlo könnte es nicht besser gehen", wiederholte ich genüsslich ihren Lapsus. Sie reagierte nur mit einer leichten Rötung ihres Halsbereiches und schwenkte sofort um.

„Wie sieht es denn mit Ihren Nachforschungen aus?" Plötzlich bemerkte sie die Spuren in meinem ramponierten Gesicht, die trotz Tönungscreme nicht komplett zu verbergen waren. Außerdem war das Klammerpflaster wieder leicht blutig. Am Montag wollte ich endlich zu meinem Hausarzt. „Wie sehen Sie denn aus?"

„Manche Treppen sind halt zu glatt und zu steil für einen designierten Frührentner", wich ich ihr aus, während ich mich rückwärts gehend in Richtung meines Wohnhauses bewegte. „Ich erzähle euch alles, wenn die Sache erledigt ist. Jetzt bitte nicht. Ich kann nichts darüber sagen." Ich hatte einfach keine Lust zu weiteren Erklärungen, was gäbe es auch schon Konkretes zu berichten?

Sie rief mich noch einmal zurück, wobei sie einen kleinen Gegenstand in der Hand schwenkte. „Das hat übrigens Ihre

Putzfrau in einem Ihrer Hemden gefunden und mir *persönlich für Sie* übergeben. Beinahe hätte sie es mitgewaschen."

Es war das Band aus Horsts Anrufbeantworter. Ich erinnerte mich wieder, dass ich es bei seinen Unterlagen entdeckt hatte, zwei Tage nachdem ich ihn tot aufgefunden hatte. Ich hatte es mechanisch in die Brusttasche meines Hemdes gesteckt. Ich musste es dann vergessen und mit dem Hemd in den Wäschekorb gegeben haben.

Das Band hatte Normgröße und passte in den Kassettenschacht meines Diktiergerätes. Ich spielte es ab. Es enthielt eine einzige Nachricht für Horst. Brandner hatte, wie er es mir ja schon erzählt hatte, darauf gesprochen:

„Hier Brandner. Ich muss Ihnen (er stockte, im Hintergrund hörte man eine weitere Stimme, dann wieder Brandner) is jo guad. Oiso (räuspern) also, ich *soll* Ihnen von Magister Rebner ausrichten, dass sich die Sache mit der Schuldverschreibung erledigt hat. Wir mögen keinen Ärger nicht. Unsere Geschäftsbeziehung ist ab sofort beendet. Oba loss die net mehr bei uns blicka. Und dös sogst fei a dein Steierberoder. Der windige Zahlenverdreher hot di gwiss erst auf die hinterkünftige Idee mit dem Wechsel gbrocht. (Und wieder eine Stimme im Hintergrund, diesmal aber klar vernehmlich:) Depp!"

Die Nachricht war zu Ende. Es folgte eine elektronische Stimme, die das Datum und die Uhrzeit angab: „Es ist Freitag, der 12. Juli, 16 Uhr und 32 Minuten."

Wer hatte die Nachricht abgehört? Wer hatte das Band herausgenommen und weshalb?

Hatte Horst selbst die Nachricht gehört? Aber dann wäre er doch zu Hause geblieben und hätte nicht länger versucht, Geld aufzutreiben. Und weshalb hätte er das Band aus dem Anrufbeantworter nehmen sollen? Außerdem hätte er mich bestimmt sofort über die glückliche Wendung informiert.

Die Nachricht von Brandner datierte vom Freitag. Hatte ich nicht am Samstag versucht Horst zu erreichen und der Ruf klingelte durch? Also war der Anrufbeantworter zu diesem Zeitpunkt nicht mehr aktiv. Irgendwer musste das Band vorher herausgenommen haben.

Wann war eigentlich Helen nach Hause gekommen? Sie hatte mich zwar am Montag, als Horst schon tot war, angerufen, aber nicht erzählt, wann sie von Düsseldorf zurückgekommen war.

Irgend etwas verwirrte mich. Da passte doch einiges nicht zusammen. Oder gab es da gar keinen logischen Zusammenhang? War alles eine Anhäufung zufälliger Ereignisse?

Das waren eine Menge Fragen, auf die ich umgehend eine Antwort brauchte. Und einen Teil der Antworten könnte ich in Bad Kreuznach finden. Also setzte ich mich ins Auto und fuhr zu Helen.

Ich hatte kurz überlegt, ob ich sie erst anrufen und meinen Besuch avisieren sollte. Ach was, entschied ich, vergiss die Konventionen.

Ich musste schmunzeln, als ich erkannte, dass sich einmal mehr, wie so oft in den letzten Tagen, eine gefühlsmäßige Eingebung gegenüber dem Kästchendenken meines Verstandes durchsetzte.

Es war gegen 14.00 Uhr, als ich bei Helen in Bad Kreuznach ankam. Wir hatten inzwischen auch in Deutschland sommerliche Temperaturen. Das Thermometer in meinem Wagen zeigte 32 Grad an. Daher dachte ich mir nichts dabei, als ich sah, dass die Rollläden wegen der Hitze heruntergelassen waren.

Ich klingelte, aber der Gong, den man sonst bis auf die Straße hörte, blieb still. Abgestellt oder defekt, dachte ich. Ich klopfte an der Haustür. Nichts rührte sich.

Ich überlegte, ob ich den Schlüssel benutzen sollte, den ich, ebenso wie Beatrice, von Horsts und Helens Haus besaß. Wir hatten das einmal vor vielen Jahren gegenseitig arrangiert, für den Fall, dass während unserer Abwesenheit ein Zutritt zu einem unserer Häuser notwendig gewesen wäre.

Aber Helens Auto stand schließlich vor der Garagentür, also musste sie auch zu Hause sein. Ich ging durch den Garten nach hinten, wo Wohn- und Schlafzimmer lagen. Durch den geschlossenen Rollladen des Schlafzimmerfensters hörte ich Laute, die ich zuerst nicht identifizieren konnte, oder wollte. Ich setzte schon an, Helens Name zu rufen, da hielt mich etwas zurück.

Die Geräusche, die zu mir drangen, kamen entweder aus dem Fernseher – dann schaute sich Helen einen Pornofilm an, was ich mir kaum vorstellen konnte –, oder ich war Ohrenzeuge der sexuellen Aktivität einer jungen Witwe, die ihre Trauerarbeit auf ungewöhnliche und erstaunliche Art leistete.

Mit gemischten Gefühlen trat ich näher und lauschte. Der Gipfelpunkt der erotischen Fusion schien überschritten.

„Nicht schlecht für einen Tennislehrer“, hörte ich Helens Stimme.

„Auch wenn ich die sanfte Fahrt gewohnt bin, verstehe ich schließlich etwas vom Höhenflug“, brüstete sich der Mann. Tolle Konversation, dachte ich bitter. Woher kannte ich nur die Stimme?

Die Aktivitäten der beiden Darsteller reduzierten sich nun endgültig auf die Zigarette danach.

„Gib mir auch eine, mein starker Pilot“, hörte ich Helen bitten.

„Seit wann rauchst du denn?“

Die Stimme hatte ich doch schon einmal gehört. Hier im Haus. Göllner, durchfuhr es mich, Patrick Göllner. Der von

Horst bezahlte Tennislehrer. Wie hatte er ihn noch genannt? Richtig; „Luftschiffer" oder „Dummschwätzer", wie ich sagen würde.

„Ich habe wegen Horst nie im Haus geraucht, aber heimlich schon."

„Was hat er denn sonst noch von dir nicht gewusst, dieser Waschlappen?", forschte Göllner nach. Ich ballte die Fäuste: Wenn ich ihn jetzt vor mir hätte ... Das Bild von Ramón auf dem gefliesten Boden eines Flures tauchte plötzlich aus meiner Erinnerung auf, aber mit dem Gesicht von Göllner. Leider nur eine Vision, aber was nicht war, konnte ja noch werden.

„Frag mich lieber, was *ich* nicht gewusst habe." Helens Stimme hatte einen Klang, den ich von ihr nicht kannte. „Ich habe keine Lust materiell zurückzustecken. Er wollte immer etwas Großes erreichen. Und am Schluss hat er jedes Mal versagt. Dass er fast pleite war, hat er mir verschwiegen. Und dass er Schulden hatte. Wechsel hat er ausgestellt, die er nicht bezahlen konnte. Das hat er mir erst am Sonntag erzählt. Kurz davor, am ..." Ein Moped fuhr knatternd vorbei, sodass ich das nächste Wort nur bruchstückhaft mitbekam. Ich verstand so etwas wie: „... am Rhein war es fein", dann nichts mehr.

Was hatte ich eben nicht verstehen können, weil es von dem Moped übertönt wurde? Was war am Rhein los gewesen, dass es *fein* war? Was bedeutete *kurz davor*? Kurz vor was?

Ich bekam erst einmal eine andere Antwort, als ich mir erhofft hatte, denn nach dem gemeinsamen Zigarettengenuss beschlossen die beiden, sich noch einmal sehr eindringlich und wohl auch erschöpfend miteinander zu befassen.

Ich zog mich zurück. Voyeurismus gehört zwar zu den Tugenden meines Berufstandes, aber da bezieht er sich vornehmlich auf finanzielle und betriebswirtschaftliche Details.

Noch einmal wollte ich nicht den Spanner spielen. Beim ersten Mal war es Zufall, jetzt wäre es Absicht gewesen.

Während der Rückfahrt verarbeitete ich das Erlebnis und die möglichen Konsequenzen. Hatten die beiden doch tatsächlich *meinem* arglosen Horst Hörner aufgesetzt! Wie originell: Nicht mehr ganz frische, aber immer noch attraktive, frustrierte Ehefrau geht fremd mit ihrem um Jahre jüngeren Tennislehrer, den der naive Ehemann bezahlt. Ein Treppenwitz, dachte ich, ein Garant für Lacher in jeder billigen Klamotte, in der selbst die geistloseste Plattitüde zum Schenkelklopfer wird. Aber das hier war keine Komödie in einem drittklassigen Boulevardtheater, sondern pure Realität, in der mein toter Freund die tragische Figur war!

Ich ärgerte mich maßlos über diese Erkenntnis. Dass Helen kein Kind von Traurigkeit war, musste Horst doch schon immer gewusst haben. Sie hatte ja sogar mir mehrmals Avancen gemacht. Vielleicht hätte ich Horst doch etwas davon erzählen sollen. Eine Flut neuer Fragen stürmte auf mich ein: Ob das Verhältnis wohl schon länger bestand? Hatte Horst vielleicht etwas von den beiden gewusst und Helen zur Rede gestellt oder ihr sogar mit Trennung gedroht? War er den beiden deshalb etwa im Weg gewesen oder gab es andere Gründe für sie, ihn zu beseitigen? Wie hätten sie es anstellen können?

Ich registrierte, dass ich Schwierigkeiten hatte, mich auf die Autofahrt zu konzentrieren. Das Kuriose an dieser Situation ließ mich kurz auflachen: Wegen Helens und Göllners Geschlechtsverkehr hatte ich Probleme mit dem Straßenverkehr. Ich verdrängte den Gedanken, er brachte mich momentan auch nicht weiter.

Eine halbe Stunde später saß ich zu Hause, das Vokabelheft mit den Aufzeichnungen vor mir. Ich las noch einmal alles durch und aktualisierte die Tabelle, die mit dem 22. Juli endete. Außerdem ergänzte ich sie um die Fakten, die ich inzwischen herausgefunden hatte, und hob diese durch Unterstreichungen hervor. Die Puzzleteile ergaben ein immer klareres Bild, auch wenn ich mich beharrlich weigerte, es zu akzeptieren.

Datum		***Ereignisse***
Mi	*10. Juli*	*Horst erhält „Sarg" und E-Mail*
Do	*11. Juli*	*3.27 Uhr: Horst ruft mich an, Auto unfall, 8.00 Uhr: Horst fährt wieder nach Hause,mietet Auto, fährt Verbindlichkeiten beitreiben, ruft abends an*
Fr	*12. Juli*	*Horst unterwegs,* *16.32 Uhr: Brandner ruft bei Horst an*
Sa	*13. Juli*	*versuche vergeblich Horst telefonisch zu erreichen*
So	*14. Juli*	*Helen mit Horst gesprochen.* *zwischen 21.00 und 1.00 Uhr: Eintritt des Todes*
Mo	*15. Juli*	*Helen zurück (?) aus Düsseldorf,* *ruft nachmittags an und fragt nach Horst*
Di	*16. Juli*	*Horst um 7.00 Uhr gefunden,* *Helen entbindet mich nicht von meiner Schweigepflicht*
Do.	*18. Juli*	*Bei Helen, Unterlagen von Horst durchsucht, Band von AB eingesteckt, erfahren, dass Helen über finanzielle Probleme Bescheid wusste;* *Göllner kommt dazu*
Sa	*20. Juli*	*Von Wilfried erfahren, dass Hasslacher und Brandner vom 9. auf den 10. Juli bei ihm übernachtetet haben*

Mo	*22. Juli*	*Bei Koman: anonymes Schreiben mit Drohung in Spanisch* Gerichtsmediz. Institut Mainz: *Todesursache-Alternativen:* *1. „Steinigung" mit Todesfolge, danach Sturz aus 10 bis 20 Meter Höhe auf ebenes Gelände oder* *2. erst Sturz aus 10 bis 20 Meter Höhe in felsigem Gelände, Abhang oder Ähnlichem mit Todesfolge; danach weiterer Sturz aus 10 bis 20 Meter Höhe auf ebenes Gelände.* *Todeszeit: Sonntag, 14. Juli, 23.00 Uhr plus/minus 2 Std., also zwischen 21.00 und 1.00 Uhr* *Fundort ist* nicht *Ort des Todeseintrittes*
Do	*25. Juli*	*Gespräch mit Mag. Rebner, Hasslacher u. Brandner vom 8. bis 10. Juli auf Kongress in Frankfurt,* *am 12.7. Gespräch und Abmahnung wg. Angelegenheit Horst,* *während Tatzeit am Sonntag, 14. Juli, bis 22.00 Uhr im Büro, zur „Strafe",* *H. u. B. scheiden vermutlich (?) aus.*
Mi	*31. Juli*	*Abendessen mit Estrella,* *Fam. Martinéz scheidet aus.*
Fr	*2. Aug.*	*Band vom AB gefunden* *Helen und Patrick haben Verhältnis;* *belauscht, dass Helen am Todestag mit Horst gesprochen.* *Dabei erfuhr sie Details über Schulden.* *Hat Angst vor materiellen Einschränkungen.*

Wortwörtlich gehört: ... Das hat er mir erst am Sonntag erzählt. Kurz davor, am Rhein war es fein.

Meine Aufzeichnungen über Tathergang und -ort waren weiterhin rätselhaft. Ich führte sie mir nochmals vor Augen.

Alternativen der Todesursache:

1. „Steinigung" mit Todesfolge, danach Sturz aus 10 bis 20 Meter Höhe auf ebenes Gelände oder
2. erster Sturz aus 10 bis 20 Meter Höhe in felsigem Gelände, Abhang oder Ähnlichem mit Todesfolge; danach weiterer Sturz aus 10 bis 20 Meter Höhe auf ebenes Gelände.

   Fundort ist nicht Ort des Todeseintritts.

Weder das eine noch das andere machte Sinn. Zwar ergaben sich mögliche Motive aus Helens Affäre mit Göllner und ihrer Angst vor materiellen Einschränkungen. Andererseits: Wie hätten sie, Göllner oder beide Horst diese merkwürdigen Verletzungen zufügen und ihn dann noch ohne Spuren auf dem Acker ablegen können?

Wieder gab es diesen Zwist zwischen Gefühl und Verstand. Hier die Empfindung, dass Helen den Mord begangen oder zumindest veranlasst hatte, dort das Fehlen jeden Beweises; schließlich kamen auch Profis wie Hauptkommissar Koman nicht weiter. Ich befürchtete, mich total zu verrennen und letztendlich völlig falsch zu liegen. Vielleicht war der Mörder oder die Mörderin in einer Person suchen, an die ich bisher überhaupt noch nicht gedacht hatte, oder wo ich eine diesbezügliche Verbindung verdrängte.

Ich musste den Hebel an einer anderen Stelle ansetzen. Zwei weitere Ereignisse drängten sich in mein Bewusstsein, die überhaupt nicht zusammenpassten:

So	14. Juli	Helen mit Horst gesprochen
Mo	15. Juli	Helen ... ruft nachmittags an und fragt nach Horst

Weshalb entband Helen mich nicht endlich von meiner Schweigepflicht? Und noch wichtiger: Weshalb rief mich Helen montags an um sich nach Horst zu erkundigen, wenn sie offensichtlich am Tag zuvor mit ihm gesprochen hatte?

Wenn ich eine Antwort auf diese Fragen wollte, musste ich nochmals versuchen, mit Helen zu sprechen. Ich dachte an die Szene vor einer guten Stunde und empfand Scham bei dem Gedanken an ein Gespräch mit ihr. Ich stellte mir vor, wie sie, sich in den Armen Göllners suhlend, in demselben Ehebett lag, das sie fast drei Jahrzehnte mit Horst geteilt hatte, und mit mir telefonierte. Und welchen Grund sollte ich für meine Frage angeben?

Ich setzte mich über meine Skrupel hinweg und wählte ihre Nummer.

„Darius", begrüßte sie mich mit der vertrauten Herzlichkeit, „schön, dass du anrufst. Ich fühle mich so einsam und leer."

Du heuchlerisches Biest, dachte ich bitter.

„Seit wann bist du wieder da? Ich hatte mal bei dir in der Kanzlei angerufen und gehört, dass du im Urlaub bist. Wo warst du? Weshalb kommst du nicht vorbei?"

Ich war froh, dass sie weiter plapperte. So hatte ich Zeit, mich so weit zu fangen, dass meine Stimme neutral genug klang, um Helen nicht misstrauisch zu machen.

Ich ging nicht auf ihre Worte ein. „Helen, ich habe eine Frage, die du mir bitte beantworten solltest. Ich kann dir den Grund dazu momentan nicht sagen, aber ich werde es dir später erklären. Also, antwortest du ohne Rückfrage?"

„Mach's nicht so spannend. Du kannst mich doch alles fragen."

„Was ist nun?", hakte ich nach.

„Ja, doch. Wie lautet die Frage?"

„Wie heißt deine Freundin, bei der du in Düsseldorf warst? Und wie ist ihre Telefonnummer?"

„Das sind zwei Fragen", korrigierte sie, „aber bitte, sie heißt Cornelia Kranz und die Telefonnummer ist ... einen Moment!" Sie blätterte offensichtlich in ihrem Telefonregister, „ja, da habe ich sie."

Helen gab die Nummer durch und fragte, ob ich die Adresse auch wissen wolle. Ich verneinte und beeilte mich, das Gespräch zu beenden: „Danke, ich rufe dich so schnell wie möglich wieder an, um dir alles zu erklären."

„Das will ich dir auch geraten haben, sonst muss ich noch annehmen, dass du mich verdächtigst, mit Horsts Tod etwas zu tun zu haben!" Ihre Munterkeit klang irgendwie gekünstelt.

Ich wählte anschließend die Nummer von Helens Freundin. Nach dreimaligem Klingeln meldete sich eine dunkle Frauenstimme: „Conny Kranz, ja bitte?"

„Frau Kranz, hier ist Schäfer, Darius Schäfer, der Steuerberater von Horst und Helen Scheurer."

„Und?"

„Ich möchte die Monatsbuchhaltung von Scheurers fertig stellen. Da fehlen mir ein paar Daten bei den Reisekosten, und meine Mandanten kann ich zurzeit nicht erreichen." (Eine dümmere Erklärung ist dir auch nicht eingefallen, kommentierte ich meinen Geistesblitz, und dementsprechend glaubwürdig musste ich auch geklungen haben.)

„Und was habe ich damit zu tun?" Ihre Stimme klang freundlich, fast belustigt, als warte sie auf die Pointe eines guten Witzes.

„Ich müsste wissen, wann Helen Scheurer bei Ihnen war. Sie war doch ein paar Tage bei Ihnen in Düsseldorf?"

„Ja", lachte Sie, „aber sagen Sie mal, Herr Schäfer oder wie immer Sie heißen mögen, für wie blöd halten Sie mich eigentlich? Ein Steuerberater, der private Fahrten seiner Mandanten ansetzen will und dazu auch noch persönlich anruft? Das ist genauso wenig originell, wie ein Herr Komer oder Komar, der vor einigen Tagen mit der gleichen Frage anrief und sagte, er sei von der Kriminalpolizei."

„Aber ...", versuchte ich zu einer Erklärung anzusetzen.

„Lassen Sie es, es könnte peinlich werden. Helen war vom 10. Juli, das war ein Mittwoch, ab etwa 12.30 Uhr bis Montag darauf, das war der 15. Juli, gegen 10.00 Uhr bei mir. Genügt das?" Sie klang jetzt sehr resolut. Es war deutlich zu erkennen, dass sie das Gespräch als beendet betrachtete.

„Ja, danke", sagte ich kleinlaut. Ich hasse es, wenn ich mich zum Hanswurst mache.

„Dann auf Wiederhören. Und einen schönen Gruß an Herrn Scheurer. Sagen Sie ihm, eifersüchtige und misstrauische Männer sind ausgemachte Trottel!"

Und wieder kamen Zweifel auf, ob ich Helen nicht doch zu Unrecht verdächtigte. Irgendetwas an dem Telefonat gab mir allerdings das Gefühl, dass hier etwas nicht stimmte. Ich wiederholte die Gesprächsfetzen, die mir unwillkürlich als unlogisch erschienen, aus der noch taufrischen Erinnerung und protokollierte sie in ihrer chronologischen Reihenfolge auf einem Blatt:

1. *meine Mandanten kann ich zurzeit nicht erreichen* und *einen schönen Gruß an Herrn Scheurer;*
2. *ein Herr Komer oder Komar, der vor einigen Tagen mit der gleichen Frage anrief und sagte, er sei von der Kriminalpolizei.*

Ich las mir die Gesprächsnotiz mehrmals laut vor, dann blitzte eine Idee auf – ich veränderte die Abfolge:

1. *ein Herr Komer oder Komar, der vor einigen Tagen mit der gleichen Frage anrief und sagte, er sei von der Kriminalpolizei;*
2. *meine Mandanten kann ich zurzeit nicht erreichen* und *einen schönen Gruß an Herrn Scheurer.*

Wenn Koman bei Cornelia Kranz angerufen hatte, dann musste er Helen zu ihrem Alibi zur Tatzeit befragt und von ihr Namen und Telefonnummer erhalten haben. Dann hatte Cornelia Kranz aber auch mit Sicherheit Helen über Komans Anruf informiert. Und dann musste Helen eigentlich ihrer Freundin, bei der sie immerhin sechs Tage verbracht hatte, von Horsts Tod erzählt haben.

Aus diesem Konstrukt ergaben sich wieder weitere Fragen:

Weshalb hat Helen mir nichts von Koman gesagt?
Weshalb tut Cornelia Kranz so, als ob Horst noch leben würde?
Weiß sie vielleicht doch nichts von dessen Tod und weshalb hat Helen ihr das dann verschwiegen?

Ich war ganz offensichtlich ein Stück weitergekommen, wusste aber im Moment noch nicht, wohin mich das führen und wie mir das helfen sollte.

Es war inzwischen Abend geworden. Ich fütterte die Hunde und dachte dann auch an mich. Ich hatte keine Lust, mir etwas zu essen zu machen, aber trotzdem Appetit auf etwas Deftiges. Bei dem Gedanken an einen frischen Salat mit hausgemachtem Dressing und an ein dickes, saftiges Rumpsteak mit Fettrand, wie nur Herta, die stets fröhliche Besitzerin unserer Dorfgaststätte, es zubereiten konnte, lief mir das Wasser im Mund zusammen. Fünf Minuten später saß ich im *Bernheimer Schafbock* und hatte meine Bestellung aufgegeben. Eigentlich hatte Herta nur gefragt: „Wie immer?“ und ich hatte unser seit Jahren gepflegtes Ritual fortgesetzt, indem ich ihre Worte wiederholte, meine Stimme auf der letzten Silbe aber senkte: „Wie immer!“ Zu diesem „wie immer“ gehörte natürlich ein trockener Roter von einem der Weingüter in unserem Ort. Von welchem war mir gleich. Die Weine hier haben alle ihren eigenen Charakter, nicht so wie dieses Einheitsgepansche, das man für 1 Euro 50 Cent im Supermarkt erhält.

Am Nebentisch saß Gunther Richter mit unserem Dorfmetzger, den wir trotz markanter Landflucht noch haben, und zwei Winzern. Sie ließen mit einigen Gläsern *Ochsenblut* – einem Gebräu aus Rotwein und Cola – ihren Arbeitstag ausklingen. Wortfetzen typischen Stammtischpalavers drangen zu mir herüber und begleiteten mein Abendessen.

„Sag emal“, fragte Gunther über den Tisch hinweg, „het doi Beatrice was g’sagt wäge der Probefahrt? Het ihr der Waage g’falle?“

„Keine Ahnung, wovon du sprichst. Wir leben seit knapp fünf Jahren nicht mehr zusammen. Das dürfte sich ja im Dorf inzwischen rumgesprochen haben.“ Die anderen grinsten anzüglich. „Um was geht es denn?“

„Na, sie isch indressiert on em kloine Sportwaage, und i henn ledschde Monad oiner wieder herg’richt, un den henn i ihr so vor zwoi Wocha für drei Daag zur Probefahrt gäbe.“

Wir ergingen uns noch ein wenig auf kneipentauglichem Machoniveau in Vorurteilen über Sportwagen, Sportwagenfahrer und Sportwagen fahrende Frauen im Besonderen. Als dann aber das Thema auf Horst kam, verabschiedete ich mich. Der Mord in unserer Gemeinde und seine Verbreitung in der

Presse hatte dem Dorfklatsch natürlich jede Menge Futter gegeben, daran wollte ich mich nicht auch noch beteiligen.

Inzwischen war es auch spät geworden. Früh morgens noch in Sevilla, der Rückflug nach Frankfurt, die Erkenntnisse meiner weiteren Recherchen – es war ein intensiver und anstrengender Tag gewesen!

Samstag, 3. August

XVII.

Der Sommer meinte es inzwischen zu gut. Manchmal habe ich den Eindruck, dass auch das Wetter bei uns von typischen deutschen „Tugenden“ geprägt ist – wenn schon, dann perfekt, was in der Regel einer Übertreibung gleichkommt. So zeigte das Thermometer morgens um zehn Uhr bereits 23 Grad an.

Ich war gerade aufgestanden und trug noch meinen Sommerschlafanzug mit Shorts. Ich holte die Zeitung rein. Die Nachbarin von gegenüber betrachtete meine nicht gerade standesgemäße Aufmachung mit kaum verstecktem Interesse. Ich konnte mir gut vorstellen, wie sie noch im Laufe des Vormittags, während des samstäglichen Bürgersteigreinigungsrituals, die ihr offenbarten Details über mein Schlafgewand genüsslich vor genau jenen drei Damen aus der Nachbarschaft ausbreiten würde, mit denen sie alle Neuigkeiten teilte.

Meine Hunde lagen matt im Schatten der Linde im Hof auf den sich langsam erwärmenden Pflastersteinen und wedelten, als sie mich sahen, nur schwach mit ihren Schwänzen. Die Hitze machte ihnen zu schaffen. Ich hätte ihnen schon längst das lange Fell scheren lassen sollen, wie ich es jedes Jahr zur Sommerzeit mache, aber durch die Ereignisse der letzten Tage hatte ich den Termin, der dafür schon anberaumt gewesen war, versäumt.

Nach einem langen Frühstück mit Rührei, Toast, Erdbeermarmelade (noch von Beatrice eingekocht) beschwingten Melodien von meinem Lieblingssender *SWR1* und der *Mainzer Allgemeinen* ging ich nach oben ins Bad. Es war inzwischen fast Mittag geworden. Was mir da im Spiegel entgegensah, war nicht gerade besonders erfreulich. „Ich weiß zwar nicht, wer du bist, aber ich wasche dich trotzdem“, hielt ich meinem Abbild aufmunternd entgegen.

Ich beschloss nach Wöllstein zu fahren und durch 15 Minuten Power-Fluter-Sonnenbank meine Optik wenigstens ein bisschen aufzupeppen. Auf der Fahrt zum Sonnenstudio kam ich durch Siefersheim. An diesem Wochenende fand dort das alljährliche *Fest der offenen Weinkeller* statt. Für die Kleinen waren parallel zur Durchgangsstraße – getrennt durch eine Verkehrsinsel – Karussell, Skooter und Buden aufgebaut. Die Fahrgeschäfte hatten bereits geöffnet, sodass ich besonders langsam durch den Ortskern fahren musste.

Ein kleiner Junge, stolz bewaffnet mit einem riesigen, gasgefüllten Luftballon, der die Form eines Fesselballons hatte, sprang mir beinahe vors Auto. Ich konnte ohne Probleme abbremsen, trotzdem riss ihn seine verängstigte Mutter zusätzlich zurück. Er erschrak darüber so sehr, dass er den Ballon losließ, der sofort in die Höhe stieg. Da ich das Schiebedach meines Autos geöffnet hatte, begleitete mich das prompt einsetzende Geplärr des enttäuschten kleinen Mannes. „Deine Sorgen möchte ich haben“, sagte ich laut und wusste sogleich, wie ungerecht diese Bemerkung war. Bei der Weiterfahrt musste ich an den Ballon denken. Irgendetwas hatte es damit auf sich. Was, das konnte ich mir nicht erklären.

Im Sonnenstudio war eine Kabine frei, sodass ich mich gleich auf eine der Bräunungsbänke begeben konnte. Ich schloss die Augen und wollte eigentlich ein wenig Ruhe genießen, aber daran war nicht zu denken. Die junge Frau, die das Geschäft führte, saß an ihrem Kassentresen und unterhielt sich bei einer Tasse Kaffee mit einer Kundin. Sie führten ihr Gespräch so laut, dass ich jedes Wort verstehen konnte.

„Ei, ich will meim Manni zum Geburtstag emal was ganz Besonneres schenke."

„Wann hat er denn Geburtstag?"

„Ei, nächst Woch, am Freitag."

„Unn, hast de denn schon e Idee?"

„Ei, er wollt schon immer emal en Flug mittem Fesselballon mache. Mir habbe doch hier in Rhoihesse mehrere Clubs, die wo so was mache."

Wenn du noch einmal „*ei*" sagst ..., dachte ich ungnädig. Und außerdem heißt das nicht Flug, sondern Fahrt. Man fliegt nicht mit dem Fesselballon, man fährt, du Trampel.

„Ei, ich waas abber net, ob ich des mache soll", ging das nervende Geplapper weiter.

„Unn warum net?"

Können die denn nicht endlich die Klappe halten?

„Ich waas ja net, ob mer sich so em Luftschiffer bedenkelos anvertraue kann."

Und das heißt auch nicht Luftschiffer, sondern Pilot, korrigierte ich in Gedanken, aber endlich mal ein Satz ohne „*ei*", es geht doch!, erkannte ich huldvoll an. Ich erstarrte mitten in meiner Lobeshymne. Nein, das kann doch nicht wahr sein!, fuhr es mir durch den Kopf. Doch, genau das ist es!

„Oh, Gott, ich Esel!", schrie ich auf. Ich entriegelte den Himmel der Sonnenbank und versuchte die Pneumatik des Hebemechanismus mit Gewalt zu beschleunigen. Es nutzte nichts. Ich musste ungeduldig abwarten, bis der Spalt groß genug war, dass ich mich zwischen Liege und Himmel durchzwängen konnte. Dann sprang ich förmlich in meine Kleider, überhörte die entsetzte Frage: „Iss was bassiert?", riss die Kabinentür auf und rannte, vorbei an den beiden verdatterten Frauen, die wie paralysiert auf ihren Hockern saßen und mich entgeistert anstarrten, zum Parkplatz. Ich wollte auf dem schnellsten Weg nach Hause. Als ich in Siefersheim wieder im Schritttempo an dem Festplatz vorbeifuhr, erblickte ich den kleinen Jungen von vorhin. Seine Mutter hatte offensichtlich noch einmal ihre Geldbörse strapaziert, denn ein neuer Luftballon strahlte mit ihm um die Wette.

Zuhause angekommen durchquerte ich mit ausladenden Schritten und Gesten und laut proklamierend mein Wohnzimmer. In meinem Gehirn tobte ein Gedankensturm. Er wirbelte ein kreatives Durcheinander, bestehend aus Informationen der letzten Tage und Erkenntnissen und Erfahrungen aus der Vergangenheit aus meinem Unterbewusstsein an die Oberfläche. So wie ein Strudel, der das, was er eingesaugt hat, an seinem Tiefpunkt wieder freigibt und an die Oberfläche schießen lässt.

Am Ende meiner Überlegungen stand ein logisches Ergebnis fest, das sich wie bei einer mathematischen Formel schlüssig und unwiderlegbar ergab. „Q.e.d.", wie mein alter Mathematiklehrer abzukürzen pflegte, wenn er auf einer mit Kreide vollgeschriebenen Tafel mit unverhohlenem Stolz das Resultat einer monströsen Rechenaufgabe präsentierte. „Quod erat demonstrandum – was zu beweisen war."

Natürlich, nur so konnte es gewesen sein. Ich wollte es jedoch immer noch nicht glauben. Die Genugtuung, mit der mich die Auflösung erfüllte, wurde überschattet von einer qualvollen und ernüchternden Erkenntnis: Horst war von einem Menschen ermordet worden, der mich einen großen Teil meines Lebens begleitet hatte, dem ich wie kaum einem anderen vertraut und meine Zuneigung geschenkt hatte. Ich beschloss jedoch, bevor ich Koman darüber informierte, ihr noch die Chance zu einer Selbstanzeige zu geben.

Aber zuerst musste ich das Wirrwarr meiner Gedanken sortieren. Dazu wollte ich ein logisches Gerüst bestehend aus

Vermutungen und Fakten aufstellen, auch wenn Letztere zum Teil noch nicht endgültig bewiesen waren. Den Rest könnte dann, wenn sich tatsächlich noch Lücken ergäben, Koman erledigen.

Fakt 1:
Luftschiffer bedeutete Pilot, nicht Dummschwätzer, Fesselballonpilot. Daher das postkoitale Geplänkel gestern Nachmittag. Ich hörte Göllners: „Auch wenn ich die sanfte Fahrt gewohnt bin, verstehe ich schließlich etwas vom Höhenflug" und Helens: „mein starker Pilot". Göllner musste einen Pilotenschein für Fesselballons haben, besaß vielleicht sogar seine eigene Ausrüstung oder war in einem der Clubs und konnte ohne größere Schwierigkeiten an eine solche herankommen.
Was hatte der Gerichtsmediziner diktiert?
„Steinigung" mit Todesfolge, danach Sturz aus 10 bis 20 Meter Höhe auf ebenes Gelände. Oder erster Sturz aus 10 bis 20 Meter Höhe in felsigem Gelände, Abhang oder Ähnlichem mit Todesfolge, danach weiterer Sturz aus 10 bis 20 Meter Höhe auf ebenes Gelände.

Fakt 2:
Der *zweite Sturz:* Die haben Horst aus einem Fesselballon geworfen. Daher auch keine Spuren am Fundort!

Fakt 3:
Ein Ballon lässt sich auch nicht steuern. Er ist in seiner Fahrtrichtung abhängig vom Wind. Daher lag die Leiche in der Nähe meines Hauses. Dort, wo ich meistens meine Runde mit den Hunden drehe. Das war purer Zufall, keine Absicht!

Jedoch die Todesursache *Steinigung* war zu unwahrscheinlich, das klammerte ich von vornherein aus. Also blieb *der Sturz aus 10 bis 20 Meter Höhe in felsigem Gelände, Abhang oder Ähnlichem mit Todesfolge.* Aber wo?

Fakt 4:
Wenn man Horsts Leiche aus dem Fesselballon geworfen hatte, musste diese *vor* dem Start, zwischen 21.00 und 1.00 Uhr, in den Korb verbracht worden sein.

Fakt 5:
Wir hatten zwar Vollmond in dieser Nacht und der Himmel war wolkenlos, aber die Gefahr der Entdeckung war, was die Tageszeit betraf, relativ gering, wenn der Tatort abgelegen war. Andererseits war Horst schwer und groß. Der Startplatz dürfte also nicht allzu weit von der Stelle weg gewesen sein, an der er umgebracht worden war. In Bad Kreuznach sogar? Horst hatte am Sonntag wieder zurück sein wollen. Das hatte er mir bei unserem letzten Telefonat noch gesagt.

Ich unterstellte, dass es sich um einen Heißluftballon gehandelt hatte, der sich im Gegensatz zu einem Gasballon relativ schnell und einfach aufrüsten und von einer Wiese oder einem Acker starten lässt. Außerdem, so hatte ich einmal gelesen, starten Heißluftballons im Sommer nur morgens mit Sonnenaufgang und abends, um der Thermik zu entgehen. Diese starken, böigen Winde machen das Heißluftballonfahren gefährlich. Aufrüsten und Landung sind bei Thermik sehr riskant, wenn nicht sogar unmöglich. Das passte alles wunderbar zusammen.

Was benötigt man zum Start eines Ballons? Einen Anhänger, um den Korb mit Ballonhülle und das weitere Equipment aufzunehmen, und einen entsprechend motorisierten Pkw mit Anhängerkupplung. Also, kein unüberwindbares Hindernis.

Wo gibt es in der Umgebung von Kreuznach einen günstigen Startpunkt für einen Ballon, in dessen Nähe sich ein abgelegenes, hohes, felsiges Gelände oder gar ein Abhang befindet? Natürlich, der Rheingrafenstein! Ein weitläufiges Naherholungsgebiet oberhalb der Naheschleife, südlich von Bad Kreuznach.

Dort, oberhalb von Bad Münster am Stein, war doch Horsts und Helens Lieblingsplatz gewesen. Und nun wusste ich auch, was das Knattern des Mopeds übertönt hatte: ... *am Rhein war es fein*, hatte ich verstanden, was für ein Unsinn! Helen hatte *am Rheingrafenstein* gesagt.

Fakt 6:
Helen und Horst waren – davon ging ich aus – also auf dem Rheingrafenstein gewesen! Und zwar nicht bei dem Aussichtspunkt an der Burgruine, wo die Felsformation steil in die Nahe abfällt. Kurgäste und andere Spaziergänger begeistern sich auch zu später Stunde an diesem pittoresken Massiv, das vor allem in einer Vollmondnacht an die romantischen Bildmotive eines Caspar David Friedrich erinnert. Außerdem führt kein Fahrweg zu einer eventuellen Aufschlagstelle. Da hätte man die Leiche später nur sehr aufwendig und nicht ohne Aufsehen bergen können.

Sie mussten dort gewesen sein, wo auch Beatrice und ich oft am Abend mit ihnen gesessen hatten: an der Südseite des Areals. Auch dort ist eine Stelle, von der man eine wunderbare Aussicht hat. Etwas abseits gelegen und vom Rundwanderweg nicht einsehbar, befindet sich ein kleines, ungesichertes Felsenplateau, das aber nur Einheimischen bekannt ist. Über eine weitere Klippe fällt der Felsen etwa 25 Meter in einem Winkel von ungefähr 80 Grad steil ab. Quer zum Felsen verläuft an dessen Fuß ein geschotterter Fahrweg, der mit einem normalen, etwas geländegängigen Pkw mühelos zu erreichen ist.

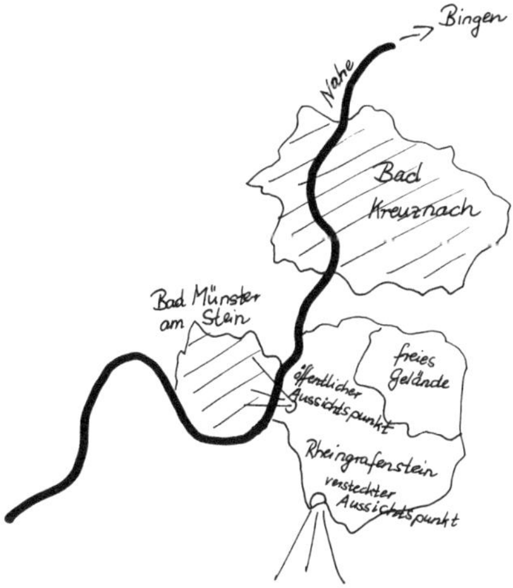

Wir hatten früher oft darüber geflachst, dass das eigentlich der beste Platz für eine praktikable, schnelle und vor allem kostengünstige Scheidung wäre. Horsts Standardspruch dazu lautete: „Ein schneller Schubs zur rechten Zeit, bringt Ruhe und Gemütlichkeit.“ Helen fand das stets „äußerst unpassend und geschmacklos.“ Sie musste ihre Meinung dazu wohl geändert haben.

Wie hatte sich die Tat abgespielt? Ich sah die Szene förmlich vor mir. Eine erzwungene Aussprache zwischen Horst und Helen, ein Wort ergab das andere, ein Stoß, vielleicht ohne Absicht, sondern im Affekt, und Horst stürzte etwa 20 Meter tief in den Tod.

Helen und Göllner berieten erst danach, was zu tun sei. Bisher war alles unvorbereitet, fast ein Unglück. Erst jetzt entwickelten sie einen Plan: Die Leiche musste weg vom Tatgeschehen, an einen Ort, der keinen Rückschluss auf den Tathergang zuließ (der Plan wäre ja auch beinahe aufgegangen).

Sie entfernten die Leiche mit dem Auto von der Aufschlagstelle. Für Göllner war es gewiss ein Leichtes, einen Anhänger mit Ballon und Startgerät zu besorgen und zuvor auf der Ebene vor dem Zugang zum Rheingrafenstein abzustellen. Innerhalb eines Zeitraumes von maximal zwei Stunden konnten sie ohne Probleme und ohne die Gefahr, neugierige Blicke auf sich zu ziehen, den Ballon aufgerüstet, Horst eingeladen und das Fluggerät gestartet haben. Und selbst, wenn jemand mit dem Auto vorbeigekommen wäre, hätte er aus der Entfernung nur mitbekommen, dass ein Fesselballon aufgerüstet wurde.

Der Wind trieb sie nach Nordosten. Schneller als geplant verlor der Ballon jedoch an Höhe. Ballast musste abgeworfen werden: Horst.

So weit war ich mir inzwischen sicher. Das Weitere war zwar noch reine Spekulation, spielte aber nur noch eine untergeordnete Rolle: Landung, der Weg zurück nach Bad Kreuznach mit einer per Handy bestellten Taxe. Helen fuhr Göllner zum Startplatz, wo sein Auto mit dem Hänger einsatzbereit stand. Der Rest war Routine.

Fakt 7:
Ich war nun überzeugt davon, dass Helen und Göllner den Mord ursprünglich nicht *geplant* hatten. Zu viele Zufälle hatten eine Rolle gespielt, die sich der nüchternen Analyse entzogen.

Deshalb hatte ich so lange im Trüben gefischt; und auch Koman konnte nicht weiterkommen. Aus welchem Grund sollte ein Kriminalbeamter zum Beispiel nachforschen, ob der Tennislehrer der Ehefrau des Opfers vielleicht einen Ballonpilotenschein besitzt?

Aber das musste noch verifiziert werden. Ich wollte alle Ballonclubs in der Umgebung anrufen und einen Herrn Göllner verlangen. Wichtiger aber war Helens Alibi, schoss es mir durch den Kopf. Das könnte meine schöne Argumentationskette noch zum Reißen bringen.

Helens Alibi stand und fiel mit der Aussage von Cornelia Kranz. Sie musste mich angelogen haben. Wusste sie, dass sie eine Mörderin mit ihrem Komplizen deckte? Ich konnte es mir aufgrund unseres Telefonates nicht vorstellen. Das würde auch erklären, weshalb sie dachte, dass Horst noch am Leben sei. Cornelia Kranz war der Schwachpunkt in meiner Theorie.

Ich wählte noch einmal ihre Nummer. Diesmal antwortete sie bereits nach dem ersten Klingeln.

„Guten Tag, Frau Kranz. Bitte legen Sie nicht auf, es ist auch für Sie wichtig. Hier ist nochmals Darius Schäfer", eröffnete ich hastig das Gespräch, um ihr keine Chance zum Überlegen zu geben.

„Was wollen Sie denn schon wieder?" Sie klang bei weitem nicht mehr so resolut, wie gestern.

„Frau Kranz, ich nehme an, Sie wissen nicht, dass Helens Mann letzten Sonntag ermordet wurde?"

Sie schwieg.

„Sie haben Helen ein falsches Alibi gegeben", schoss ich in den Busch. „Ich stelle Ihnen daher noch einmal die gleiche Frage, wie gestern: War Helen bei ..." weiter kam ich nicht, sie unterbrach mich mit leiser Stimme.

„Herr Schäfer, ich weiß erst seit gestern Abend von dem Unfall, der als Mord untersucht wird. Als Sie anriefen, hatte ich noch keine Ahnung davon. Ich dachte wirklich, dass Horst Scheurer seiner Frau nachspionieren lässt. Nach ihrem Anruf wurde ich aber doch stutzig und habe meinen Bruder angerufen, der mir dann von dem Unglück erzählt hat. So war es doch? Herr Scheurer ist doch an einem Aussichtspunkt in der Nähe seines Wohnortes abgestürzt?"

Ich ging auf ihre Fragen nicht ein. „Was, bitte hat Ihr Bruder damit zu tun?"

„Mein Mädchenname ist Göllner. Patrick ist mein Bruder."

Ich lies mir meine Überraschung nicht anmerken. „Und das Alibi?", fragte ich, obwohl ich mir die Antwort bereits vorstellen konnte.

„Das war nur wegen Helens Mann, falls er angerufen hätte. Patrick liebt Helen wirklich. Er hat schon einige Enttäuschungen hinter sich. Er war deswegen sogar schon einmal in psychotherapeutischer Behandlung. Mit Helen sieht er eine gemeinsame Zukunft. Sie wollte sich von ihrem Mann trennen."

Das interessierte mich zwar nicht vordringlich, aber sie musste es anscheinend loswerden, also ließ ich sie ausreden. Vielleicht würde sie ja noch Dinge ausplaudern, die mir mehr Klarheit verschafften.

„Er und Helen waren für ein paar Tage zusammen weggefahren. Patrick hat mich um den Gefallen mit dem Alibi gebeten. Ich fand das zwar nicht besonders gut, was die beiden hinter dem Rücken von Helens Ehemann trieben, aber ..." Jetzt war es genug. Ich unterbrach sie.

„Frau Kranz, ich möchte keine Moraldiskussion mit Ihnen führen. Ich habe aber noch eine weitere Frage. Besitzt Ihr Bruder einen Ballonpilotenschein?" Die Antwort würde mir unter Umständen zeitaufwendige Anrufe sparen.

„Ja, seit etwa fünf Jahren. Ist das wichtig? Wollen Sie sonst noch etwas wissen?"

Auf ihre erste Frage ging ich nicht ein, ich wollte nicht zu viel von meiner Hypothese preisgeben.

„Nein, das war es für den Augenblick. Ich bitte Sie nur, Herrn Göllner nichts von unserem Anruf zu sagen."

„Das kann ich Ihnen nicht versprechen. Bitte, verstehen Sie, Patrick ist schließlich mein Bruder und ich weiß nicht, wozu Sie meine Auskünfte verwenden. Sie scheinen einen schrecklichen Verdacht zu haben. Patrick ist doch wieder gesund, er könnte doch keinen Mord begehen!"

Ich beendete umgehend das Gespräch, denn jetzt erkannte ich, dass ich schnell handeln musste. Sehr schnell.

XVIII.

Ich erreichte Helen zu Hause und bat sie, zu mir zu kommen, da ich sie, wie versprochen, über den Hintergrund meiner Frage nach Namen und Telefonnummer ihrer Freundin aufklären wolle. Sie klang verunsichert und wollte das Gespräch am Telefon fortsetzen, aber ich sagte ihr, dass ich einige Unterlagen im Büro hätte, die ich wegen der Erbschaft und der Lebensversicherung noch mit ihr durchgehen müsste. Sie versprach, sich sofort auf den Weg zu machen.

Ich wartete etwa 15 Sekunden und drückte dann auf die Wahlwiederholungstaste. Wie ich es erwartet hatte, hörte ich das Besetztzeichen. Dann führte ich ein weiteres Telefonat, das etwa fünf Minuten in Anspruch nahm.

Das Warten auf Helen begann. Ich hatte Schmetterlinge im Bauch, aber nicht etwa vor freudiger Aufgeregtheit. Da die bevorstehende Situation für mich unbekannt war, entwickelte sich langsam so etwas wie Lampenfieber. Trotz oder vielleicht auch wegen der abrupt einsetzenden Ruhe nach meinem Brainstorming spürte ich förmlich, wie Adrenalin freigesetzt wurde. Mein Organismus befand sich in Alarmbereitschaft. Ich war auf das Äußerste angespannt. Meine Herzfrequenz erhöhte sich. Solange er mich nicht lähmt, sondern mir physische und psychische Kraft und Stabilität verleiht, soll mir der Hormonstoß recht sein, versuchte ich mich zu beruhigen.

Endlich hörte ich ein Auto halten und die Hunde, die sein Geräusch als bekannt einordneten, stürzten schwanzwedelnd zum Hoftor. Ich öffnete es und erwartete Helen, die gerade aus ihrem Wagen stieg. Sie sah bezaubernd aus, wie sie auf mich zukam. Ihre blonden, kurzgeschnittenen Haare, das luftige Sommerkleid in einer fröhlichen Farbkombination, das gerade so viel von ihrer sportlichen Figur zeigte, um noch Platz für männliche Phantasien zu lassen, passten so gar nicht zu dem Bild, das ich inzwischen von ihr hatte. Es fiel mir schwer, sie ungezwungen zu begrüßen. Sie registrierte es, ohne jedoch darauf einzugehen. Die scheinbare Unbefangenheit, mit der sie mich umarmte, wirkte hölzern und aufgesetzt.

„Na, willst du mich nicht reinlassen?", fragte sie und ich bemerkte, dass wir immer noch halb auf der Straße standen.

„Natürlich, entschuldige, ich bin etwas verwirrt", versuchte ich der Situation Herr zu werden.

Sie streifte mich wie unbeabsichtigt, als sie an mir vorbei in den Hof ging, und ein zarter Duft von *L'air du temps*, ihrem Lieblingsparfum von Nina Ricci, rief in mir auf einen Schlag Erinnerungen an mehrere Jahrzehnte wach. Was hatten wir doch alles an Schönem erlebt, Beatrice, Helen, Horst und ich. Und nun standen wir vor einem Scherbenhaufen. Sogar von Mord oder bestenfalls Totschlag hatte uns das Schicksal nicht verschont. Und an mir lag es nun, den Schlussstrich zu ziehen.

Wir hatten uns im Schatten der Linde an die Sitzecke im Hof gesetzt, an der wir so oft gemeinsam Karten gespielt oder auch nur ein Glas Wein getrunken und geredet hatten. Helen sah mich abwartend an und ich kam sofort zur Sache.

„Helen, ich möchte dir helfen, soweit ich es noch kann", begann ich zögernd. Mein Gott, fiel mir das schwer!

Sie musterte mich fragend und fast schon belustigt. „Was meinst du damit?"

„Du hast mit Göllner ein Verhältnis", suchte ich den Einstieg. Sie zuckte mit den Schultern.

„Ich weiß, das geht mich im Grunde nichts an, aber ihr habt Horst auf dem Gewissen."

Sie wollte zu einer Erwiderung ansetzen, ich winkte jedoch ab und fuhr fort: „Er stürzte ab, ich nehme an am Rheingrafenstein. Die Spurensicherung wird das auch heute noch feststellen können. Ob mit oder ohne Unterstützung, auch das werden die Kripo oder die Staatsanwaltschaft klären. Dann habt ihr ihn von einem Fesselballon aus wie ein Stück Problemmüll entsorgt. Euer Pech, dass es gerade in meiner Nähe war! Göllner hat einen Pilotenschein und du warst nicht in Düsseldorf. Dein Alibi für die Tatzeit existiert nicht mehr, ich habe mit seiner Schwester gesprochen. Es kann nicht anders gewesen sein." In meiner Verzweiflung bediente ich mich einer chaotischen Rhetorik, als ich die Details des Tathergangs, wie ich ihn mir vorstellte, vor ihr ausbreitete.

„Und die Österreicher, Hasslacher und Brandner?", versuchte sie einen Ausweg zu testen.

„Du weißt von der Nachricht auf dem Anrufbeantworter, dass die es nicht gewesen sein können. Außerdem haben sie ein wasserdichtes Alibi. Dein Pech, dass du das Band aus dem Gerät genommen und dann unter Horsts Unterlagen verschlampt hast", erklärte ich.

„Ich wollte es gerade löschen, als Koman kam. Da habe ich es eingesteckt und als Koman weg war, tatsächlich unter Horsts Papieren vergraben."

„Und bevor du jetzt noch Estrella und ihre Familie beschuldigst, auch die können mit Horsts Tod nichts zu tun haben, ich war in Sevilla."

„Also bleiben nur Patrick und ich?", fragte sie leise. Es klang aber schon fast wie eine Feststellung. „Was sagt eigentlich Koman zu deinem Verdacht?"

„Mit dem habe ich noch nicht gesprochen", antwortete ich wahrheitsgemäß.

„Du wolltest also erst mit mir reden?"

Ich zuckte mit den Schultern und nickte dann.

„Ich werde dir erzählen, wie es wirklich war.“ Sie schien jetzt irgendwie erleichtert. Auch meine Anspannung hatte sich gelöst.

„Wenn du alles gehört hast, wirst du mich verstehen. Es gibt immer einen Grund. Aber bitte, Darius, ich hätte jetzt gerne einen Schluck Wein.“

„Natürlich, gerne.“ Ich wäre nie auf die Idee gekommen, dass in dieser Situation von mir erwartet würde, ein perfekter Gastgeber zu sein.

Helen bat darum, sich eine Sorte in meinem Gewölbekeller aussuchen zu dürfen. Dieser ist vom Hof aus durch eine zweiflügelige Holztür zu erreichen. Auf gewachsenem Boden, der zu jeder Jahreszeit und bei jeder Außentemperatur eine optimale Klimatisierung gewährleistet, stehen aus Gasbetonsteinen gemauerte Regale, in denen ich Vorräte und vor allen Dingen Wein und Sekt gelagert habe.

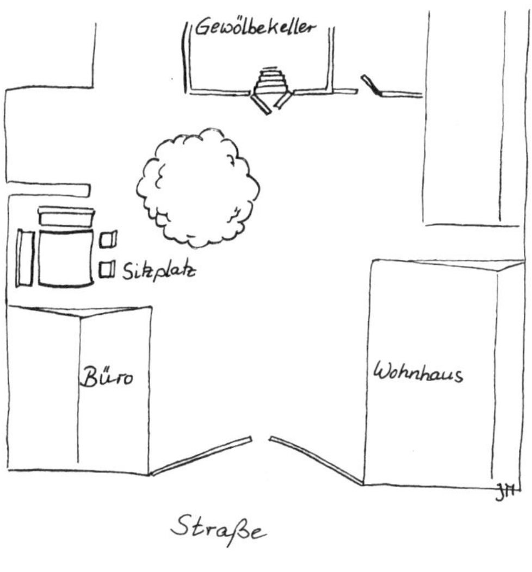

Ich ging die zwölf Steinstufen voraus. Angenehme Kühle umfing uns. Das an einem der Regale installierte Thermometer zeigte erfrischende 11 Grad.

„Wie wäre es mit dem da unten?“ Helen, die hinter mir stand wies an mir vorbei auf einen Flaschenstapel mit grünem Sylvaner.

Ich bückte mich danach. „Gute Wahl“, bestätigte ich, und fuhr, der Situation völlig unangemessen, fort „frisch, spritzig, das ist genau der Richtige bei dieser ...“ Ich kam nicht mehr dazu, den Satz zu beenden. Ein furchtbarer Schlag, der meine Schläfe streifte, donnerte auf mein linkes Schlüsselbein. Helen hatte mit einem Kuhfuß zugeschlagen. Den hatte ich noch vom Öffnen einer Kiste Rioja, den ich mir über das Internet aus Spanien bestellt hatte, liegen lassen.

Ich hatte immer schon Helens kräftigen Aufschlag bewundert, aber nie gedacht, dass die Ergebnisse ihres Tennistrainings mich einmal derart treffen würden.

„Tut mir leid, Darius“, sagte sie dabei fast zärtlich, „das musste sein. Ich liebe dich.“

Ich hörte ihren Kommentar wie durch einen dichten Nebel. Der Streifschlag hatte mich benommen gemacht. Viel schlimmer war, dass ich den Eindruck hatte, mein linkes Schlüsselbein sei gebrochen. Es tat höllisch weh und ich konnte meinen Arm nicht mehr bewegen. Gleichzeitig hatte mich der Schlag, der mich ja traf, als ich nach unten gebeugt stand, von den Füßen gerissen. Mit der linken Gesichtshälfte war ich gegen das gemauerte Weinregal geschlagen. Und wieder war die Wunde über meinem linken Auge aufgeplatzt. Um das zu bemerken hätte es des Blutes gar nicht bedurft, das einmal mehr mein linkes Auge trübte.

„Weshalb muss Liebe so schmerzhaft sein?“, fragte ich verwirrt und musste an Ramón denken. Auch er hatte mir auf seine Art zeigen müssen, wie sehr er mich mochte oder auch nicht mochte.

„Du darfst Koman nichts erzählen. Er weiß nichts, gar nichts, und wird es auch niemals herausfinden, wenn du ihm nichts sagst. Ich kann es nicht zulassen, dass du alles zerstörst, bevor es beginnen konnte."

„Helen, wie willst du mit dem, was du getan hast, leben?"

Sie hörte mir gar nicht mehr zu und sah durch mich hindurch. Ihre Stimme nahm einen merkwürdig melodischen Klang an. Ein zarter Singsang, der mir, trotz meiner Schmerzen einen kalten Schauer den Rücken hinunterjagte. Sie schien geistig nicht mehr bei sich zu sein.

„Wenn du erst alles weißt, wirst du mich verstehen, liebster Darius. Ich habe dich immer geliebt, vom ersten Moment an. Aber du hattest nur Augen für deine blöde Beatrice. Ich habe Horst nur geheiratet, um in deiner Nähe zu sein. Irgendwann habe ich resigniert und gedacht, dass ich auch aus Horst etwas machen könnte – einen zweiten Darius."

„Ein Mann ist eben was er macht – eine Frau, was sie ist", erinnerte ich mich laut.

„Gut gemerkt! Wir beide haben aber jetzt noch viele Jahre vor uns. Horst und Beatrice stehen uns nicht mehr im Weg. Das mit Horst musste deshalb ganz einfach sein. Es gab gar keine andere Möglichkeit. Er hatte herausgefunden, dass ich diese Affäre mit Patrick hatte."

Das wollte mir Horst also noch erzählen, auf La Palma, dort, wo – wie er sagte – alles angefangen hatte.

„Eine so unbedeutende Sache", hörte ich Helen weiterreden, „wollte er zum Anlass nehmen, um mich noch stärker an sich zu binden. Er sagte, dass er es niemals zulassen würde, dass ich mich von ihm trenne, und dass er mir die Sache mit Patrick verzeihen würde.

Er wollte aber auch, dass ich materiell zurückstecke. Nur weil er geschäftlich nichts zustande brachte. Dafür habe ich es nicht fast dreißig Jahre lang mit ihm ausgehalten.

Dann wollte er mich umarmen. Ich empfand auf einmal einen schrecklichen Ekel vor ihm und habe ihn heftig von mir gestoßen. Dabei ist er gestrauchelt und nach hinten abgestürzt. Er hat auch überhaupt nicht geschrien. Ohne einen Laut ist er über den Rand nach unten gestürzt. Horst wollte es selbst so. Sonst hätte er doch nicht so dicht am Abhang gestanden. Sonst hätte er doch auch geschrien! Es fällt doch keiner zwanzig Meter tief, ohne zu schreien, oder?"

Sie erwartete keine Antwort.

Stattdessen setzte sie ihre wirre Schilderung des schrecklichen Geschehens fort. „Er hat ja sogar gelächelt. Kannst du dir das vorstellen, Darius? Einfach gelächelt! Und jetzt, wo der Weg endlich für uns frei ist, darfst du doch keinem etwas davon sagen!" Sie sah mich eindringlich an. *Du musst mir doch Recht geben,* sagte ihr Blick.

„Aber *ich* liebe dich nicht, Helen", versuchte ich sie wieder auf klare Gedanken zu bringen.

„Das kommt schon noch." Sie ging über meine Bemerkung mit dem glaubensseligen Selbstverständnis eines Kindes, das noch seinen Wunschzettel an den Weihnachtsmann schreibt, hinweg. Dass sie dabei immer noch den Kuhfuß in ihrer Hand schwang, zeigte, wie groß die Gefahr war, die von ihrem ichgestörten Wesen ausging. Sie war offensichtlich nicht mehr zurechnungsfähig.

Ich konnte mich immer noch nicht richtig bewegen. Die Auswirkungen des Schlages, den sie mir versetzt hatte, und der darauf folgende Sturz machten mir nach wie vor zu schaffen. Augenbraue, Schläfe und Schlüsselbein schienen eine einzige große Schmerzeinheit zu bilden. Meinen Teil der Konversation bestritt ich nur unter Aufbringung aller Kraftreserven. Aber ich musste sie noch hinhalten.

Ich lag am Ende des Gewölbekellers. Während Helen mit mir sprach, hatte sie sich mir ganz zugewandt. Daher hatte sie die Eingangstür im Rücken. So bekam sie nicht mit, was ich aus dem rechten Augenwinkel beobachten konnte: Eine weitere Person war auf der Bildfläche erschienen, die stillschweigend auf dem oberen Treppenabsatz verharrte.

XIX.

Meine nächste Frage hatte ich mir sehr genau überlegt: „Und was ist mit Göllner? Seine Schwester sagte, ihr wolltet heiraten."

„Patrick, ist ein großer, dummer Junge", entgegnete sie verächtlich. „Was der sich in seinem Spatzenhirn ausmalt und was ich wirklich tue, da liegen Welten dazwischen."

„Aber du pennst mit ihm."

„Na und? Was hat das eine mit dem anderen zu tun? Er hatte ja auch seinen Spaß!" Und dann fügte sie, wieder in zärtlichem Ton, hinzu: „Dich würde ich niemals betrügen!"

Göllner verharrte weiterhin regungslos auf der Treppe, schien jedoch immer noch nicht zu bemerken, dass ich ihn aus dem Winkel meines ungetrübten rechten Auges beobachtete. Hätte ich gewusst, was sich in ihm abspielte, hätte ich die Provokation niemals weiter getrieben. Ich habe später immer wieder überlegt, ob ich nicht auch meinen Teil dazu beigetragen habe, die Katastrophe auszulösen.

So aber bohrte ich weiter: „Was hast du denn mit ihm vor?"

„Der kann von Glück sagen, wenn er ungeschoren aus der Sache rauskommt. Oder besser noch ..." In ihr reifte eine Idee, die sie mir mit beschwörendem Ton zuflüsterte: „Wir können das doch alles so drehen, als sei er es alleine gewesen. Du gibst mir ein Alibi und ..."

Zwei Dinge geschahen nun gleichzeitig. Ich sagte: „Helen, seine Schwester weiß doch über alles Bescheid", und Göllner stürzte sich im selben Moment mit einem Aufschrei über mehrere Stufen auf Helen.

„Du Miststück!", brüllte er in meinen Satz hinein und schlug ihr ins Gesicht. Helen taumelte, fing sich aber sofort wieder.

Sie lachte schallend auf und versetzte Göllner mit dem Kuhfuß einen krachenden Schlag in die Rippen, den er in seiner Empörung offensichtlich gar nicht wahrnahm.

„Du windiger, schlecht bezahlter, billiger Tennisfuzzi wagst es, mich zu schlagen? Ich mach dich fertig, dass du kein Bein mehr auf den Boden kriegst. Und jetzt, hau ab, scher dich zum Teufel und lass dich nie mehr blicken!" Helens hübsches Gesicht hatte sich zu einer hässlichen Fratze verzerrt. War das ihr wahres Antlitz?

Göllner machte einen Schritt zurück, sodass er uns nun beide im Blickfeld hatte – mich, immer noch am Boden liegend, und Helen, schwer atmend, mit dem Kuhfuß in der Hand.

Mit beängstigender Ruhe sagte er in die kurzfristig entstandene Stille hinein: „Gut denn, dann werden wir uns halt alle *gemeinsam* zum Teufel scheren." Während er das sagte, zog er eine Pistole mit kurzem Lauf aus seiner rechten Hosentasche.

„Ehne, mehne, muh und aus bist du!", lachte er. „Erst der da, dann die da und dann ich", murmelte er und demonstrierte die Reihenfolge seiner Drohung, indem er mit dem Pistolenlauf auf die jeweilige Person zeigte. Das Ende seiner Inszenierung sollte demnach ein Schuss sein, den er auf seiner rechten Schläfe aufsetzen wollte.

Anscheinend wollte er sein Vorhaben ohne weitere Verzögerung in die Tat umsetzen. Er richtet die Waffe aus etwa zwei Meter Entfernung auf mich. Während ich der Situation völlig hilflos gegenüberstand – besser gesagt: lag –, nahm Helen die Sache weniger ernst.

„Patrick, lass den Unsinn, das wird nichts. Du hast gar nicht den Mut dazu. Und wenn doch, wirst du uns höchstens verletzen und dein Schuss in die Schläfe wird so danebengehen, dass du den Rest deines Lebens als blinder Trottel verbringen wirst. Wobei, da sehe ich bei dir eigentlich keinen Unterschied."

Sie hatte die Schwere der Verletzung seiner Seele unterschätzt und mit dieser zynischen Bemerkung seine Leidensfähigkeit überstrapaziert. Obwohl, wie ja seine Schwester schon angedeutet hatte, ihm diese Wunden nicht ursächlich von Helen zugefügt worden waren, hatte er nun eine Schuldige gefunden.

Patrick Göllner drehte sich langsam und ruhig zu ihr um, richtete die Waffe auf sie und sagte: „Die Reihenfolge ist beliebig." Dann schoss er, ohne lange zu zielen, zweimal kurz hintereinander. Wie von einer unsichtbaren Faust getroffen, wurde Helen gegen die Wand geschleudert. Der Kuhfuß fiel ihr aus der Hand. In Höhe ihrer linken Leistengegend und an ihrem Oberschenkel, verfärbte sich ihr Kleid. Die roten Flecken wurden schnell größer. Helen lag auf dem Rücken, stöhnte kaum vernehmlich und hatte die Augen geschlossen.

„Das ist Blut", sagte ich. „Du Idiot hast auf Helen geschossen", brüllte ich. Erst jetzt realisierte ich, dass das nicht etwa ein schlechter Traum war, sondern lebensbedrohende Realität. Zwar hatte ich *gesehen,* dass er eine Pistole in der Hand hatte, aber nicht verinnerlicht, welche Konsequenz das haben konnte. Was hatte ich schließlich in meiner friedlichen und zivilisierten Welt mit Waffen zu tun? Die waren etwas für Computerspiele und selbst dort verabscheute ich sie. Aber hier geschah etwas, das mich in eine Realität beförderte, vor der ich mich bisher immer verschont glaubte.

Prügel, die hatte ich während der letzten Tage irgendwie als stilistisches Ausdrucksmittel eines geistig minderbemittelten Menschenschlages akzeptiert. Aber Waffengebrauch, auf meinem Grund und Boden, in meinem Weinkeller, das war etwas anderes. Das war wie die direkte Konfrontation mit einer Form von Auseinandersetzung, wie ich sie sonst nur aus den Medien kannte.

„Was hast du denn gedacht?", fragte Göllner und riss mich aus meiner Fassungslosigkeit. Er war immer noch ruhig, ja, geradezu warmherzig.

„So", sagte er, „und jetzt noch mal zu dir!" Dabei richtete er die Waffe wieder auf mich, bereit abzudrücken. Sein Zeigefinger krümmte sich um den Abzug. Ich schloss die Augen.

Der wird doch nicht noch einmal schießen, versuchte ich mir einzureden. Aber sein entschlossener Blick machte diese Hoffnung zunichte. – Doch, der wird!

„Heh, wo bleibt ihr, ihr Penner!", schrie ich laut. In der Verzweiflung überschlug sich meine Stimme. Und tatsächlich erschien, angelockt durch mein Geschrei, eine Gestalt auf der Treppe.

„Wer soll denn hier schon kommen?", höhnte Göllner. Er zog im gleichen Moment den Abzug seiner Waffe durch, als ein dunkles, knurrendes Energiebündel auf ihn zuschoss, mit 48 Kilo Lebendgewicht gegen seinen Oberkörper prallte und ihn zu Boden warf. Dadurch wurde der Lauf seiner Waffe verrissen, und das Geschoss streifte mich nur noch am linken Oberarm. Wie ein glühendes Eisen, dachte ich und bemühte mich, nicht ohnmächtig zu werden.

Ich begriff sofort, was geschehen war: Hanna, meine neugierige Hanna, war durch mein Rufen angelockt worden. Vielleicht deshalb, weil *Penner* und *Hanna* eine phonetische Ähnlichkeit aufweisen, zumal wenn ein Gewölbekeller einen starken Hall erzeugt.

Sie musste die Gefahr, die mir von Göllner drohte, gespürt haben. Blitzschnell war sie ihren Instinkten gefolgt, die ihr sagten: „Das Leittier deines Rudels wird angegriffen, da musst du helfen!"

Diese sanfte und liebesbedürftige Hündin, von der eher zu erwarten gewesen wäre, dass sie sich vor Göllner auf den Rücken geworfen hätte, um sich den Bauch kraulen zu lassen, hatte ohne Rücksicht auf ihr eigenes Leben gehandelt. Und das im wahrsten Sinne des Wortes. Denn Göllner hatte entweder nicht mitbekommen, dass er mich nur unwesentlich verletzt hatte, oder er war blind vor Zorn über die Attacke meines Hundes. Er drehte sich jedenfalls noch auf dem Boden sitzend um und schoss auf Hanna. Sie jaulte auf, brach in den Hinterläufen zusammen und lag dann zuckend, aber völlig lautlos auf dem Boden.

Ich weiß heute nicht mehr, woher ich plötzlich die Kraft nahm. Schwankend hatte ich mich erhoben und taumelte auf Göllner zu, der ebenfalls aufgestandenen war. Ich weiß auch nicht mehr, was ich ihm entgegenbrüllte. Es war wahrscheinlich nicht jugendfrei. Seit ich in diese Geschichte verwickelt worden war, hatte sich mein Vokabular nicht gerade zum Guten verändert, sondern den ungewohnten Umständen angepasst.

Ich wollte mich auf Göllner stürzen, obwohl er schon wieder seine Pistole auf mich gerichtet hatte. Inzwischen war mir jedoch alles egal. Ich handelte nur noch automatisch, adrenalin- und emotional gesteuert, ohne die Konsequenzen zu bedenken. Da hörte ich auch schon den Knall der Waffe. Ich brach wieder zusammen und ein angenehmer Nebel umfing mich. So ist er also, der Übergang in eine andere Welt? Schade, dass ich es niemandem mehr erzählen kann, dachte ich.

Doch da schob sich kurzfristig ein reales Bild in meine Phantasie. Ich sah Göllner, der sein linkes Bein umklammerte. Er krümmte sich auf dem Boden. Wie durch einen Berg von Watte hörte ich ihn winseln und jammern wie ein kleines Kind. Neben ihm war mein Schutzengel in Gestalt des Polizeiobermeisters Doss zu sehen. Seine Dienstwaffe, aus der er Göllner vorschriftsmäßig angeschossen hatte (nämlich ins Bein), hielt er mit beiden Händen noch schussbereit, aber von Göllner abgewandt. Hinter ihm erblickte ich Kriminalhauptkommissar Koman.

„Das war das erste Mal, dass ich auf einen Menschen schießen musste", erklärte Doss. Dann schluckte er und fügte hinzu: „Mann, war das laut."

Während ich bei ihm ein freundliches, fast zufriedenes Lächeln erkennen konnte, verhieß mir Komans Miene nichts Gutes.

„Das hat aber lange gedauert", stöhnte ich mit einem Blick auf Doss.

Die Antwort kam jedoch von Koman. „Sie sollten jetzt besser schweigen", wobei er das letzte Wort betonte. „Ich sage nur, *Schweigepflicht.* Beinahe hätten Sie für immer geschwiegen. Aber wir werden uns noch ..."

Die Ohnmacht hatte mich endgültig eingeholt. Sie begleitete mich gnädig während der Fahrt mit dem Krankenwagen und der anschließenden Behandlung auf der Unfallstation des Rot-Kreuz-Krankenhauses in Alzey. Alles, was währenddessen geschah, erfuhr ich erst später, von Koman: Helen war im Lungenbereich und an der Oberschenkelhauptschlagader getroffen worden. Sie hatte viel Blut verloren und wurde von dem herbeigerufenen Notarzt sofort mit Blutplasma versorgt und dann mit dem Rettungshubschrauber in eine Spezialklinik nach Bad Dürkheim geflogen. Der Arzt bezeichnete die Verletzungen als extrem lebensgefährlich. Pikanterweise landete der Helikopter genau an der Stelle, an der die beiden auf den Tag genau vor zwei Wochen Horst abgeworfen hatten.

Meine Hündin Hanna wurde zum Transport auf eine Decke gelegt und im Laderaum des Dienstwagens von Doss und seinem Kollegen nach Wöllstein zu Dr. Behr, dem Tierarzt, gefahren. Zuvor hatte man ihn angerufen, sodass er sich sofort an die Entfernung der Kugel und die Versorgung der Wunde machen konnte. Hanna blieb noch zwei Tage zur Beobachtung in der Tierklinik, dann holte Beatrice sie ab und kümmerte sich um sie und natürlich auch um Kira. Beatrice wohnte übrigens einmal wieder in unserem ehemals gemeinsamen Haus, aber nur, solange ich im Krankenhaus war.

Mit Göllner, der den letzten Akt des Dramas inszeniert hatte, musste man sich nicht so viel Mühe machen. Er wurde, wegen akuter Schockgefahr, auf eine Transportliege gelegt und zur ersten Versorgung auf dieselbe Unfallstation gebracht, auf der man mich unter einer leichten Narkose behandelte, mit dem Unterschied, dass er zwei Polizeibeamte mitbekam und ich halt nichts und niemanden. Seine Situation war jedoch unkritisch genug, dass er nach der Entfernung der Kugel für die weitere Behandlung noch am gleichen Tag in ein Gefängniskrankenhaus bei Koblenz überstellt wurde.

Ich werde ihn wohl bei der Gerichtsverhandlung wiedersehen. Vielleicht erfahre ich dann auch, wie es ihm gelungen ist, sich an meinen Hunden vorbeizumogeln. Das Hoftor hatte ich ja bewusst nicht abgeschlossen, damit die Polizei ohne Lärm und Gewaltanwendung auf mein Grundstück konnte. Aber weshalb meine vierbeinigen Wächter nicht anschlugen, stellt für mich noch heute ein Geheimnis dar, das ich im Interesse meiner Sicherheit gerne gelüftet sehen möchte.

Samstag, 3. August, bis Sonntag, 11. August

XX.

Eine Woche musste ich noch im Krankenhaus bleiben. Im Hochsommer ist das noch weniger erfreulich als zu anderen Zeiten. Daran ändern auch die nettesten Stationsschwestern und die hilfsbereitesten Zivis nichts.

Man hatte mir ungefragt eines dieser trefflich kleidenden, drolligen Hemdchen verpasst: hinten zugeschnürt und durch den Minirock-Schnitt kaum etwas verdeckend. Zur Steigerung meines Wohlgefühles trug diese Schande der Hospital-Haut-Couture auch nicht gerade bei.

Während der ersten beiden Tage hatte man mir strengste Bettruhe verordnet. Damit war ich automatisch zur Nutzung eines an sich nützlichen Geschirrs verdammt, was mir allerdings stets bewies, wie schnell man in unangenehme und peinliche Abhängigkeiten geraten konnte: die Bettpfanne. Die psychosomatische Reaktion darauf war Hartleibigkeit. Und hätte mir die resolute Oberschwester nicht glaubhaft angedroht, mir einen Einlauf mit „solchem Querschnitt" zu verpassen – sie zeigte mit Zeigefinger und Daumen ein schmerzverheißendes Maß an – hätte ich meine diesbezüglichen Körperfunktionen so lange eingestellt, bis man mir entweder den selbständigen Gang zur Toilette wieder gestattet hätte oder ich geplatzt wäre.

Zudem machte mir der enge Verband zu schaffen, der die ungehinderte Heilung meines gebrochenen Schlüsselbeins – meine Selbstdiagnose im Gewölbekeller hatte sich als korrekt erwiesen – gewährleisten sollte, indem er mir jede Bewegung unmöglich machte. Die anderen Verletzungen waren weniger störend. Der Streifschuss und vor allen Dingen meine geplatzte Augenbraue wurden bestens mit Salben und Verbänden versorgt.

Koman besuchte mich am dritten Tag. Er hatte Göllner bereits verhört, der ein lückenloses Geständnis abgelegt hatte, sofern es seine Mittäterschaft betraf. Es war weitgehend so gewesen, wie ich es herausgefunden hatte. Koman zeigte sich beeindruckt über meine Recherchen. Die Abweichungen zum tatsächlichen Geschehen waren so marginal, dass sie mich nicht allzu sehr interessierten.

Was allerdings zur kompletten Aufklärung des Falles noch fehlte, war der Tathergang auf dem Rheingrafenstein. Koman ging zwar inzwischen auch davon aus, dass es sich im ungünstigsten Fall um Totschlag im Affekt handelte, aber er konnte seine Vermutung noch nicht verifizieren, da Helen immer noch nicht vernehmungsfähig war. Ihr Zustand war so kritisch, dass die Ärzte sie in ein künstliches Koma versetzt hatten.

Zum Abschluss seines Berichtes fehlte Koman außerdem das auslösende Motiv. Ich erklärte ihm, dass ich dazu nichts sagen könne.

„Können Sie nicht“, fragte er mit durchdringendem Blick, „oder wollen Sie nicht?“

„Wo sehen Sie da den Unterschied, Herr Hauptkommissar?“, wollte ich wissen.

„In einem eventuellen Missbrauch Ihrer verdammten Schweigepflicht, Herr Steuerberater. Ihre starrköpfige und dogmatisch enge Auslegung des Paragraphen 57 Absatz 1 des Steuerberatungsgesetzes hätte Sie beinahe das Leben gekostet! Ich bin übrigens immer noch dabei, Ihnen einen Strick daraus zu drehen.“ Bei der Nennung des Paragraphen wurde seine Stimme bissig.

„Wieso, ich habe doch rechtzeitig bei der zuständigen Polizeistation in Wörrstadt angerufen. Gleich, nachdem ich Frau Scheurer telefonisch zu mir gebeten hatte“, grinste ich schief, mein Schlüsselbein meldetet sich schmerzhaft.

„Ich bin aber immer gerne über alles im Bilde, was sich in meinem Verantwortungsbereich tut.“

„Ach, wissen Sie, Herr Koman, wer nicht im Bilde ist, kann auch nicht aus dem Rahmen fallen“, flachste ich.

Er musste grinsen. „Sie wissen genau, was ich meine. Also, was ist?“

„Alles was ich Ihnen vielleicht sagen könnte, würde Ihnen nicht weiterhelfen. Glauben Sie mir bitte. Ich müsste dazu auch selbst noch einmal mit Helen Scheurer sprechen.“

„Gut, falls sie noch einmal ansprechbar sein sollte, lasse ich Sie informieren“, versprach er zum Abschied.

Beatrice besuchte mich natürlich auch. Das erste Mal seit Jahren hatte ich wieder den Kopf frei, sie unbefangen und in Ruhe zu betrachten. Natürlich waren die Jahre auch an ihr nicht spurlos vorübergegangen, aber immer noch strahlten ihre blauen Augen mit der gleichen Intensität, die mich – als ich sie das erste Mal gesehen hatte – sofort gefangen genommen hatte. Sie war immer noch eine Frau, nach der man sich auf der Straße bewundernd umsehen musste.

Wir redeten nur über unverfängliche Dinge. Sie respektierte, dass ich noch nicht dazu bereit war, sie in alle Details der Tragödie einzuweihen. Ich glaube, sie ahnte die Hintergründe ohnehin.

Auch unsere Beziehung sparten wir aus. Ich hatte im Krankenhaus Zeit und Ruhe gehabt, mir über unsere Situation klar zu werden. Ich fand, dass dieses Thema genug diskutiert worden war, und wollte daher endgültig damit aufhören, mir noch einmal Hoffnungen zu machen. Vor allem hatte ich eingesehen, dass ich mich Beatrice gegenüber sehr unfair verhalten hatte, als ich sie immer wieder bedrängt und dadurch mit Schuldgefühlen versorgt hatte.

Bei ihrem zweiten Besuch brachte Beatrice sogar meine „viel beschäftigten" Söhne mit.

Mark hatte Semesterferien und kam vor einer längeren Fahrt nach Griechenland, die er mit einem Freund unternehmen wollte, noch einmal vorbei. Mein Angebot einer finanziellen Zuwendung lehnte er, mit Blick auf seine Mutter, freundlich ab. Ich blickte zu Beatrice, die demonstrativ aus dem Fenster sah und so tat, als würde sie nichts hören.

Dann drehte sie sich aber doch mit einem Ruck zu uns um und entschied in einem Ton, der weder Diskussion, geschweige denn Widerspruch zuließ: „Wir haben eine Abmachung, Herr Schäfer. Entsinne dich! Außerdem kann er meinen neuen Wagen mitnehmen, den ich von Gunther gekauft habe. Damit ist genug für den Urlaub beigesteuert."

„Du hast den Sportwagen gekauft? Wieso weiß ich denn davon nichts?", mischte sich Marius ein.

„Weil mein Nesthäkchen inzwischen flügge ist und seit Wochen die Nacht zum Tag macht! Ich sehe dich ja kaum mehr!", konterte Beatrice.

Marius kannte seine Mutter und wich geschickt auf ein anderes Thema aus. Er informierte mich mit knappen Worten darüber, dass er die Bestätigung erhalten hatte, ab dem nächsten Monat seinen Zivildienst in der Universitätsklinik in Mainz absolvieren zu können. Ihn interessierte daher die Krankenhausatmosphäre mehr, als sein leidender Vater. Er taute erst auf als er mir erzählte, dass er während der Dienstzeit bei Beatrice ausziehen würde. Er hatte ein Zimmer in einem Hochhaus zugewiesen bekommen, das durch seine offizielle

Bezeichnung „Schwesternheim“ zu allerlei beschwingenden Vermutungen Anlass gab.

Natürlich wollten sie die ganze Geschichte, die sie bisher nur aus Pressenotizen kannten, aus authentischer Quelle erfahren. Sie glaubten mir teilweise nicht. Auch Beatrice schüttelte immer mal wieder ungläubig den Kopf. Na ja, vielleicht schmückte ich das eine oder andere inzwischen auch schon etwas aus. Aber ich meinte, so etwas wie Stolz, Ehrfurcht oder Respekt, vielleicht auch ein Gemisch aus allem, bei ihnen zu entdecken.

Beatrice brachte es auf den Punkt, als Sie sich zum Abschied – meine Jungs waren schon auf dem Flur – noch einmal zu mir umdrehte. Sie blieb für einen Moment in der Tür stehen und grinste mich kopfschüttelnd an: „Darius, ich hatte dir ja wirklich gewünscht, dass du endlich wieder so wirst, wie ich dich früher einmal kennen gelernt habe. Aber, wer hat von dir verlangt, dass du die Versäumnisse von zwei Jahrzehnten in zwei Wochen nachholen sollst? Übertreib doch nicht alles!“

Die Kusshand, die sie mir lachend zuwarf, bevor sie die Tür hinter sich zuzog, war für mich mehr wert, als ich mir früher je hätte vorstellen können. Beatrice hatte mir ihre Freundschaft geschenkt, eine Freundschaft, die ich besser pflegen, mit der ich behutsamer umgehen würde als mit unserer Ehe.

Montag, 12. August, bis Montag, 2. September

XXI.

Am 12. August konnte ich das Krankenhaus verlassen. Ich begann wieder mein normales Leben. Jeden Tag ging ich eine Stunde länger in die Kanzlei, sodass ich nach einer Woche voll eingebunden war. Es fiel mir auch nicht schwer, da mich Frau Dengler und Herr Dornhagen gemeinsam(!) im Krankenhaus besucht und mit den notwendigen Informationen versorgt hatten.

Einen Unterschied zu früher gab es schon: Ich sah vieles, was ich noch vor kurzem mit Verbissenheit und Verbohrtheit betrachtet hatte, mit erheblich größerer Geduld und größerem Gleichmut. Und interessanterweise litten darunter weder die Qualität, noch die Termintreue meiner Kanzlei. Die Mitarbeiter respektierten es, wenn meine Bürotür geschlossen war, und arbeiteten fast noch besser zusammen als in der Vergangenheit.

Vor allen Dingen sagte ich konsequenter „nein“, wenn ich merkte, dass jemand versuchte, mich zu vereinnahmen oder gar mir Lasten aufzubürden, die ich nicht tragen wollte. Dennoch war ich sofort dazu bereit, mit Hauptkommissar Koman nach Bad Dürkheim zu fahren, als er mich am 1. September nachmittags privat anrief. Man habe Helen aus dem Koma aufwachen lassen, sagte er, aber über ihren Gesundheitszustand wusste er nichts.

Am nächsten Tag holte mich Koman gegen halb elf mit seinem Dienstwagen ab. Es war ein wunderschöner Herbsttag, aber ich konnte die Fahrt durch die Pfalz nicht genießen. Dafür war ich zu gespannt, was mich erwarten würde. Ich hatte zwar zweimal in der Klinik angerufen, aber immer nur ausweichende Auskünfte über Helens Befinden erhalten.

Unterwegs unterhielt ich mich mit Koman über Allerweltsdinge. Er war Anhänger des Fußballvereins Mainz 05 und legte im Detail dar, weshalb es in der letzten Saison nicht mit dem Aufstieg in die Bundesliga geklappt hatte. Ich ließ ihn reden. Nur einmal ergriff ich das Wort. Als wir bereits das Ortseingangsschild von Bad Dürkheim passierten, bat ich, alleine mit Helen sprechen zu können. Koman sah mich zwar mit hochgezogenen Augenbrauen skeptisch von der Seite an, stimmte dann aber zu.

Gegen zwanzig nach elf erreichten wir die Klinik. Koman kannte sich offensichtlich aus und ging zielstrebig zu einem der Aufzüge. Er drückte den Knopf für das zweite Obergeschoss. Helen lag dort weiterhin auf der Intensivstation. Wir mussten die übliche Kleiderordnung, bestehend aus sterilen Häubchen, Überschuhen und Kitteln, die uns von einem Pfleger gereicht wurden, einhalten. Dann wurden wir zu einem Raum geführt, der von außen durch ein Fenster eingesehen werden konnte. Neben der Tür, zu einem Vorraum für das Wach- und Pflegepersonal, saß, ebenfalls in grüner, steriler Krankenhauskleidung, ein Polizist. Er blätterte gelangweilt in einem Magazin. Ich sah Koman fragend an. Der zuckte nur mit den Schultern und brummte: „Vorschriften. Wenn wir uns nicht daran halten und es passiert etwas, ist das Geschrei wieder groß.“

In der Mitte des Raumes stand das Krankenbett, dahinter und daneben eine Unzahl von Geräten, mit denen Helen über Kabel und Schläuche verbunden war.

Ein Arzt instruierte uns kurz: „Bitte maximal fünf Minuten. Es dürfte Ihnen klar sein, dass Frau Scheurer eigentlich absolute Ruhe benötigt.“

„Wie stehen die Chancen?“, wollte ich wissen.

„Sind Sie Angehöriger?“, fragte er nicht unfreundlich.

Koman mischte sich ein: „Herr Schäfer ist die einzige Person, die im engeren Sinne als Familienmitglied betrachtet werden könnte.“

So hatte ich das nie gesehen, aber es stimmte. Für Helen gab es nach Horsts Tod tatsächlich nur noch mich. So grotesk es auch sein mochte: Ich war ihre Familie. Ich blickte Koman dankbar an. Er entfernte sich von uns und ging auf den Flur hinaus.

„Es steht sehr schlecht um die Patientin“, erklärte nun der Arzt. „Der hohe Blutverlust, Sie verstehen? Der linke Lungenflügel und die Arteria Femoralis, also die Oberschenkelhauptschlagader, wurden von den Geschossen getroffen. Wir mussten mehrmals klammern. Dazu kommt noch der psychische Faktor – ihr fehlt der Überlebenswille. Das kann ich natürlich nicht mit Bestimmtheit sagen, da wir noch nicht die Möglichkeit hatten, unseren Psychologen mit ihr sprechen zu lassen. Aber ich habe schon so viele Menschen auf der Station gehabt, dass mein Gefühl mich kaum trügen wird. Ich glaube nicht, dass sie überleben will und kann, obwohl wir alles tun, was in unserer Macht steht. Aber ohne die Mithilfe unserer Patienten sind auch uns die Hände gebunden. Vielleicht gelingt Ihnen ja ein kleines Wunder.“ Dabei sah er mich ernst an.

Erst jetzt betrachtete ich mir den Arzt näher. Er war gar nicht mehr so jung, wie ich auf den ersten Blick und aufgrund des Klanges seiner Stimme angenommen hatte. Ich erkannte in ihm einen Mann, der seine Bestimmung darin sah, anderen Menschen, ohne zu fragen, was sie getan hatten oder wer sie waren, zu helfen und dafür auf einen Teil seines eigenen Lebens verzichtete. Er war Spezialist auf seinem Gebiet und, gemessen an seinem wahrscheinlichen Zeiteinsatz, unterbezahlt. Er musste sich immer wieder die neuesten Techniken und Methoden aneignen, durfte sich keinen Fehler erlauben und war dennoch kein Formalist, sondern betrachtete seine Patienten offensichtlich ganzheitlich, als Wesen mit Leib *und* Seele.

Als hätte er meine Gedanken erraten, verabschiedete er sich lächelnd mit den Worten: „Hauptkommissar Koman sagte mir, dass Sie Steuerberater sind. Unsere Berufe sind sich ähnlicher als Sie vielleicht denken!" Dabei fasste er mich mit einer kameradschaftlich anmutenden Geste am Oberarm und verschwand im Flur.

Ich durfte nun zu Helen hinein. Ihr durchscheinendes Gesicht blickte mir aus den weißen Laken entgegen. Ihre einst so schönen Augen waren matt. Sie war kaum mehr wiederzuerkennen. Ich war nicht darauf vorbereitet, dass ihr Anblick mir so zusetzen würde.

„Na, altes Mädchen", versuchte ich mich selbst in den Griff zu bekommen.

„Wie sehe ich aus?", fragte sie mit leiser und schwacher Stimme. Obwohl die Sorge um ihr Aussehen typisch für Helen war, war ich auf diese Frage nicht vorbereitet.

„Ja, was soll ich sagen, du hast halt viel Blut verloren." So ein Schwachsinn, dachte ich, zornig über meine eigene Unfähigkeit.

„Sei ehrlich, Darius!"

„Beschissen."

„Danke. Und, Darius, bleib ehrlich. Du bist stark genug, du kannst es. Tun dir der Kopf und deine Schulter noch weh? Es tut mir Leid."

„Ist schon o.k.", tat ich die Sache ab und meinte es in diesem Moment auch so. Wie sie da lag, verspürte ich nur noch Mitleid mit ihr.

„Helen, was war in dich gefahren?“ Ich musste das Thema ansprechen und je eher, desto besser.

Ein mattes Lächeln huschte über ihr Gesicht. „Ich habe es dir doch gesagt, ich liebe dich, seit ich dich kenne.“

Sie sang leise, mit brüchiger Stimme, Zarah Leanders Filmschlager: „Kann denn Liebe Sünde sein, kann ...“

Ein Hustenanfall unterbrach ihr Lied. Sie schloss die Augen für einen Moment, bevor sie fortfuhr. „Ich habe im Leben immer alles bekommen. Nur dich nicht. Ich war verbittert und Verbitterung ist Sehnsucht ohne Hoffnung. Und ein Leben ohne Hoffnung, ist kein Leben, das ist Vegetieren. Da musste ich halt zugreifen, als die Gelegenheit günstig war. Das habe ich immer so gemacht, so bin ich halt veranlagt.“

„Eine tödliche Veranlagung, die außer Horst beinahe noch drei weitere Leben gekostet hätte – Hanna nicht mit eingerechnet!“, entfuhr es mir.

Sie zuckte nur mit den Schultern. Jetzt wollte ich es genau wissen: „Hast du Horst ...“

Sie unterbrach mich: „Bewusst gestoßen, willst du wissen? Darius, ich weiß es nicht mehr. Es hatte sich alles so ergeben. Ich war zornig, ich sah mein Leben vergehen, ohne mein Ziel erreicht zu haben. Und weißt du noch, wie wir oft auf dem Felsen gesessen und spekuliert haben, dass das ein preiswerter und schneller Weg wäre. Horst sagte doch selbst immer wieder: Ein schneller Schubs zur rechten Zeit. Bringt Ruhe und ...“.

Helen sah mich dabei fragend an, als erwarte sie tatsächlich meine Zustimmung. War sie in diesem Moment zurechnungsfähig, war sie es überhaupt jemals gewesen?

Sie unterbrach mich in meiner Überlegung. „Andererseits war da immer noch die Vorstellung, dass wir beide irgendwann zusammenkommen.“

„Und wenn Beatrice sich nicht hätte von mir scheiden lassen?“

„Vielleicht hätte es dann bei *ihr* mit dem Auto geklappt“, erklärte sie mit dem Selbstverständnis eines Kindes, dem das Unrechtsempfinden noch abgeht.

„Dann warst du das, die Horsts Unfall verursacht hat? Das kann doch nicht sein, er hätte doch dein Auto erkennen müssen.“ Ich versuchte schon wieder Fakten zu sammeln. Aber Helen hielt mich davon ab.

„Wer weiß. Vielleicht war ich es, vielleicht ein anderer. Vielleicht hat Horst den Wagen tatsächlich erkannt, vielleicht auch nicht. Ich sage nichts.“

„Helen“, sagte ich fassungslos und fuhr nach kurzer Pause fort: „Eine Frage habe ich noch.“

Sie nickte.

„Weshalb hattest du mich eigentlich nicht von meiner Schweigepflicht entbunden? Ich hätte doch Koman über die finanziellen Probleme und die damit verbundenen Drohungen informieren und auf eine falsche Spur bringen können.“

„Darius, der große Detektiv! Du Dummerchen musst noch viel lernen. Koman hätte doch schnell herausgefunden, dass weder die Österreicher noch Estrella etwas mit Horsts Tod zu tun hatten. Dann hätten sich doch die Recherchen auf einen kleineren Kreis beschränkt. Und wer wäre da übrig geblieben? Denk doch mal nach! So aber standen meine Chancen besser. Und wenn du nicht so schrecklich logisch und beharrlich und gleichzeitig so herrlich unprofessionell an die Aufdeckung gegangen wärst … ich glaube, Koman hätte die Angelegenheit zu den Akten legen müssen. Die sind doch total unterbesetzt bei der Kripo. Das liest man doch immer wieder.“

Ich merkte, dass das Gespräch sie inzwischen sehr strapazierte, sie machte längere Pausen zwischen den einzelnen Sät-

René Fallet

Le triporteur

Denoël

zen. Ich durfte sie nicht länger anstrengen. Eine Frage brannte mir aber noch auf der Seele.

„Helen, selbst wenn das mit uns etwas geworden wäre, ich verstehe dein Handeln trotzdem nicht. Du konntest doch nicht davon ausgehen, dass wir ein normales Leben hätten führen können. Mit diesem Wissen und dieser Schuld."

„Du hättest mich irgendwann geliebt, da bin ich mir sicher. Und dann wäre das, was du Schuld nennst, in einem ganz anderen Licht erschienen. Liebe vermag viel, Darius, sehr viel."

Diesen Satz kannte ich. Aber in einem anderen Zusammenhang.

„Darius, bitte schreib alles auf!" Ich blickte sie fragend an.

„Ich möchte, dass alle wissen, was Helen Bernhardt für ihre Liebe getan hat." Sie nannte sich bei ihrem Mädchennamen, so, als ob sie dadurch längst vergangene Zeiten wieder zurückholen könnte. In diesem Moment hätte ich ihr fast jeden Wunsch erfüllt.

Helen klammerte sich plötzlich mit einer Kraft, die ich ihr aufgrund ihres Zustandes nicht zugetraut hätte, an meinen Kittel und zog ihren Oberkörper an mir hoch. Sie atmete dabei schwer und stoßweise. „Du musst doch bemerkt haben, dass ich immer wieder deine Nähe gesucht habe. Ich hatte mir so sehr gewünscht, dass du mich einmal in den Arm nimmst. Du hast mich nie geküsst. Bitte, tu es! Jetzt! Es gibt keine weitere Chance für mich. Einmal möchte ich, dass du mich im Arm hältst."

Ich erfüllte ihr diesen Wunsch ohne zu überlegen und schlechtes Gefühl. Es war eine vertrauliche Berührung, ohne den geringsten Anflug einer erotischen Empfindung. Ein flüchtiges Treffen unserer Lippen und dennoch hatte dieser Kuss eine besondere Bedeutung, die mir erst viele Tage später bewusst wurde: Ich hatte Helen verziehen.

Sie lag in meinem Arm. Ihr Gesicht war mir zugewandt. Sie lächelte. Für einen kurzen Moment glaubte ich wieder die 18-jährige Frau auf La Palma bei ihrer Tante und ihrem Onkel zu sehen, die Horst und mir fröhlich entgegenlief.

Ein langgezogener Signalton aus einem der Geräte riss mich in die Gegenwart zurück. Ich blickte nach oben in Richtung des Signals. Dort, wo auf einem Display eben noch, von den beruhigenden Intervallen eines Pieptons begleitet, ein Diagramm ihres Herzrhythmus' pulsiert hatte, war jetzt eine gerade Linie.

Die Tür wurde aufgerissen, zwei Schwestern stürmten herein, ein Arzt hinterher. Ein Defibrillator wurde hereingeschoben. Sie nahmen mir Helen aus dem Arm, drängten mich aus dem Zimmer und hantierten an Geräten und Schläuchen. Helen lag wieder ruhig auf dem Bett. Sie sah aus, als schliefe sie ganz friedlich. Aber etwas in mir gab mir die Gewissheit, dass sie tot war.

Ich ging hinaus auf den Flur und traf dort auf Koman.

„Und", fragte er, „was hat sie erzählt? Hat sie überhaupt etwas zur Sache ausgesagt?"

Der Arzt von vorhin kam und befreite mich von einer Antwort. „Frau Scheurer ist tot, es tut mir Leid. Aber sie ist lächelnd eingeschlafen. Das erleben wir hier auf der Intensivstation sehr selten. Auch ein kleines Wunder." Er sah mich an und ich meinte einen feuchten Schimmer in seinen Augen zu sehen. Dann wandte er sich ab und ging wieder zurück. Dorthin, wo das lag, was einmal Helen gewesen war.

Auf der Rückfahrt ließ mich Koman in Ruhe. Ab und zu kaute er auf seiner Unterlippe. Zwei-, dreimal setzte er an, etwas zu sagen, unterließ es dann aber.

Ich war ihm dankbar für sein unausgesprochenes Verständnis und versprach ihm von mir aus, in den nächsten Tagen in sein Büro nach Alzey zu kommen. Dann wollte ich ihm den Rest der Geschichte erzählen und zwar vollständig. Meine Verschwiegenheitsverpflichtung bestand nun nicht mehr.

Freitag, 13. September

Epilog

So, nun kann es jeder, der will, nachlesen, wie das war, mit Horst, Helen und Patrick, mit Hasslacher und „Schorchi" Brandner, mit Estrella, Don Jorge und Ramón und all den anderen.

Jetzt ist alles erzählt und aufgeschrieben. Mir ist dabei aufgefallen, dass ich mehr über die Menschen, die mir wichtig sind, erzählt habe, als es vielleicht für die Schilderung des eigentlichen Tathergangs erforderlich war. Aber, so traurig es auch ist, Horsts Ende war ein Anfang für mich. Und somit spiele ich in dieser Sache eine intensivere Rolle, als ich ursprünglich dachte.

Vier Tage und Nächte habe ich fast durchgehend daran gesessen, alles in meinem PC, den ich mir ins Wohnhaus geholt hatte, zu dokumentieren. Ich unterbrach meine Arbeit nur für kurze Schnappschläfchen, Duschen, Fastfood und um mal mit den Hunden schnell durch die Weinberge zu hetzen. Den bewussten Weg und den Acker lasse ich aber immer noch aus. Die quälenden Bilder in meinem Kopf sind noch zu frisch.

Ein überquellender Papierkorb, schmutziges Geschirr, mehrere geleerte Flaschen von Wilfrieds trockenem *Flonheimer Dornfelder*, aber auch ein Kasten mit leeren Sprudelflaschen verlangen nach Entsorgung. Ich habe dieses Durcheinander während der letzten Tage und Nächte gar nicht wahrgenommen.

Ich fahre meinen PC runter und trinke noch den letzten Schluck *Dornfelder*, direkt aus der Flasche. Nicht gerade stilvoll, aber eben der symbolische „letzte Schluck aus der Pulle."

Jetzt werde ich erst einmal schlafen, schlafen, schlafen. Am Sonntagvormittag gehe ich mit Carlo Squash spielen. Ja, wir duzen uns mittlerweile. Er hat übrigens vor, mit Übergang 31. Dezember meine Kanzlei zu übernehmen. Beim Finanzamt hat er seine Kündigung eingereicht und er hat die Ernennung zum Steuerberater in die Wege geleitet. Irgendwann, sagt er, will er auch noch die Prüfung nachholen. Das wäre besser, meint er, wegen seiner zukünftigen Kollegen. Er möchte ihnen keinen Grund geben, ihn scheel anzusehen.

Ich werde ihm einen fairen Preis machen und mich möglichst schnell für eine noch ungewisse Zeit zurückziehen. Ganz will ich meinem Beruf jedoch nicht den Rücken kehren, dafür liebe ich ihn letztlich doch zu sehr (außerdem muss ich irgendwann das Geheimnis seines abgewetzten Ordners lüften). Über die Alternativen, die sich für meine Mitarbeit anbieten, werden wir uns zu gegebener Zeit unterhalten.

Die Mitarbeiter kennen und schätzen Carlo. Er hat während der letzten Wochen zeigen können, was in ihm steckt. Das hat seinem Selbstbewusstsein den notwendigen Kick gegeben. Er wird seinen beruflichen Weg machen, davon bin ich überzeugt. Auch privat scheint sich etwas anzubahnen: Frau Dengler darf ihn endlich mit Kaffee versorgen und war schon zweimal mit ihm zum Essen im *Weinzinken* in Alzey. Er wäre nicht der Erste, der seine Sekretärin heiratet.

Und ich? Wie sieht meine persönliche Zukunft aus? Man wird sehen. Ich habe ja nun eine neue Welt für mich entdeckt. Die werde ich mir erschließen.

Ich weiß nun auch die Antwort auf die Frage, wer ich bin: ein nicht mehr ganz taufrischer, aber energischer und irgendwie sorgenfrei in die Zukunft blickender Steuerberater, der sich demnächst mit zwei Hunden, einem komfortablen Wohnwagen und mit Zeit ohne Ende auf den Weg in den Süden macht. Was will ich denn mehr? Meinen Wohnwagen habe ich auf Vordermann gebracht und schon mal eine Probefahrt gemacht. Es klappt noch. Vielleicht geht's im Frühjahr an den Lago Maggiore und von dort aus weiter nach Florenz und ...?

Abends werde ich dann bei einem Glas Chianti Classico an einem der Seen sitzen, der sinkenden Sonne nachschauen und traurig sein, dass Horst nicht mehr dabei sein kann. Und ich werde die wohltuende Nähe zu Beatrice vermissen, wie so oft. Horst hat mir das Schicksal genommen, Beatrice habe ich ganz allein aus eigener Schuld als Lebensgefährtin verloren. Beide für immer, beides Bestimmung. Doch ich weiß, dass ich endlich die Kraft habe, das zu ertragen; denn ich bin während der letzten Wochen immer mehr zu einer Erkenntnis gelangt, die sich – wie Runen in den Stein gemeißelt – in meinem Gehirn und in meinem Herzen eingebrannt hat: Es gibt es tatsächlich noch – das Leben *vor* dem Tod!

Über die Neujahrstage haben mich übrigens meine Jungs zum Skifahren auf eine Hütte im Stubaital eingeladen. Na, wer sagt's denn – doch noch kein alter Mann! Und ein erstes sichtbares Zeichen vom Leben vor dem Tod!

Ach ja, ehe ich es vergesse, Kriminalhauptkommissar Koman rief mich an, um sich mit mir zu verabreden. Er habe da einen mysteriösen Fall auf dem Tisch, in den ein Kollege von mir verstrickt sei, und er benötige objektive Hintergrundinformationen und würde zudem gerne meine Meinung dazu hören. Auf der Basis eines inoffiziellen Gedankenaustausches sozusagen. Er könne meinen Alleingang in „Sachen Scheurer" zwar immer noch nicht gutheißen, habe aber meine Intuition in Verbindung mit meinem Scharfsinn und meiner Verbissenheit insgeheim bewundert. Wenn der wüsste!

Ich lege mir vor dem Zubettgehen noch einen Song von Udo Jürgens auf: „Heute beginnt der Rest deines Lebens." So hätte es der Esel in den Bremer Stadtmusikanten auch sagen können, statt: „Etwas Besseres als den Tod findest du überall!"

Der Text von Michael Kunze passt wieder einmal zu mir, wie die Faust aufs Auge (nein, das bitte nicht mehr!). Die ersten Strophen erklingen, ich höre sie kaum. Erst beim Refrain dringen die Worte tief in mein Bewusstsein ein:

„Heute beginnt – der Rest deines Lebens
Jetzt oder nie – und nicht irgendwann!"

Und ich bin schon im Halbschlaf, als ich die letzten Zeilen auf mich bezogen mitsumme:

„Heute fängt an – was ich daraus mach!
Ich geh' durch die Nacht – dem Morgen entgegen, als ob ich neu – erwach."